莫砺锋说唐詩

莫砺锋 著

凤凰出版社

图书在版编目（CIP）数据

莫砺锋说唐诗 / 莫砺锋著. -- 南京 : 凤凰出版社, 2021.6
ISBN 978-7-5506-3451-0

Ⅰ. ①莫… Ⅱ. ①莫… Ⅲ. ①唐诗—诗歌欣赏 Ⅳ. ①I207.22

中国版本图书馆CIP数据核字(2021)第103803号

书　　名　莫砺锋说唐诗
著　　者　莫砺锋
责任编辑　李相东
装帧设计　徐　慧
出版发行　凤凰出版社(原江苏古籍出版社)
　　　　　发行部电话 025-83223462
出版社地址　江苏省南京市中央路165号,邮编:210009
出版社网址　http://www.fhcbs.com
照　　排　南京凯建文化发展有限公司
印　　刷　徐州绪权印刷有限公司
　　　　　江苏省徐州市高新技术产业开发区第三工业园经纬路16号
开　　本　890毫米×1240毫米　1/32
印　　张　9.875
字　　数　221千字
版　　次　2021年6月第1版
印　　次　2021年6月第1次印刷
标准书号　ISBN 978-7-5506-3451-0
定　　价　48.00元
(本书凡印装错误可向承印厂调换,电话:0516-83897699)

（唐） 张萱　虢国夫人游春图

（清） 王时敏 杜甫诗意图　山村春色

（元）唐棣 摩诘诗意图

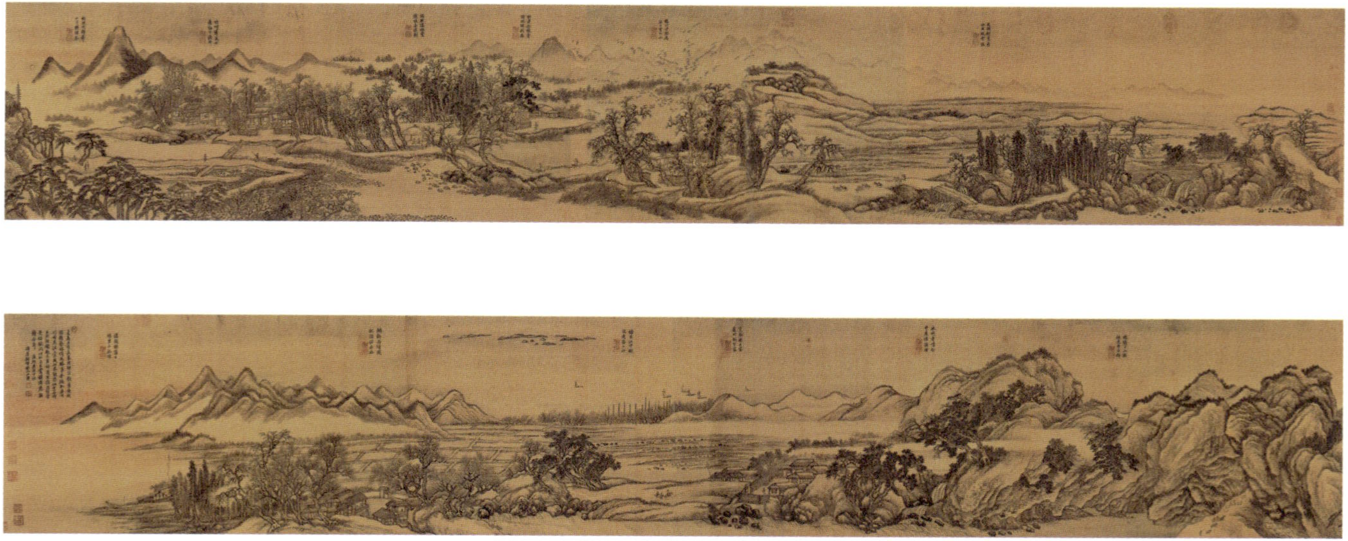

（清） 王翚 唐人诗意图

（清） 王原祁 南山积翠图

（明） 仇英 桃源仙境图

目录

001 ······························ 第一讲　诗歌唐朝

021 ······························ 第二讲　咏怀述志

043 ······························ 第三讲　咏史明志

063 ······························ 第四讲　沧海桑田

085 ······························ 第五讲　君子之交

107 ······························ 第六讲　美丽情歌

129 ······························ 第七讲　天伦之情

151 ······························ 第八讲　民生疾苦

第九讲　忧国情怀 …………………………… 171

第十讲　边塞豪情 …………………………… 195

第十一讲　壮丽河山 ………………………… 217

第十二讲　田园情趣 ………………………… 237

第十三讲　离愁别恨 ………………………… 263

第十四讲　时光节候 ………………………… 285

后　记 ……………………………………… 305

第一讲　诗歌唐朝

中国有一句俗话："熟读唐诗三百首，不会吟诗也会吟。"熟读了三百首唐诗，就能具备基本的写诗能力，可见国人对唐诗的推崇。千百年来，人们总是把一个朝代的名称——"唐"，和一种文学的体裁——"诗"，紧密地结合在一起，组成了一个约定俗成的专有名词——"唐诗"。在后人心目中，"唐诗"这个名词自身就标志着登峰造极的诗歌成就。那么，唐诗为什么能在如此长久的年代里一直得到人们的推崇？唐诗中的名篇名句千百年来家喻户晓，感动着一代又一代的读者，其中的奥秘究竟在哪里？唐朝又为什么能成为中国诗歌史上最繁荣的时代？

中国古典文学中成就最高，影响最大，最能代表我们中华民族文化特征的文学样式无疑是诗。中国古典诗歌的历史非常漫长，从《诗经》、《楚辞》开始，不断地发展、演变，一直到元、明、清，从来没有断绝过。在这么漫长的一部诗歌史中，哪个时代的诗歌成就最高呢？新诗人艾青曾经说过："诗是文学中的文学。"这句话如果放在中国古代文学的范围里来看，可以说是非常准确的。那么，中国的古典诗歌中又以哪个朝代的诗为最好呢？我们不妨模仿艾青的说法，说唐诗是诗中的诗，唐诗就是中国古代最好的诗歌。那么唐诗究竟好到什么程度，又是怎么个好法？

在中国文学史上，广义的"诗"是包括四言诗、楚辞体以及词和散曲在内的；我们现在所说的是狭义的"诗"，是以五言诗和七言诗为主，也包括一些杂言诗在内的诗歌。在历朝历代的五、七言诗中，成就最接近唐诗的是宋诗，后来的元明清各朝的诗就要差一点了。虽然宋诗的成就最接近唐诗，但是宋代的诗人仍然非常推崇唐诗，北宋三大诗人之一的王安石就说过一句话："世间好语言，已被老杜道尽。"老杜就是杜甫，这句话是说世界上好的诗句都被杜甫写完了。他还说过一句话："世间俗语言，已被乐天道尽。"乐天指白乐天，就是白居易，"俗语言"是指通俗的好句子。就是王安石认为，世上典雅的好的诗句，优美的句子，都被杜甫写光了，而通俗一点的好句子，都被白居易写光了。王安石作为北宋的一个大诗人，他有这样一种感受，觉得唐朝的诗人太了不起，几乎把所有好句子都写完了。那么事实是不是这样呢？我们来看一个例子。

北宋初年有一位诗人叫王禹偁，也是相当有名的，当然比不上王安石那样有名。王禹偁有一年遭到贬谪，从当时的首都汴京，就是今天的开封，一直贬到陕西的商州。商州在当时是一个比较偏僻、比较落后的地方，王禹偁贬到那里做一个叫做“团练副使”的闲官，事实上没有什么实际的职务，是一个闲差罢了。他的心情当然相当郁闷，他的生活也过得不太好。王禹偁家里有一个小院子，他在院子里种了一棵桃树、一棵杏树，到了春天，桃杏都开花了。一天清晨，王禹偁起来一看，刮了一夜大风，把桃树、杏树上的几枝很大的树枝刮断了，树枝断了但是没有完全脱离树干。是什么样的状态呢？就是树枝断了，但是树皮还连着树干，树枝的末梢靠在地上，它的根部还连在树干上面。这几根折断的树枝上依然是繁花怒放，还有一只黄莺站在上面。王禹偁看了诗兴大发，他写诗说：“两株桃杏映篱斜”，就是有两棵桃树、杏树斜倚在篱笆旁边。“妆点商州副使家”，我是商州的一个副使，一个小官，我家里本来很寒碜，不体面，但是有了这两棵桃树、杏树妆点一番，就有了一些春光，家里就好看一些了。“何事春风容不得，和莺吹折数枝花？”为什么春风容不得我呢？我本来可以欣赏桃花、杏花，但是春风故意把树枝吹断，存心不让我欣赏春光。这首诗要是孤立地看，应该说是一首很不错的作品。第一，他写的景是比较难得一见的。几根很大的树枝被风刮断了，折掉了，但是枝头的花依然怒放。我本人在农村插队十年，当了整整十年的农民，也没看到过这样的景象，这种景象是比较少见的。第二，他这首诗的构思也不错。他不说春风本来是无意识的，它偶然一刮，吹断了树枝。他偏说春风有意欺负我，容不得我拥有一片春光，看到我家的院子里有这么两棵美丽的花树，故意把繁花满枝的树枝刮断掉。这种构思比较奇特，所以说孤立地看，这是一首很好的诗。

但是，过了几天以后，就出问题了。王禹偁有个儿子，名叫王嘉祐，当时大概已经十几岁了，王嘉祐说：“父亲大人，你前几天写的这首诗，好像是从杜甫的诗里偷来的！”意思就是杜甫已经写过类似的诗，你的诗是从他那里抄袭来的。王禹偁说这怎么可能呢，我完全是自己独立创作的呀。他儿子就拿出一本杜甫的诗集来，翻到那一页，给他看。王禹偁拿过来一看，原来是杜甫在成都草堂时写的一首诗，题目叫《绝句漫兴》。这首杜诗是怎么写的呢？杜诗说：“手种桃李非无主”，就是我家里的桃树、李树是我亲手种的，这不是没有主人的花，不是野生的花木。第二句是“野老墙低还是家”，我是个野老，野老就是乡下老头，老百姓一个。我虽然家里很寒碜，我的围墙很低矮，但是这毕竟是我的家，意思是说别人不能随意来侵犯我的园子。为什么这样说呢？请看下面两句：“恰似春风相欺得，夜来吹折数枝花。”他说好像春风有意欺负我，晚上刮了一夜的大风，把我树上的几根树枝吹折了。也是几根树枝被风吹折了，枝头还开着花。为了让大家加深一下印象，我把这两首诗再念一遍。王禹偁的诗是：

两株桃杏映篱斜，妆点商州副使家。何事春风容不得，和莺吹折数枝花。

杜甫的诗是：

手种桃李非无主，野老墙低还是家。恰似春风相欺得，夜来吹折数枝花。

两首诗非常接近，它们的内容、构思、句子，都非常接近。问题是王禹偁并没有抄袭啊，他是亲眼看到了这个景色，自己独立思考写出来的诗啊。所以当王禹偁的儿子说，你的诗是从杜甫诗里偷来的，王禹偁不但没有生气，斥责儿子“你怎么瞎讲一气”，他反而非常高兴，他大喜，他高兴什么呢？他说，哎呀，我

（元）赵孟頫 杜甫像

的诗写得这么好了，都接近杜甫的水平了！为什么他觉得自己跟杜甫写得差不多了呢？因为这是巧合，是暗合啊。王禹偁高兴归高兴，但是从这个例子里我们看到了什么？就是刚才所引的王安石说的第一句话："世间好语言已被老杜道尽。"就是好的句子，优美的诗句，差不多被杜甫写完了。当然，唐朝的伟大诗人不仅仅是一个杜甫，不仅仅是一个白居易，唐朝还有李白，还有王维，还有李商隐，有很多优秀的诗人，他们写出了那么多的好诗。我们确实可以说，唐代的诗人已经把古代生活中所能看到的景象，所能感受到的喜怒哀乐，差不多都写过了，而且都写得非常好。所以王安石才会有这种叹息，言下之意是我们还怎么写诗呢？

到了现代，鲁迅先生也说过类似的意思。鲁迅有一个朋友叫杨霁云，他给杨霁云写了一封信，说到唐诗。鲁迅说，我以为一切好诗到唐已被做完，就是世界上的好诗，都被唐人写光了。他下面又说，假如你没有齐天大圣，就是没有孙悟空那样的本领，你不能七十二变，你不能一个跟头翻几千里路，跳出如来佛的掌心（实际上孙悟空也跳不出如来佛掌心），没有这个本领，你就不要再写诗，"大可不必再写诗"。所以说，唐代绝对是中国古典诗歌史上的黄金时代、鼎盛时代，我们甚至可以说，整个唐代就是一个诗歌的朝代。闻一多说过，人家都说唐诗，我偏要倒过来说，我要说诗唐。什么叫"诗唐"？就是诗歌的唐朝，唐朝这个时代的最大特点，就是诗歌，它是一个诗歌的时代。

既然从唐朝直到现代，不同的时代，不同的人，对唐诗的评价都很一致，大家公认唐诗是中国诗歌史中的一座高峰，甚至说好诗几乎都被唐人写尽了。那么问题就来了，为什么唐朝以前，在汉、魏的时代，诗歌没有这么繁荣？为什么唐朝以后，历经宋、元、明、清各代，诗歌也没有这么繁荣？只有在唐朝，诗歌才空前绝后地繁荣昌盛，这是为什么呢？

首先，这当然是中国古典诗歌发展的历史所决定的。概括地说，五、七言诗从汉代产生以来，经过了汉魏六朝的长达几百年的发展历程，无论在题材内容还是艺术形式上都已积累了丰富的经验，也获得了很多的教训。到了唐代，诗歌已经有条件实现重大的突破，得到大幅度的升华了。换句话说，诗歌发展到唐代，它进入繁荣昌盛阶段的时机已经成熟了。这都是文学史的常识，我们就不细讲了。现在我们来看看另一个重要的原因，就是唐诗的繁荣有什么具体的社会背景。我觉得概括地说，原因就是唐朝全社会重视诗，喜爱诗，崇尚诗。在唐代，社会地位最高的人就是诗人，全社会最崇尚、最尊敬的是什么人？就是诗人，或者说首先是诗人。下面我们从两个角度来看一看这个问题。

我们先看社会上层，先看统治阶级，从统治阶级这个角度来看。唐朝有科举制度，科举制度在后来受到很多批评，大家都知道，到了《聊斋志异》、《儒林外史》的时代，大家都批评科举制度。但是应该说，科举制度是中国古人非常高明的一种政治设计，所以当欧洲人刚开始知道中国很早就有科举制度时，他们非常惊讶，一千年以前中国就有文官考试制度！国家选拔人才是通过考试的，这是多么先进的制度！唐代的科举有好多种类，名目繁多，其中最主要的是两类，一类叫做明经科，还有一类大家很熟悉，叫做进士科。但是当时人们最重视的，也是朝廷最重视的，首先是进士科，而不是明经科。当时流传着这样两句俗话，一句叫做“三十老明经”，还有一句叫做“五十少进士”。这是什么意思呢？我稍微解释一下，“三十老明经”，就是说假如有一个人，他参加明经科的考试，他落榜以后明年再考，不停地考，考到三十岁，他终于考上了。人家就说，哎呀，这个人没出息，很笨，你看，一直考到三十岁，这么老了，才考上一个明经，所以叫“三十老明经”。另外一个人考进士，进士科当然很难考，他考不上，就明年再考，一路考下去，考到五十岁，终于考上了。人家就说，这个人真了不起，才五十岁，这么年轻，就考上进士了！为什么说五十岁考上进士，比三十岁考上明经，还要了不起呢？就在于进士难考，大家重视进士，所以更多的人才往进士科这边挤。那么，我们来看看唐朝进士科考些什么？有一项主要内容就是考诗赋，考生要写一首诗，还要写一篇赋，其中诗又是特别重要。也就是说在唐朝，一个人能不能考上进士，最关键的，是在于你这首诗写得怎么样。这样一来，当时全社会的读书人，只要你想参加进士科的考试，你一定要非常努力地来学习写诗，练习写诗的技巧，因为只有诗写得好，你才能考上。所以说，对于唐代全社会重视诗歌，大家都努力练习写诗的社会风气，科举制度有一个极大的推动作用。

除此以外，还有一个原因，是跟进士考试有关系的一种社会风气，唐朝有一个名词叫做“行卷”。“卷”是什么东西？就是古人写的作品，古人的书不是像我们现在一页一页订起来，古人是在很长的一张纸上写好作品，然后卷起来，再在中间用一个带子一系，这就叫做“卷”。所以我们现在说一本书有几卷几卷，实际上是古人的说法，现在的书不应该叫卷，古代的才叫卷。那么什么叫“行卷”?“行”就是送，我们说行贿，就是去送钱，“行卷”就是去送这个卷。为什么要送呢?因为唐朝的进士考试，跟宋以后不一样。从宋朝开始，进士考试是一张试卷定终身，就是严格地看你这个考卷答得怎么样，因为考官阅卷的时候他不知道这是谁写的，考生的名字是糊起来不给你看的。宋以后的考官也没法从笔迹来判断考生的姓名，宋朝进士科考生的考卷交上去以后，政府专门雇人把它誊抄一遍，考官阅卷的时候，只看到誊抄过的卷子，所以从笔迹也看不出是谁写的，你要想包庇谁，不可能。唐朝不是这样的，唐朝的考官什么都知道，试卷上就写着张三的名字，李四的名字，一看就知道。而且唐朝还有一个习惯，这个考生能不能考上，跟这个考生在赴考以前有没有名声很有关系。就是有的考生原来就很有名，这个人的诗写得很好，大家已经知道了。还有就是有人推荐也很重要，唐朝的录取程序不是很严格的，如果有人推荐，比如宰相、公主，这些有地位的人，向考官推荐，说某某某诗歌写得很好，你今年一定要录取他，这个很起作用。这样一来，唐朝的考生除了到考场上去好好地写诗以外，他还要在平时做一个工作，就是行卷。所谓行卷，就是把自己平时写的作品，卷好以后，去送给别人看。有的人直接送给考官，也有人送给那些宰相、公主，反正是送给有地位的人，说请你看看，我的诗写得这样好，帮我推荐推荐。这个在唐朝的进士科录取中间，起着非常大的作用。传说王维考进士以前，有人带他到玉真公主家里去弹琵琶，王维擅长音乐，就弹一曲琵琶给公主听。公主一听琵琶弹得好，说这个小伙子了不起。带王维去的人就说，他诗还写得好呢。公主一听，把他的诗要来一看，发现那些作品都是自己早已读过的，就马上向考官推荐："这个小伙今年一定要录取！"王维就金榜题名了。所以唐朝的这种习俗，助长了行卷之风。广大的考生在参加考试以前，先要把自己的作品到处送，让大家知道，我会写诗，我写得好。这样的习俗，当然对诗歌写作是一个非常大的促进。大家都要努力写诗，要写得好，否则你就不可能考上进士。

除了科举制度以外，还有一个重要原因。唐朝的最高统治者，帝王将相，都非常喜欢诗歌，所以朝廷里经常举行诗歌大奖赛，当场来比赛写诗。文献上有明确的记载，在唐中宗的时候，在武则天的时候，都发生过这样的事情。709 年正月晦日，唐中宗举行了一次诗歌大奖赛，在长安的昆明池前面，搭了一个彩楼，皇帝、皇后，以及评委，都待在彩楼上面，百官都站在楼下面。皇上下令，让官员们每人写一首诗来参赛，写好了诗，把卷子交上去。请大家注意，百官都奉命写同样的题目，那一次的题目是《奉和晦日幸昆明池应制》，就是皇帝自己先写了一首诗，百官一齐奉和。凡是奉和皇帝的诗，就叫做"应制"诗。

法驾乘春转，神池象汉回。
双星遗旧石，孤月隐残灰。
战鹢逢时去，恩鱼望幸来。
岸花缇骑绕，堤柳幔城开。
思逸横汾唱，欢流宴镐杯。
微臣雕朽质，羞睹豫章材。

（沈佺期《奉和晦日幸昆明池应制》）

过了一会儿，评好了，凡是没有得奖的，没有被选中的，就把你的作品从彩楼上扔下去。书里面写得很精彩，说过了一会儿，那些卷子像雪片一样地飘落下来，下面站着的官员纷纷去捡。一看这张是张三的，你就收起来。那张是李四的，他就收起来。为什么呢？你落榜了，你写的诗被扔下来，就是你没有被选中。纸片纷纷地飘落下来，大家都拿到了，最后只剩两个人没拿到，一个是沈佺期，另一个是宋之问，就是这两个人的作品还在楼上面，还在上面评，进入最后一轮了。沈佺期、宋之问是齐名的两个诗人，并称“沈宋”，他两个人进入了最后一轮，用我们今天的话说，就是只剩沈佺期跟宋之问在那里PK，两个人最后决赛。又过了一会儿，又一张纸片飞下来了，大家赶快跑过去，一看，是沈佺期的。这说明什么呢？就是宋之问得奖了，宋之问获得了第一名。评选结束以后，评委会主任上官婉儿，一个女士，很有才气的，武则天非常欣赏她，上官婉儿就出来宣布评奖结果，同时也宣布评奖理由。她还要说明为什么在沈佺期跟宋之问的两首诗中，最后要选宋之问的呢？她说两首诗的前面部分都写得差不多，水平不分上下，但是两首诗的结尾，就是最后两句，沈佺期说：“微臣雕朽质，羞睹豫章材。”宋之问说：“不愁明月尽，自有夜珠来。”上官婉儿就说，沈佺期的结尾两句，句子完了，诗意也枯竭了。而宋之问的这个结尾很好，就是诗歌虽然完了，它的气势还没有衰竭，还有雄健的气势，所以宋之问的诗更好。沈佺期听了也心服，自己的诗确实比不上对方，不敢再争议。

还有一次，武则天带领文武百官，在洛阳的龙门举行诗歌大奖赛，武则天亲自来评，竞赛方式也是众官员当场写诗，当场交卷。武则天性急，官员们还没全部交卷，她就开始看了。一看，有一个叫东方虬的诗人，他的那首诗写得非常出色，武则天大喜，马上命令左右，赏给他一领锦袍，就是一件用锦缎做的袍子。一件锦袍未必值多少钱，但是武则天那时候已经称帝，她是皇帝，皇帝赏给一件锦袍，这就非常荣耀。东方虬当众把锦袍披在身上，非常高兴，非常光荣。没想到过了一会儿，宋之问的作品也交上去了，武则天拿来一看，哎呀，宋之问这首诗写得更好，武则天就下令：“东方虬，把你的锦袍脱下来，给宋之问穿上！”东方虬只好当众把锦袍脱下来，宋之问当众披上。这说明什么？说明统治者重视诗歌。在这种场合下，你能得到这样的奖赏，就非常荣耀。既然社会的上层，帝王将相，他们重视诗歌，这对于全社会的风气，对于整个社会上的诗歌写作，当然会产生非常有力的激励作用。

春豫灵池会，沧波帐殿开。
舟凌石鲸度，槎拂斗牛回。
节晦蓂全落，春迟柳暗催。
象溟看浴景，烧劫辨沉灰。
镐饮周文乐，汾歌汉武才。
不愁明月尽，自有夜珠来。

（宋之问《奉和晦日幸昆明池应制》）

一个人诗写得好，就会有名气、有地位，甚至会得到统治者的赏识，从而进入仕途。可见唐朝的统治阶级重视诗歌，这对于社会上重视诗歌的风气，对于整个社会中诗人的写作，都起到了一种正面引导的作用。但是如果离开社会的上层，唐朝的诗歌在民间又会得到怎样的待遇呢？

唐代社会的上层如此，下层或者中下层又如何呢？让我们离开帝王将相，来看看民间的情况如何。情形也是一样的，下面我先讲一个“旗亭画壁”的故事。所谓“旗亭”就是酒店、酒亭，为什么叫旗亭呢？古代的酒店外面不是挂一个木头的招牌，更不是现在的霓虹灯招牌，古代是挂一面旗，一块布，上面写几个字，“某某酒家”，挂在酒店外面，所以酒亭就叫旗亭。“画壁”就是在墙壁上面画一道记号。这个旗亭画壁的故事是这样的：大家都知道盛唐时候有三个很有名的诗人，一个叫王昌龄，大家都知道吧？第二个叫高适，大家也知道，也很有名。第三个叫王之涣，也是著名诗人。有一天这三个诗人在长安相遇了，见面以后，三个诗人就走进一家酒店去喝酒，当然一边喝酒，一边就谈谈诗。我们看《水浒传》里写到鲁智深碰到他江湖上的朋友，一起到酒店里去喝酒，就“说些枪棒”，喝酒时候说什么呢？说枪棒，讨论武功，因为他们是练武的人。诗人在一起，当然说诗了，所以三个诗人在酒店里坐下来，就谈谈诗歌，谈得很愉快。过了一会儿，突然看到一群歌女走进来，她们在酒店的另外一个角落坐下了。三个诗人就说，我们平时都觉得自己是比较有名的诗人，三个人都以为自己的诗写得不错，你也不服我，我也不服你，正好今天有机会了，来了一群歌女。你们知道唐朝人唱的流行歌曲是什么？就是唱这些五、七言的诗歌，盛唐时代还很少有词。所以歌女唱的歌曲，就是诗人的作品，主要是绝句，诗就是流行歌曲的歌词。所以三个诗人就说，现在有一群歌女来了，歌女凑在一起肯定要唱歌，她们带着乐器呢，那么我们来看一看，待会儿她们唱歌的时候，唱谁的作品更多，唱你的诗多，还是唱我的诗多。唱谁的诗多，就说明谁的诗更有名，更流行。果然过了一会儿，那些歌女开始唱歌了。第一个歌女站起来唱道：

寒雨连江夜入吴，平明送客楚山孤。洛阳亲友如相问，一片冰心在玉壶。

这是谁的诗啊？是王昌龄的，是王昌龄的《芙蓉楼送辛渐》，是选进《唐诗三百首》的名篇。王昌龄一听非常高兴，唱我的作品了！王昌龄就伸出手，在他背后的墙壁上划上一道记号，说：“一首绝句。”就是我已经有一首绝句被人歌唱了。过了一会儿，第二个歌女又站起来唱，她唱的是一首五言诗：

开箧泪沾臆，见君前日书。夜台何寂寞，犹是子云居。

这首诗大家不太熟悉，它是谁的诗呢？是高适的。当然我要稍微解释一下，古书中说，歌女又唱了一首绝句，实际上这四句诗，是高适的一首五言古诗中的一个片段，这首诗原来有二十四句，比较长，这是开头的四句。这四句可以独立成篇的，把它抽出来单独作为一首诗也行，因为有独立的意义，所以当时的歌女拿出来唱。高适一听也很高兴，也在墙上划一道，说：“一首绝句。”又过了一会儿，第三个歌女站起来唱，也是唱的七言绝句：

奉帚平明金殿开，暂将团扇共徘徊。玉颜不及寒鸦色，犹带昭阳日影来。

又是王昌龄的，叫《长信秋词》，也是选到《唐诗三百首》里

开箧泪沾臆，见君前日书。
夜台今寂寞，犹是子云居。
畴昔贪灵奇，登临赋山水。
同舟南浦下，望月西江里。
契阔多别离，绸缪至生死。
九原即何处，万事皆如此。
晋山徒嵯峨，斯人已冥冥。
常时禄且薄，殁后家复贫。
妻子在远道，弟兄无一人。
十上多苦辛，一官常自哂。
青云将可致，白日忽先尽。
唯有身后名，空留无远近。

（高适《哭单父梁九少府》）

的，很有名的诗。王昌龄就更加高兴，转过身去又画一道，说："两首绝句。"这时王昌龄跟高适一起转过脸来，朝着王之涣笑。王之涣脸上就挂不住了，他们两人一个是一首，一个是两首，自己却一首也没有。王之涣就说，你们不要高兴得太早，她们这三个歌女，唱的都是下里巴人的东西！他说还有那个最美丽的歌女还没有唱，待会她唱，要是还唱你们的作品，我就甘拜下风。要是她唱我的诗，你们就要拜我为师！又过了一会儿，第四个歌女，也就是王之涣说的长得最美的那个歌女站起来了，她开口一唱，就是：

黄河远上白云间，一片孤城万仞山。羌笛何须怨杨柳，春风不度玉门关。

谁的诗？王之涣的。是王之涣的《凉州词》，也是选到《唐诗三百首》中的。这下王之涣就高兴了，给他说中了，最美的歌女站起来就是唱他的诗。王之涣说，怎么样，你们两个乡巴佬，我难道是瞎说的吗？三个人就哈哈大笑。那些歌女听见这边三个人哈哈大笑，就跑过来问，三位先生你们高兴什么呢？他们就说，你们刚才唱的诗都是我们三个人写的。哎呀，那些歌女说，真是有眼不识"神仙"！然后一起过来朝他们行礼，邀请他们一起过去喝酒，大家都很愉快。这个故事说明什么呢？就说明在盛唐的时候，社会上面最流行的歌曲，受到人民群众普遍欣赏的作品，就是诗，你诗写得好，你的名声就非常大，你就非常受民众喜爱。

"旗亭画壁"的故事发生在盛唐时期，盛唐时期唐朝经济发达，国力强大，百姓安居乐业，又因为统治阶级的提倡，整个社会都重视诗歌。到了中、晚唐时期，唐朝由盛转衰，社会生活不再那么浪漫、热闹，那么，这种整个社会都喜爱诗歌的风气，还能延续下去吗？

这种风气从盛唐一直延续到中唐、晚唐，并没有多大的改变。我们刚才提到王安石的话："世间俗语言，已被乐天道尽。"这个白乐天，白居易，就是中唐诗人。白居易一方面是伟大的诗人，他的诗才非常好，诗歌水平非常高；另外一方面，他又是一个通俗的诗人，相传连不认识字的老太太对白居易的诗都是一听就懂的。容易懂的作品就容易被人接受，所以白居易的诗在社会上被接受的程度非常高，雅俗共赏。有一年，白居易从长安被贬官到江西的九江，当时叫江州。从诗歌史的角度来说，这一贬对他是有好处的，白居易到了江州以后，才写出了《琵琶行》，他不到江州的话，一辈子也写不出《琵琶行》来。白居易被贬到江州以后，他写了一封信给他的好朋友元稹，他对元稹说：我这一次从长安贬到江州，走了三四千里路，一路上路过了许多小旅店，还路过了很多乡村学校，还有寺庙，还坐了客船。这些建筑，这些船只，到处都题着我的诗。也就是说，到处都有人把白居易的诗题在墙壁上、柱子上。他还说，我一路上遇到的人，不分男女老少，有的是体力劳动者，有的是出家人，他们都能背诵我的诗。白居易很高兴，这说明他的诗被很多很多的读者所接受，大家都读，大家都喜欢。我们现在还有明确的史料记载着，当时白居易的诗还有一个最狂热的崇拜者，堪称超级发烧友，这个人喜欢白居易的诗到了什么程度呢？这个人姓葛名清。葛清有个习惯，他喜欢纹身，纹身就是在身上刺花，他在身上纹的不是什么青龙、白虎的图案，他浑身都刺着字，他刺的是些什么字呢？都是白居易的诗，他在浑身上下刺了三十多首白居易的诗，前胸、后背、手臂、大腿上全刺着白居易的诗。而且他对身上的诗句非常熟悉，人家问某一句诗在哪里？他用手向前胸一指，说在这里。另一句诗在哪里？他又把手向后背一指，说在这里。他浑身上下刺满了白居易的诗，所以他走来走去，大家说这是一个流动性的白居易诗板，古语叫“白舍人行诗图”。因为白居易做过“中书舍人”的官，所以称他“白舍人”。可见中唐的时候，社会上对诗歌，对诗人的崇尚同样达到了很高的程度。

同样是在中唐，还有一个更加有趣的例子。另一个中唐诗人，当然他的名声没有白居易那么大，这个诗人的名字叫做李涉。可能大家不太知道他，但是他在中唐时候，也是一个相当有名的诗人。有一次，李涉路过一

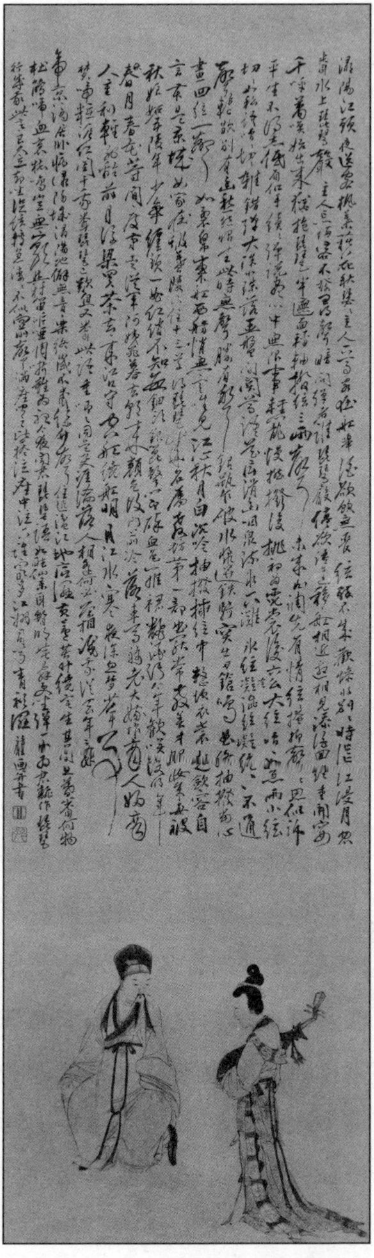

（明）郭诩 琵琶行图轴

个地方，这个地方叫做井栏沙，这个地方在哪里呢？在今天安徽省安庆市的西南方，有一个小镇叫皖口镇，井栏沙就在那个地方，是长江边上的一个小村庄。李涉经过井栏沙，他写了一首诗，他说："暮雨潇潇江上村"，黄昏时候下着细雨，江边上的村庄本来就很荒凉，黄昏时候又下着细雨，就更加荒凉了。"绿林豪客夜知闻"，突然来了一个人挡住去路，是谁呢？是一个强盗，一个绿林好汉来了。第三句、第四句我待会儿再讲。这首诗说的是什么事情呢？原来，李涉带了一个书童，一起路过井栏沙，正想投宿，船还没靠岸，突然被一个强盗挡住了。强盗挡住了路，当然会说："来者何人，留下买路钱！"李涉的书童就说："这是李涉先生。"强盗一听说是李涉，是个有名的诗人，就说："久闻大名，久闻大名，既然你是李涉，我知道你是有名的诗人，我就不抢你的东西，你也不要给我买路钱了，你写一首诗送给我吧！"李涉就写了这首诗，前面两句就是"暮雨潇潇江上村，绿林豪客夜知闻"。三、四两句是："他时不用逃名姓，世上如今半是君。"就是他年我也不用隐姓埋名了，因为现在的世界上，有一半人是跟你一样的，天下已经不大太平了，强盗很多，走来走去都碰到你这样的人，所以我也无所谓了。当然还有另一种解释，就是说到了将来你也不用隐姓藏名了，你不要说我当过强盗怕人家知道，现在世界上强盗多得很，你没事的。李涉写了这首诗送给强盗，强盗一看，非常高兴，结果不但没有抢他的东西，不要他交买路钱，反而送了很多东西给李涉，说你是大诗人，我送些礼物给你。于是李涉就平安过关了。这个例子说明什么呢？说明在唐代，整个社会，上上下下，都崇尚诗歌，都喜欢诗歌，都懂得诗歌的价值，都尊敬诗人。这种风气已经普及到了什么层次，到了强盗这个层次了。

连强盗都喜欢诗歌，都懂得诗歌的价值。那么我们大概可以下这个结论：唐代社会从上到下都有崇尚诗歌的风气。在这样一种风气下，当然大家都会来写诗，最有才华的人都把他们的才华用在诗歌写作上。所以我们说，唐诗要想不好也难！这就是闻一多所说的“诗唐”，也就是诗歌的唐朝！

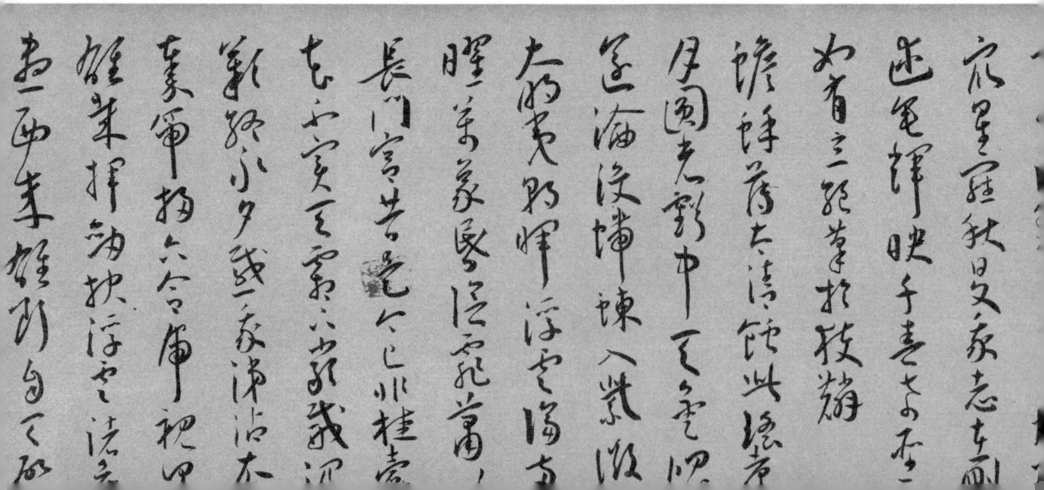

第二讲　咏怀述志

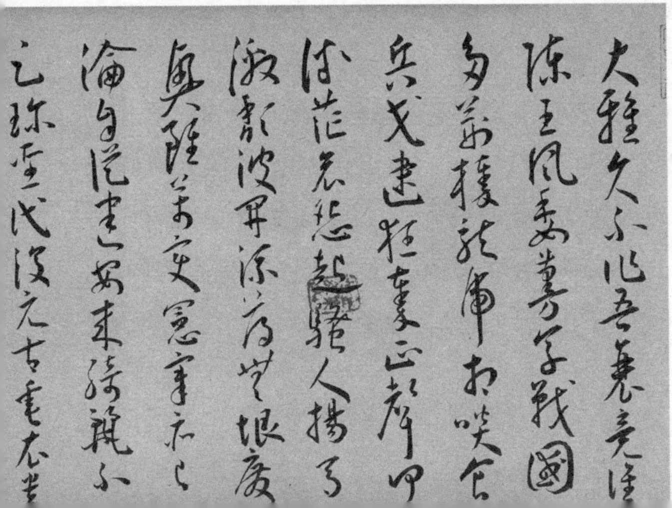

古人说："诗言志。"用诗歌来表达志向，抒发情感，这是中国古代诗歌的悠久传统。而代表中国古典诗歌最高成就的唐诗，它的一个重要主题就是咏怀诗。不论是山水田园诗派，还是边塞诗派，虽然诗人们在诗歌中的描写对象各不相同，艺术风格多姿多彩，但它们都有一个同样的重要主题，就是咏怀。那么，唐代的咏怀诗和别的朝代的诗有什么相异之处？唐代诗人在诗歌中表达的又是怎样的情志呢？

今天我们谈的是唐诗主题的第一大类，我把它叫做"咏怀诗"。"咏"就是歌咏、吟咏的"咏"，"怀"就是胸怀的"怀"，古人也称怀抱，襟怀。什么叫咏怀诗？概括地说就是用诗抒写诗人的怀抱，写他心中的思想、情感，他的精神活动，他的内心世界。中国的诗歌跟西方诗歌有一个很大的不同，就是中国的诗歌从本质上讲都是抒情诗。我们读欧洲的诗，看到很多叙事诗，从《荷马史诗》开始，到拜伦的《唐璜》，诗歌中总要讲一个故事，有情节，有人物。中国的诗不一样，中国的古诗主要是抒情的，它主要的功能是写诗人内心的一些情感，一些思想。唐诗当然也不例外，所以顾名思义，咏怀也就是唐诗中最重要的主题。从现存的唐诗作品来看，情况也确实是这样子的。现在我们就来看一看，唐人的咏怀诗有哪些特点。

我觉得唐代最早的一首优秀的咏怀诗是魏徵写的，这首诗的题目叫《述怀》，"述"就是叙述，就是讲述，"述怀"就是叙述我的胸怀。这首诗写的时候，天下还没有太平，唐代还处于开国战争期间，那么魏徵写了些什么呢？他写了他归顺李世民以后，跟着他打天下，东征西战，还到远方去出使，过着很艰苦很紧张的生活。他在这个过程中间有一些感受，他就写出来了。这首诗比较长，我们不能一句一句地讲，我先向大家介绍最后两句，他说："人生感意气，功名谁复论？"就是人生最重要的是什么呢？是"意"和"气"，"意气"，这在古诗中间是一个词，我们现在不大说"意气"，要说就是"意气用事"，变成一个贬义词了。魏徵说的"意气"

中原初逐鹿，投笔事戎轩。
纵横计不就，慷慨志犹存。
杖策谒天子，驱马出关门。
请缨系南越，凭轼下东藩。
郁纡陟高岫，出没望平原。
古木鸣寒鸟，空山啼夜猿。
既伤千里目，还惊九折魂。
岂不惮艰险，深怀国士恩。
季布无二诺，侯嬴重一言。
人生感意气，功名谁复论。

（魏徵《述怀》）

是什么意思？就是意志和气概，也就是内心的精神方面的一些活动，思想、情感，他认为人生最重要的是这些东西。至于说功名富贵，我跟着李世民打天下，将来能做什么大官，能得到多少俸禄，那都是次要的，可以不予考虑。那我们看魏徵这个人在诗中表达的这样一种胸怀，后来实现了没有呢？应该说实现了。魏徵这个人大家都不陌生，他是唐太宗时期的一个重要的大臣。魏徵病重了，唐太宗去看他，当时是什么样的情景呢？唐太宗把自己一个年幼的女儿带到病床前面，当场许配给魏徵的儿子，说你虽然病重了，但是我今天希望你看一看未来的儿媳妇，他们还没到结婚的年龄，我先答应下这门婚事。应该说这样的君臣关系在封建时代是非常难得的，也许这正是魏徵诗里所说的“深怀国士恩”的具体内容，唐太宗确实把他视为一位“国士”啊！魏徵的《述怀》这首诗，最中心的意思就是“人生感意气”，他认为人生一辈子最重要的是要有一种精神力量，要有一种胸怀，至于说你能得到什么官职，能得到什么荣华富贵，那些都是次要的。我想，魏徵在《述怀》诗中定下的这样一种思想倾向，基本上也是后来唐诗中咏怀主题的主要倾向。

我们知道，唐诗在初唐时期还处在草创阶段，到了盛唐才发展到它的顶峰。而盛唐时期有两大诗派，山水田园诗派和边塞诗派。那么，这两派诗人，在他们的诗歌之中，又各自表现了什么样的志向呢？

到了盛唐，诗坛上有两大流派，一派是边塞诗派，写战争题材的，写边疆生活的；另外一派是山水田园诗派，写山水风景的，写田园生活的。写边塞主题的诗，毫无疑问，那些诗里都充满着昂扬、积极、奋发向上的精神和气概。哪怕是在西域，在那种非常艰苦的自然环境里，在非常紧张的军营生活中，诗人依然如此。我们看岑参，岑参到了西域，那么艰苦的环境，八月天就下大雪了，但是岑参的诗中是怎么表现的呢？八月就下大雪，对于中原人士来说，没见过这样的情景，天气又是那么寒冷，但是他说："忽如一夜春风来，千树万树梨花开。"如果没有高昂的气概，没有为了保家卫国不怕吃苦的那种精神的话，是不可能写出这样充满乐观精神的壮丽诗句来的。

边塞诗我们就不多说了，它肯定是奋发昂扬的。下面我们看一看山水田园诗派的作品。对于那些主要是写田园生活，写乡村生活的诗歌，照理说应该体现一种比较淡泊、恬静的感情，好像应该跟积极有为、奋发向上的精神力量距离比较远一点，但事实并不如此。唐代的山水田园诗派，尤其是盛唐时期，他们的诗里所蕴含的那种精神力量跟边塞诗人是差不多的。山水田园诗派中间真正称得上隐士，基本没有做过官的一个大诗人是孟浩然。但是我们看孟浩然的诗，它同样表达着这样的志向，这样的人生理想，孟浩然诗中有很多这样的例子。有一年，孟浩然到长安去看他的好朋友王维，相传王维看到孟浩然来了，就偷偷地把他带到宫里面去。王维要在宫里面值班，他是朝廷的官员，但是孟浩然是一个平民，他没有一官半职，王维晚上进宫值班，就偷偷把孟浩然带进去，想让他看看宫里的情形。没想到正巧碰到了唐玄宗，唐玄宗晚上到这里来转转，一看，怎么有一个外人在？唐玄宗看到了孟浩然，王维当然没法隐瞒，就说这是我的朋友孟浩然，他是一个布衣。唐玄宗一听，就说这个人我知道，是一个有名的诗人，然后就叫他朗诵自己的诗。孟浩然就朗诵起来了，诗里有两句说：“不才明主弃，多病故人疏。”说因为自己才能不好，所以圣明的君主把我抛弃了，不让我做官。我又经常生病，所以朋友也和我疏远了。这本来是两句普通的抒情诗，但是唐玄宗一听就不高兴了，唐玄宗说：“你说什么‘不才明主弃’，你又没有来考试，没有来找我要官做，我根本不知道，怎么能怪我呢？我没有抛弃你，是你自己没有来求官啊！”抛开这件事情的是非和虚实不讲，我们看一看这两句诗说明了什么？说明像孟浩然这样的人，他也并不是全心全意地要做隐士，就想住在农村安安稳稳地过一辈子，不是的，他也非常希望有机会为国家做事，希望人生能够处于奋发有为的积极状态。所以我们基本上可以说，在唐代很少有真正的隐士。

北阙休上书，南山归敝庐。
不才明主弃，多病故人疏。
白发催年老，青阳逼岁除。
永怀愁不寐，松月夜窗虚。

（孟浩然《岁暮归南山》）

有一个成语叫“终南捷径”，“终南”就是终南山，长安南边的一座大山，“捷径”是什么呢？是做官的捷径，进入官场的一条捷径。“终南捷径”这个成语产生在唐代，它的主人公叫卢藏用，他的名字也很有意思，“藏”就是藏起来，“用”就是要使用。作为一个人才，你又要藏起来，又要被使用，你到底是怎么回事啊？他的真正意思大概是先藏起来再使用，卢藏用的作为就是这样子的，他早年隐居在终南山。在古代，凡是有学问、有名声的人，隐居在一个什么地方，久而久之，你的名声更大了，大家都传说有一个很高尚的人，隐居在什么地方，不肯出来做官。好，等到名声一大，朝廷派人来请他，卢藏用马上就出山去了，马上就做官去了，后来官还做得不小。

有一天，朝廷里来了一个道士，他叫司马承祯。司马承祯是一个真正的隐士，因为他是道士，他是出家人，出家人不能做官，他长期隐居在浙江的天台山，离长安很远，但是朝廷也把他召来了。司马承祯入朝见过皇帝以后，又要返回天台山去。卢藏用送他走到宫外，远远地看到终南山，卢藏用就指着终南山对司马承祯说，这座山里的景色也非常好，你何苦非要千里迢迢地回到天台山去呢？你住在这里就可以了。司马承祯就讽刺他说："在我看来，终南山不过是做官的一条捷径罢了！"隐居在这座山里的人就是为了做官，因为离长安很近。"终南捷径"这个成语就传下来了，到了宋代，到了元、明、清，凡是读书人说到"终南捷径"，就是讽刺假隐士，你实际上不是真的要隐居，你隐居的最后目的还是要做官。但是在唐代，就在"终南捷径"这个词产生的那个时代，这个词并没有多少贬义。

（清）王原祁 南山积翠图（局部）

从这里我们可以看出，唐朝的士人希望人生能够奋发有为，甚至不惜走终南捷径，这种在后世往往会受到讽刺的行为，也成了唐朝士人为了实现人生志向而可以选择的途径。唐朝有一个大诗人，就是通过走终南捷径进入了仕途。这个人是谁？他进入仕途后实现了自己的远大抱负吗？他的咏怀诗又表达了什么样的情感呢？

这个大诗人不是他人，就是李白。

对于李白，“终南捷径”这句话完全可以用到他身上，李白真的在终南山隐居过。李白一生隐居的山相当多，陕西的终南山，河南的嵩山，山东的徂徕山，江西的庐山。大家看，这四座山东南西北离得很远，隐居本来是要安安静静地过一种跟外界隔绝的生活，你干吗要从这座山跑到那座山，又从那座山跑到第三座山，不厌其烦地搬来搬去？而且李白隐居在这些山里，时间都很短，隐了一会儿，又跑开去了，换一个地方再隐。他为什么要这样做呢？原来他隐居在山里，就是等着朝廷来请他出山去，请他进朝去做官。他隐了一阵以后，看看怎么没有动静，就换个地方再隐。所以李白的隐居，并不是真的要避世，他隐居是为了求仕，为了要求得一个官职。所以一旦朝廷发现李白了，等到朝廷下诏书来请李白到长安去，李白马上就不隐了。李白写了一首诗，表示高兴，里面有两句，说：“仰天大笑出门去，我辈岂

白酒新熟山中归，黄鸡啄黍秋正肥。
呼童烹鸡酌白酒，儿女嬉笑牵人衣。
高歌取醉欲自慰，起舞落日争光辉。
游说万乘苦不早，著鞭跨马涉远道。
会稽愚妇轻买臣，余亦辞家西入秦。
仰天大笑出门去，我辈岂是蓬蒿人。

（李白《南陵别儿童入京》）

是蓬蒿人？”我辈难道是住在草野里的人吗？

蓬蒿就是野草，是隐士住处的环境。李白说我可不是隐居的人，我本来是应该出去做官的，所以朝廷一来请我，就“仰天大笑出门去”了。到哪里去？当然是到长安去。所以我们说“终南捷径”这个词，在唐代几乎没有多少贬义。

现在我们要问一问，李白要做官，杜甫也要做官，唐代的诗人都想做官，那是为什么？唐代的社会跟我们今天的情形不一样。今天大家要报效国家，报效社会，有很多种的途径。即使你是知识分子，你读了很多书，你得了博士学位，你也可以做很多很多其他的工作，有益于社会的工作，不一定非做公务员。古代的知识分子除了做官以外，几乎没有报效国家的其他途径，他们只有这一条途径，千军万马都要过这条独木桥。在唐代，你要么隐居，做个平民，你就不能为国家做什么贡献。你要做贡献，要想报效国家，唯一的出路就是做官，所以李白、杜甫就是这样做的，唐代的诗人都这样做。那么做官又是为什么呢？李白在很多诗里面表达他的志向，表达他的理想，表达得很清楚，他真正希望的是什么呢？不是荣华富贵，而是占据高位以后为国家做贡献，等到国家治理得很好，天下太平以后，他就希望真的去隐居了。他希望学习战国时候的鲁仲连。鲁仲连是古代齐国的一个高士，当国家有危难的时候他挺身而出，帮国家解除危难。事后国君要奖赏他，他却逃走不见，他又去做隐士去了。李白希望仿效的就是鲁仲连的这种人生理想。我们说，这样的一种胸怀，跟魏徵是一样的，不同的仅仅是魏徵后来确实做了大官，他是站在一个高官的身份上来做诗咏怀。而李白本质上是一个平民，他是作为一个老百姓，来表达类似的人生理想。

李白具有济世安民的理想，但在现实中，他的人生理想并没有实现，他仅仅成了皇帝点缀太平的工具。李白想报效国家，却报国无门。他的人生理想在现实中遭遇到挫折，那么，在屡经挫折后，李白的诗歌还能表达他的远大志向吗？

李白的作品中比较常见的是写他的失意状态的诗，他很失望，他的理想得不到实现。他是被召到长安去了，但是唐玄宗以及整个朝廷并没有像他想象的那样，请他出来做宰相，请他来治理国家，没有，仅仅是叫他来写诗。叫他写诗干什么？或者说叫他写什么诗？无非是写些诗来歌颂杨贵妃是如何的美貌，歌颂皇帝的功德，等等，并不是什么重要的诗。所以李白感到很失意。李白的可贵之处在于，他虽然失意，他虽然在诗篇中间反复地表达他的失意，但是他失意而不失志，他的志向，他的胸怀，他的理想始终没有丧失。所以我们在李白的诗中经常看到这样的状态：他好像是比较悲观，但是马上又变得乐观了；他好像是有点绝望，但很快又充满希望了，各种心情混杂在一起。李白说："天生我材必有用，千金散尽还复来。"上天生了我这样一个人才，肯定是要有用处的，否则生这个人才干什么？"千金散尽"，我的黄金就是全用完了，也不用愁，它还会再来的。唐代并没有股市，我们现代人炒股，也许会今天千金散尽，明天又来了，熊市变成牛市了。李白没有这种机会，他是出于对自己的人格，对自己的能力的高度自信，对于未来充满着希望，所以他才能说"千金散尽还复来"。

同样，也正是由于这个原因，在李白的那首最有名的《行路难》中，也是忽悲忽喜。这首诗的标题叫做《行路难》，就是道路

金樽清酒斗十千，玉盘珍馐直万钱。
停杯投箸不能食，拔剑四顾心茫然。
欲渡黄河冰塞川，将登太行雪满山。
闲来垂钓碧溪上，忽复乘舟梦日边。
行路难，行路难。多歧路，今安在？
长风破浪会有时，直挂云帆济沧海。

（李白《行路难》）

难走，这个“路”字当然不是真的指地上的道路，“路”就是前途。李白觉得自己没有前途，前程在哪里？找不到。《行路难》里说得很清楚：“行路难，行路难！多歧路，今安在？”古人都说，路是走不完的，歧路里又岔出歧路来，地上有很多路，但是现在路在哪里呢？哪里有路？没有路！刚说完这几句，照一般人想，他都悲观到这个程度了，连路都找不到了，还能怎么样啊？可是他接下来马上说：“长风破浪会有时，直挂云帆济沧海！”总有一天，我会驾长风，破万里浪，一帆风顺地、意气风发地实现人生的远大理想。所以在李白的诗中间，甚至在那些最失意的诗中间，也始终都不失志。这大概是李白的诗歌最重要的一个特征。

正因为如此，正因为他失意而不失志，所以李白就始终有一种充沛的精神力量，他甚至蔑视权贵，蔑视功名富贵。他是一介平民，他是一个布衣，他在政治上的地位其实很低，但在他看来，帝王将相也没什么了不起，也不需要向他们卑躬屈膝，他甚至看不起他们。李白觉得人间的荣华富贵、功名仕途都是短暂的，都是没有意义的，所以李白在汉水上吟诗的时候，他就说：“功名富贵若长在，汉水亦应西北流！”我们都知道汉水是从陕西发源，流到湖北的汉口进入长江，一路都是向东南流，李白却说，假如功名富贵能常在的话，那么汉水要向西北流了。汉水当然不可能向西北流，言下之意就是功名富贵不会常在。那么常在的是什么？常在的是人生的理想，人生的追求，以及人生创造的某些事业。

木兰之枻沙棠舟，玉箫金管坐两头。
美酒樽中置千斛，载妓随波任去留。
仙人有待乘黄鹤，海客无心随白鸥。
屈平词赋悬日月，楚王台榭空山丘。
兴酣落笔摇五岳，诗成笑傲凌沧洲。
功名富贵若长在，汉水亦应西北流。

（李白《江上吟》）

所以同样就在这首诗里面，李白又说：“屈平词赋悬日月，楚王台榭空山丘。”屈平就是屈原，李白说当初屈原被楚怀王怀疑，然后疏远、放逐，屈原很悲观，很失望，后来跳进汨罗江自杀殉国了。但是时光流逝，到了现在，楚王的宫殿早就灰飞烟灭了，而屈原的作品，他的《离骚》，他的《九歌》，像日月一样悬在天上，它们的光辉永远不会消逝，这才是有价值的东西。

因此，李白的为人，李白的举动中间，有一个非常为大家瞩目的特点，就是蔑视权贵。传说在李白离开长安以后，有一天他喝得醉醺醺的，骑着一头毛驴，不知不觉地就闯到华阴县的县衙里去了。县官正在坐堂，一看，怎么一个人骑着毛驴闯到衙门里来了？就把他拿下，问：“来者何人？”你是什么人，竟敢随便闯到衙门里来？李白就招供了。“我是谁？”李白说我是这样一个人，他说了四句话，一共 16 个字。首先是“龙巾拭吐”。什么叫“龙巾拭吐”？就是一块手巾上面绣着龙，那就是皇帝的手巾，“拭吐”就是呕吐以后弄脏了身上，用这个手巾来擦。除了皇帝本人，谁能用“龙巾拭吐”啊？李白。传说李白在长安时，有一次喝醉了酒，唐玄宗要叫他去写诗，他醉得当场吐了，唐玄宗就掏出他的龙巾来帮他擦。第二句，“御手调羹”。皇帝的手才是御手，“御手调羹”，一碗羹汤，可能太烫了，拿个调羹把它搅一搅，让它变得凉一点，好让人喝了醒醒酒。谁才能享受这样的待遇？也是李白。第三句，“力士脱靴”。力士是高力士，靴就是皮靴，叫高力士帮他脱靴子。高力士何许人也？大家肯定知道清代的李莲英，权势熏天的大太监，高力士的权势跟李莲英差不多，但是他实际得到的有名义的地位，比李莲英更高，他被封为“骠骑大将军”。唐玄宗时代高力士在朝廷里简直是炙手可热，连东宫太子，就是后来的唐肃宗，那个时候还是太子，见到他都要称他为兄，一般的什么公主、驸马爷见他，要称他为爷，他是名副其实的权势熏天。但是李白不管这些，李白喝得醉醺醺的，坐下来要写诗，指着高力士说：“你，来给我把靴子脱了！”因为有唐玄宗在场，高力士只好上前替他把靴子脱了。最后四个字，“贵妃捧砚”。杨贵妃给李白捧着砚台，让他写诗。当然，这可能有一点夸张，但绝不是无中生有。所以李白就在华阴县的衙门里招供，说我是谁呢？我曾经“龙巾拭吐，御手调羹，力士脱靴，贵妃捧砚”，我就是这么个人。县令一听大惊，原来是李太白先生来了！后人无数次复述这些故事，封建时代的文人津津乐道这些故事，大家也许会说，这体现了李白的狂，他性格狂傲，所以目中无人。帝王将相，在他看来都没有什么

（宋）梁楷 李白行吟图

了不起，他根本不需要向他们卑躬屈膝。但是我觉得更重要的不是性格狂傲，而在于李白认为自己是具有独立的人格的，一个人即使是平民，即使是一介布衣，他也应该有他自己的尊严。他的尊严即使在帝王将相的面前，也不能打折扣，他同样需要维持这样的尊严。李白以平等的态度，平等的心态来跟帝王将相交往，来看待那些人，他才可能有这样的举动。后人说到李太白，经常会有很多误会，从前人就开始了，宋朝的王安石说，李白诗不好。为什么呢？说是十首诗里面有八首诗写酒、写女人，太颓废了。一般的读者也会觉得李白的诗确实写酒写得太多了，成天写喝酒，他有两句诗："百年三万六千日，一日须饮三百杯。"就是我一共活一百年，每年三百六十天，一共三万六千天，每天要喝三百杯酒。不得了啊，是个大酒鬼。后人好像觉得李白一天到晚就是喝酒，终日醉醺醺的。其实李白的意义不在这里，李白的最大的意义，他的那些咏怀诗最大的价值，就在于他体现了一个平民的人格尊严，这在封建时代是非常难以做到的。

讲到了李白，我们当然就会联想到唐朝的另一个伟大诗人——杜甫。李白是唐朝浪漫主义诗歌的代表，给人的印象是狂放不羁，杜甫是唐朝现实主义诗歌的代表，给人的印象是谨慎持重。他们好像在各个方面都是对立的。那么，他们在诗中咏怀时，也是风格迥异的吗？

实际上不是这样的。实际上杜甫跟李白是你中有我，我中有你，他们两个人是相辅相成的。正因为这样，他们两个人才能成为好朋友。杜甫跟李白相差十一岁，但是他们一见面就成为知己，两个人交

岱宗夫如何，齐鲁青未了。
造化钟神秀，阴阳割昏晓。
荡胸生层云，决眦入归鸟。
会当凌绝顶，一览众山小。
（杜甫《望岳》）

往得非常和谐，分别以后杜甫再三地深情怀念李白。在杜甫跟李白交往的时候，杜甫还比较年轻，他那个时候的狂傲态度，那种奋发昂扬的精神，跟李白是一模一样的。正因为如此，杜甫写诗赠给李白，说：“秋来相顾尚飘蓬，未就丹砂愧葛洪。痛饮狂歌空度日，飞扬跋扈为谁雄？”诗中体现的正是他俩共同的精神风貌！也正因为如此，才二十多岁的杜甫就写出了登泰山的名句：“会当凌绝顶，一览众山小。”我们大家都登过泰山，在登泰山的时候，可以看到泰山的石壁上，这里也刻，那里也刻，很多处刻着这两句诗，其实都不用刻，这两句诗已经刻在我们的心中了。这两句诗不仅仅是写一种空间的感觉：他站在一个很高的高度，往下俯视众山，视野非常广阔，觉得其他的山都显得很矮小。此外，他最主要的还是表达一种精神状态，诗人在精神上面占有一个很高的高度，体现了他对于人生的奋发积极的远大理想。这一点他跟李白是一模一样的。当然，后来杜甫的发展，后来杜诗的主要内容，特别是杜甫咏的他自己胸怀的诗，跟李白有一点不一样。杜甫进入长安以后，非常的

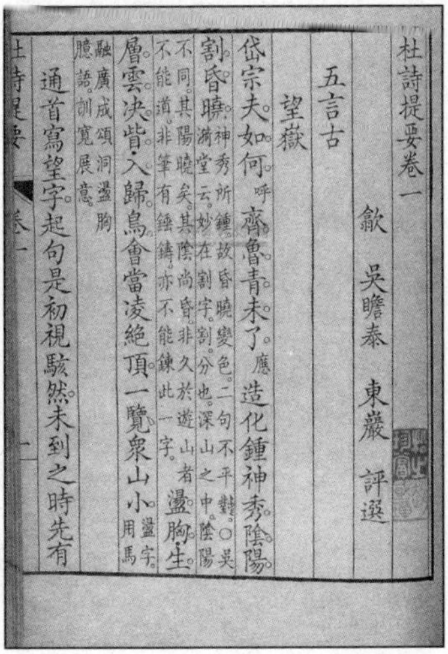
杜詩提要卷一
歙　吳瞻泰　東巖　評選
五言古
望嶽
岱宗夫如何。呼齊魯青未了。應造化鍾神秀。陰陽割昏曉。神秀所鍾。故昏曉變色。二句不平對。○吳滿堂云。妙在割字。割。分也。深山之中。陰陽不同。其陽曉矣。其陰尚昏。非久於遊山者不能道。非筆有鑪鞴。亦不能鍊此一字。盪胸生層雲。決眥入歸鳥。會當凌絕頂。一覽衆山小。盪字用馬融廣成頌洞盪胸臆語。訓寬展意。
通首寫望字。起句是初視駭然。未到之時先有
杜詩提要　卷一　一

杜诗《望岳》书影

穷困，这个穷困不仅仅是经济上的，也是精神上的。他没有出路，他在长安整整十年，他希望能够得到一个机会做官，为国家做事，却始终没有机会。但是杜甫跟李白同样是失意而不失志，他的诗中依然表达了他那种伟大的胸怀，那种高远的理想。杜甫跟李白不同的是，他在这些诗中说得比较实在，杜诗里有两个最明显的例子，一个是他 39 岁写的一首送给韦济的诗，诗中有几句是非常有名的，我想大多数朋友是知道的，他说："纨绔不饿死，儒冠多误身。"就是纨绔子弟都过得很好，但是我这样的读书人，有学问、有操守的读书人，却反而耽误了终身，一点都没有前途。但是就在这样的情况下，杜甫又说："致君尧舜上，再使风俗淳。"就是我的希望是什么呢，我的理想是什么呢？我希望让我们的君主变成像尧和舜那样的明君、圣君，这样天下就太平了。天下的风俗都很淳厚，当然就是社会非常稳定，非常和谐，杜甫一生都在追求着这样的理想。

另一个例子是杜甫在 44 岁写的

纨袴不饿死，儒冠多误身。
丈人试静听，贱子请具陈。
甫昔少年日，早充观国宾。
读书破万卷，下笔如有神。
赋料扬雄敌，诗看子建亲。
李邕求识面，王翰愿卜邻。
自谓颇挺出，立登要路津。
致君尧舜上，再使风俗淳。
此意竟萧条，行歌非隐沦。
骑驴十三载，旅食京华春。
朝扣富儿门，暮随肥马尘。
残杯与冷炙，到处潜悲辛。
主上顷见征，欻然欲求伸。
青冥却垂翅，蹭蹬无纵鳞。
甚愧丈人厚，甚知丈人真。
每于百僚上，猥诵佳句新。
窃效贡公喜，难甘原宪贫。
焉能心怏怏，只是走踆踆。
今欲东入海，即将西去秦。
尚怜终南山，回首清渭滨。
常拟报一饭，况怀辞大臣。
白鸥没浩荡，万里谁能驯。

（杜甫《奉赠韦左丞丈二十二韵》）

杜陵有布衣，老大意转拙。
许身一何愚，窃比稷与契。
居然成濩落，白首甘契阔。
盖棺事则已，此志常觊豁。
穷年忧黎元，叹息肠内热。
取笑同学翁，浩歌弥激烈。
非无江海志，潇洒送日月。
生逢尧舜君，不忍便永诀。
当今廊庙具，构厦岂云缺。
葵藿倾太阳，物性固莫夺。
顾惟蝼蚁辈，但自求其穴。
胡为慕大鲸，辄拟偃溟渤。
以兹悟生理，独耻事干谒。

兀兀遂至今，忍为尘埃没。
终愧巢与由，未能易其节。
沉饮聊自遣，放歌破愁绝。
岁暮百草零，疾风高冈裂。
天衢阴峥嵘，客子中夜发。
霜严衣带断，指直不得结。
凌晨过骊山，御榻在嵽嵲。
蚩尤塞寒空，蹴踏崖谷滑。
瑶池气郁律，羽林相摩戛。
君臣留欢娱，乐动殷樛嶱。
赐浴皆长缨，与宴非短褐。
彤庭所分帛，本自寒女出。
鞭挞其夫家，聚敛贡城阙。
圣人筐篚恩，实欲邦国活。
臣如忽至理，君岂弃此物。
多士盈朝廷，仁者宜战慄。
况闻内金盘，尽在卫霍室。
中堂舞神仙，烟雾蒙玉质。
暖客貂鼠裘，悲管逐清瑟。
劝客驼蹄羹，霜橙压香橘。
朱门酒肉臭，路有冻死骨。
荣枯咫尺异，惆怅难再述。
北辕就泾渭，官渡又改辙。
群冰从西下，极目高崒兀。
疑是崆峒来，恐触天柱折。
河梁幸未坼，枝撑声窸窣。
行旅相攀援，川广不可越。
老妻寄异县，十口隔风雪。
谁能久不顾，庶往共饥渴。
入门闻号咷，幼子饿已卒。
吾宁舍一哀，里巷亦呜咽。
所愧为人父，无食致夭折。
岂知秋禾登，贫窭有仓卒。
生常免租税，名不隶征伐。
抚迹犹酸辛，平人固骚屑。
默思失业徒，因念远戍卒。
忧端齐终南，澒洞不可掇。

（杜甫《自京赴奉先县咏怀五百字》）

那一首诗，是他对自己的定位，非常有名，叫做《自京赴奉先县咏怀五百字》，杜甫在这首咏怀诗里把自己的满腹情怀都说得非常明确。首先他表明自己的身份，他说“杜陵有布衣”，我是杜陵这个地方的一个老百姓。古代老百姓穿布的衣服，布衣就是老百姓。我们应当非常注意“杜陵有布衣”这句话。这首诗是什么时候写的呢？是杜甫在44岁那一年写的，这是安史之乱爆发的前一年。这时候社会的矛盾已经积累在那里，天下快要大乱了，其他人都没有觉察，唯独杜甫有所觉察。更值得注意的是，就在他写这首诗稍早一点的时间，杜甫刚刚得到了一个官职，就是太子东宫里的一个军需官，这个官的官位低到什么程度呢？是“从八品下”。我们都知道，知县官是七品官，所谓“七品芝麻官”，而杜甫的官职是从八品下，是低到几乎不能再低的小官。但不管怎样，他总算当上官了。但是，就在这一首诗里，他首先强调自己的平民身份，他说“杜陵有布衣”，我还是一介布衣，我是一个百姓。但是他在这首诗的后面又对自己做了一个定位，他说我认为自己应该是什么样的人呢？是“窃比稷与契”，我希望做像古代的稷与契一样的人。稷是谁？就是后稷，就是舜那个时代的一个大臣，是主管农业的官员。稷特别擅长农业，他教百姓怎么耕作，这个人后来成了周王朝的始祖。杜甫希望做他那样的人。同时他又说希望做契。契是谁呢？契是禹那个时代的一个大臣，他是协助大禹进行治水的，我们都知道大禹最大的功绩是治水，契是帮助他治水的重要人物，他后来成为商王朝的祖先。那么杜甫想要做这样两个著名的历史人物，他是为了什么？有一个哈佛大学的汉学家说杜甫想成为“伟大家族的创立者”，其实不是的。在封建时代，谁敢声称想当王族的祖先？像杜甫那样忠君意识特别浓重的人，更不会有这种妄想。事实上杜甫就是希望像稷与契那样，为国家多做贡献。所以在明末清初，一个叫王嗣奭的人评价这两句诗，说得最好。他说：稷也好，契也好，并没有什么特别了不起的地方，他们的长处在哪里呢？就在于对天下，对百姓的一种责任感，以天下为己任。他引了孟子的两句话，引得非常好。孟子说，大禹听说天下老百姓还有在受苦的，还有淹在水里的，大禹就急了。禹不是以治水为己任的吗？百姓淹在水里面，大禹觉得这是我使他们这样的，是我没有尽到责任，我没有把水治好。孟子又说到这个稷，就是后稷。后稷是主管农业的，当后稷听说天下百姓还有吃不饱饭的，还有挨饿的，他就急了，他觉得这是我的责任，是我工作做得不好才使百姓挨饿的。禹和稷的这种态度，其实就是对天下百姓的一种责任感，所以王嗣奭说，杜甫之所以说他要做后稷和契，主要是出于责任感。我觉得这话说得很好，这是对杜甫咏怀诗真正的深层意义的合理解释，说得非常好。

杜甫的咏怀诗同样表达了一种积极奋发的精神状态，他和李白一样，都是失意而不失志的。杜甫当之无愧是唐朝现实主义诗歌的代表，但后人对杜甫仍然有所误解，那么，后人对杜甫最大的误解是什么呢？

杜甫画像

后人对杜甫最大的误解就是说他是一个愚忠的人，说他不分青红皂白地一心忠于皇帝，所以是愚忠，这是对杜甫最大的误解。杜甫是忠君，杜甫是时时刻刻想着朝廷，想着皇帝，有人说他愚忠确实也有一点根据，比如宋代的苏东坡对杜甫的人品有一句著名的评价，说他“一饭未尝忘君”。就是每吃一顿饭都想着皇帝，都在想着皇帝有没有饭吃。当然事实上皇帝不用你想，他肯定有饭吃，但是杜甫就是老想着皇帝，老念叨着皇帝。我们看这句话有没有根据，说实话，是有一点根据的。杜甫晚年流落到夔州，有一次吃到了一种食品，是他以前从没吃过的，叫做“槐叶冷淘”。什么叫“槐叶冷淘”呢？就是用槐树叶榨出来的汁，和在面里做成的一种

青青高槐叶，采掇付中厨。
新面来近市，汁滓宛相俱。
入鼎资过热，加餐愁欲无。
碧鲜俱照箸，香饭兼苞芦。
经齿冷于雪，劝人投此珠。
愿随金騕褭，走置锦屠苏。
路远思恐泥，兴深终不渝。
献芹则小小，荐藻明区区。
万里露寒殿，开冰清玉壶。
君王纳凉晚，此味亦时须。

（杜甫《槐叶冷淘》）

凉面，是一种比较特别的凉面。杜甫写了一首诗，咏这个槐叶冷淘。他说，哎呀，不知道皇帝在乘凉的时候，能不能也尝尝这个味道。这首诗是在夏天写的，所以会想到皇帝纳凉，想到请皇帝尝尝凉面。他是一心想着皇帝，但是杜甫不是一味地愚忠，杜甫是寄希望于皇帝，他是希望皇帝能够变成一个好皇帝，用他的话说，就是“致君尧舜上”，让皇帝变成尧，变成舜，成为尧舜那样的好皇帝。在封建社会里，忠君本来就是全社会都遵循的道德准则。我们想一想，在封建社会里，除了出现一个好皇帝以外，大家还能有什么希望？一切对百姓、对国家有利的事情都要通过一个好皇帝才能得以实现，没有一个好皇帝，一切都是空谈。所以杜甫强烈地希望出现一个好皇帝，他一心想着皇帝，实际上就是想着这一点。归根结底，杜甫的忠君意识最后还是落实在有利于国家和人民的那个方面，也就是我们常说的忧国忧民。忧国忧民才是杜甫咏怀诗里最本质的内核，最本质的精神。

我想，当我们读唐诗，读唐诗中的咏怀主题的时候，我们是不是可以思考这样一个问题：有朝一日我们中国成了一个发达的富强的国家，我们的民族复兴了，成了一个强大的文化发达的先进民族，到了那个时候，我们作为一个现代人，作为国民的一分子，作为这个民族的成员，作为堂堂大中华的老百姓，我们怎样来锻造一种健全的人格？我们应该不应该有自己的尊严，有自己独立的人格？我们对于天下、对于整个国家，是不是应该负有责任心？我们也许无法像李白那样张扬个性，但是应该尊重自己的人格尊严。要是每个百姓都没有自己的人格尊严，整个民族也就谈不上有什么尊严。我们也许无法像杜甫那样始终都在忧国忧民，但是应该对国家、民族有一份关怀。作为百姓，一个人当然做不了很多事情，但是应该有这份关怀，其实杜甫就是这样做的。杜甫一生并没有做什么惊天动地的了不起的事业，他不在其位，他没有机会，但是他的诗歌中时时刻刻都在表达这种关怀。我想我们读唐诗中的咏怀主题的时候，重要的不是读了李白的诗就飘飘然像神仙一样，读了杜甫的诗就心情沉重、愁眉苦脸，最重要的应该是从那些诗歌里获得人格上的熏陶。古人跟今人不一样，古人自有他的局限，封建时代跟我们今天的时代有距离，但是在某些方面，古人的道德情操是可以抽象地继承的，唐代诗人对道德价值的某些认定，对人生理想的某些追求，我们是可以从中得到很好的熏陶的。时隔千年，我们为什么还要读唐代诗人所写的咏怀诗，理由就在于此。

第三讲　咏史明志

唐朝是诗歌的黄金时代，咏史诗也随之进入了一个繁荣时期。由于刚刚结束了魏晋南北朝长达数百年的分裂和动乱，因此唐朝人特别注重总结历史的经验教训。在二十四史中，唐朝人编写的正史就有八部。在“以史为鉴”的社会思潮中，唐朝诗坛上出现了许多优秀的咏史诗。那么，唐诗中间有哪些好的咏史诗呢？唐代的诗人对历史怀有什么深沉的感慨？他们深情缅怀的又是哪些历史人物呢？

古典诗歌中有一类作品是以历史题材为主题的，这一类诗，我们传统上称它为咏史诗，就是歌咏历史，把历史上的人物、历史上的故事作为诗歌的一类内容。

优秀的咏史诗是什么样子的呢？唐诗中间有哪些出色的咏史诗呢？这是我们今天要讲的重点。优

郁郁涧底松，离离山上苗。
以彼径寸茎，荫此百尺条。
世胄蹑高位，英俊沉下僚。
地势使之然，由来非一朝。
金张藉旧业，七叶珥汉貂。
冯公岂不伟，白首不见招。

（左思《咏史》）

秀的咏史诗有一个自身的传统，这个传统是从晋代左思写的咏史诗开始的。晋朝有一个很有名的诗人叫左思，他写了一组诗，共有八首，都是咏史诗，题目就叫《咏史八首》。我们看看左思的咏史诗是怎么写的，八首中最有名的一首说："郁郁涧底松，离离山上苗。以彼径寸茎，荫此百尺条。"这是什么意思呢？这是说在山涧里面，在山谷的底部，有一棵郁郁葱葱的松树，它非常高大，但是它长在低矮的山谷里面。在山顶上则有一棵小树苗，它只有一寸这么粗，是很小的一棵树苗，但是它长在山顶上。结果呢，小树苗反而覆盖了大树，太阳光照下来先照到小树苗，它的阴影投到大树上，把大树给遮蔽了。左思为什么这样写？他是说这个社会不公平，有的人才能很好，品德很好，但是他出身低微，就好像长在山谷里的一棵松树一样。相反，有的人因为出身豪门，他家庭高贵，他血统高贵，尽管他无才无德，但照样处在社会的上层，就像一棵小树苗长在山顶上。这样的诗，首先是咏左思心中的不平之感，诉说他心中的某种思绪，对人生的某种感受，最后才点到历史人物，这首诗的最后联想到汉朝的金日磾、张汤两个贵臣，他们子孙七代都做大官。然后又联想到汉朝有一个叫冯唐的人，左思说："冯公岂不伟，白首不见招。"冯唐这个人难道不伟大吗？他很伟大，很了不起，很有见解，很有才华，但是因为他出身低微，所以他一辈子都沉沦下僚，不受重视。这首诗最后咏了汉朝的几个历史人物，这样的诗吟咏了历史人物，写到了历史题材，所以是咏史诗。但它同时又非常强烈地抒发了诗人自己的感情，这就是左思开创的咏史诗的传统。后来文学史上优秀的咏史诗基本上都是按这个模式来写的。

齐有倜傥生，鲁连特高妙。
明月出海底，一朝开光曜。
却秦振英声，后世仰末照。
意轻千金赠，顾向平原笑。
吾亦澹荡人，拂衣可同调。

（李白《古风》）

现在转到唐代，我们来看看唐代的咏史诗是怎样的。我刚才说了，好的咏史诗首先要抒发诗人内心的某些感受，诸如牢骚、不平，然后才在历史人物中间找一个吟咏的对象。这个历史人物一定是能跟诗人产生共鸣的，诗人才会来咏他，咏他就是咏诗人自己。

李白、杜甫都写了大量的咏史诗，他们咏过很多历史人物。李白最喜欢咏的是两个人，第一个是鲁仲连，第二个是张良。鲁仲连是战国时代的人，战国时代的齐国人，这个人的特点就是他很有才能，他喜欢见义勇为，帮别人解除危难，当然都是一些国家大事，当赵国的首都被秦国军队包围以后，鲁仲连就挺身而出，帮助赵国解围。但是他做成这些事情以后，却“功成不受赏”，就是人家要表示感谢，要给他官做，赠给他金钱，他都不接受，他仅仅帮别人做事而不接受报酬。他说我要是接受报酬的话，我就变成一个

子房未虎啸，破产不为家。
沧海得壮士，椎秦博浪沙。
报韩虽不成，天地皆振动。
潜匿游下邳，岂曰非智勇。
我来圯桥上，怀古钦英风。
惟见碧流水，曾无黄石公。
叹息此人去，萧条徐泗空。

（李白《经下邳圯桥怀张子房》）

商人了。但是我不是商人，我是个读书人！李白仰慕的另一个人物就是汉代初年的张良，大家对张良并不陌生，他最初曾与一个大力士去行刺秦始皇，结果没有成功。后来他就辅佐刘邦，起兵反秦，然后又打败了项羽，建立了汉朝，立了很大的功劳。但是汉朝建立以后，张良也是不肯受赏，他不要高官厚禄，反而学神仙去了，学长生去了，等于是出家隐居了。鲁仲连和张良这两个人物的身上反映着李白自己的人生理想，李白的人生理想是什么？就是希望挺身而出，为国家做出贡献，功成名就以后再退隐。他不贪求功名富贵，仅仅是想做一番大事业。所以李白咏古人的时候选中了一个鲁仲连，一个张良，咏得很多，也咏得很好。

那么，杜甫又如何呢？杜甫的咏史诗中咏得最多的是诸葛亮，他一生写了很多诗歌颂诸葛亮，在他的心目中间，古人中最伟大的人物，最值得仿效的人物，就是诸葛亮。杜甫到了成都以后，立即就去寻访诸葛亮的祠堂，就是武侯祠，现在还在成都。他写了一首诗叫《蜀相》，咏蜀汉的丞相，就是诸葛亮，他说："丞相祠堂何处寻？锦官城外柏森森。"这个写法是很特别的，他不是说我路过这里的武侯祠，顺便进去看一看。他说我早就想寻找诸葛亮的祠堂，因为我敬仰他，我热爱他，所以我一到成都就去寻访，诸葛丞相的

丞相祠堂何处寻，锦官城外柏森森。
映阶碧草自春色，隔叶黄鹂空好音。
三顾频烦天下计，两朝开济老臣心。
出师未捷身先死，长使英雄泪满襟。

（杜甫《蜀相》）

祠堂在哪里啊？我能到什么地方去凭吊诸葛亮啊？一打听，人家告诉我，在成都的南郊有一个武侯祠，那里长着荫天蔽日的柏树，杜甫就到那里去了。这样的诗当然是咏古人的，咏的是诸葛亮，但是更重要的是它表达了诗人内心的某种情思，杜甫希望他自己也能像诸葛亮那样为国家服务，为国家作贡献，鞠躬尽瘁，死而后已。正是在这首诗的末尾，杜甫写了两句非常有名的句子，他说："出师未捷身先死，长使英雄泪满襟。"诸葛亮鞠躬尽瘁、死而后已，但是他的远大理想，他要兴复汉室的理想，并没有实现，就带着遗憾离开人世了。所以，杜甫说，真可惜啊，他的雄心壮志没有能够实现，生命就结束了，后代的英雄想到这里都要流眼泪，都会同情他。杜甫同情诸葛亮，后人再来读这首杜诗的时候，就会产生双重的同情，既同情诸葛亮，也同情杜甫。北宋的爱国将领宗泽，因为无法实现渡过黄河去杀敌的愿望，忧愤成疾，在临终前再三长吟"出师未捷身先死，长使英雄泪满襟"，就是一个鲜明的例子。

上面说到，李白和杜甫都是在古人中找到一个最契合自己人生理想的人物，然后写咏史诗来歌颂他们。那么，在整个唐代的咏史诗中，诗人们最喜欢吟咏的历史人物又是谁呢？

既然唐代的诗人大多是怀着自身的人生感受来写咏史诗的，所以他们选择的历史人物一定要与诗人们的情怀有密切的关系。唐代诗人最重要的集体性的人生感慨是什么？是怀才不遇的感觉。诗人都是自命不凡的，诗人又大多是命运欠佳的，于是怀才不遇便成为诗坛上整体性的牢骚。唐代诗人既要抒发怀才不遇的感受，当他们来咏史的时候，他们就要从古代历史中寻找怀才不遇的典型人物。他们会找谁呢？第一，他们找到了西汉初年的贾谊。贾谊，我想大家都不陌生，他是汉初最有名的政治家、文学家、思想家，也是历史上怀才不遇的典型人物。要问历史上谁最怀才不遇？名列榜首的就是贾谊了。贾谊由于才能杰出，他才二十岁出头，朝廷就注意到他了，汉文帝就把他召去，让他做博士，这个“博士”不是现代学位制度下的博士，而是古代的一个官名，一年之内又升为太中大夫，然后汉文帝还想让他做公卿，公卿就是当时最高级的干部，地位非常高。但是因为贾谊只有二十岁出头，所以当汉文帝要想任命他做公卿的时候，贾谊就受到了朝廷里很多人的妒忌，尤其是朝中那些年纪比较大、地位比较高的臣子，那些大臣，周勃啊，灌婴啊，那些人资格很老，年纪也比较大，他们看到汉文帝居然要把这么一个才二十岁出头的贾谊提拔到这么高的地位上，委以重任，就不乐意了。他们纷纷地进谗言，诽谤贾谊，说这个人太年轻了，又没有经验，实际上也没啥学问，不能这么重用他！他们不停地说，说啊说啊，后来汉文帝被他们说动了，就把贾谊贬出长安。贾谊二十三岁时被贬到长沙，当时汉朝在洞庭湖南边封有一个长沙王，就让贾谊去做长沙王的太傅。长沙一带现在很繁荣了，但是在古代，汉代的时候，那是一个非常偏僻、相当荒凉的地方，朝廷把贾谊贬到那里去，就是不重视他。过了四年，到贾谊二十七岁的时候，汉文帝又想起这个人才，结果又把他召回长安去。召回长安以后，贾谊当然继续向朝廷提出他的意见，说国家有什么隐患，说有什么地方朝廷要更加注意。贾谊给朝廷写了一篇最著名的奏疏，叫《治安策》，这篇奏疏里说，现在大汉帝国表面上看好像很强大，国家统一了，也强盛了，但实际上还有很多的内忧、外患，在很多地方，我们的措施，我们的方针不是那么好，所以他感到很遗憾。贾谊说，有一件事情太令人遗憾了，我要为它痛哭，还有两件事情我要为它们流泪，还有六件事情我要长长地叹气。他要痛哭的是什么事呢？就是当时的汉王朝在全国各地封了很多诸侯王，这里封一个王，那里封一个王，当然都是刘邦的后代，汉代是不封异姓为王的。贾谊说这些诸侯王，地方上的王国，吴国啊，楚国啊，这些王太强大了，地方政权太强大，尾大不掉，中央政府就很难控制他们。这样久而久之，国家就会分裂，一个统一的大汉帝国就要分裂了，他说这是心腹大患，我感到最为遗憾，所以要痛哭。他要流眼泪的是什么事情呢？就是外患，主要指匈奴。当时匈奴对汉王朝形成很大的威胁，所以贾谊说这是严重的外患，我要为之流泪的。此外还有其他情况，都是目前还做得不够好的，都是国家的忧患。然后他就提出具体的措施，我们应该怎么办，我们应该采取什么对策，才能解决诸侯王尾大不掉的情况，才能最后解除匈奴的威胁，从而达到大汉帝国的长治久安，他为此提出了一系列的方针、对策。

贾谊的奏疏呈上去以后，汉文帝非常重视，觉得贾谊真是个了不起的人才，所以汉文帝就委任贾谊来辅佐他的小儿子。汉文帝有一个最年幼的儿子，被封为梁怀王，汉文帝最喜欢这个儿子，就叫贾谊做他的太傅，来教他怎么读书、怎么做人。可惜的是贾谊命运不好，贾谊做了梁怀王太傅以后，没过几年，梁怀王这个十几岁的小孩，骑马时一不小心，从马上摔下来摔死了。梁怀王死了，贾谊就觉得自己没有尽到责任。皇上叫我做太傅来管这个梁怀王，现在他骑马摔死了。贾谊就觉得很伤心，就经常哭泣，三十三岁就死了。也就是说贾谊既没有得到很高的官职，他提出的具体的方针政策也还没来得及实施，他的主张没来得及被朝廷所采纳，他就死了。所以后人都认为贾谊是一个怀才不遇的典型。

这样一个怀才不遇的典型历史人物，唐代诗人当然要来咏他，杜甫就咏过贾谊。杜甫说："贾生恸哭后，寥落无其人！"就是自从贾谊上疏痛哭以后，就再也没有人像他那样关心国家的命运了。贾谊不是为了自己，他是为了国家而在那里痛哭流涕，现在没有这样的人了。大概在贾谊贬到长沙的九百五十年以后，中唐诗人刘长卿路过长沙，他去凭吊了贾谊的故居。贾谊曾经住在长沙，他的故居就在那里。刘长卿就写了一首非常好的诗，来悼念贾谊：

贾生恸哭后，寥落无其人。
安知蔡夫子，高义迈等伦。
献书谒皇帝，志已清风尘。
流涕洒丹极，万乘为酸辛。
天地则创痍，朝廷当正臣。
异才复间出，周道日惟新。
使蜀见知己，别颜始一伸。
主人薨城府，扶榇归咸秦。
巴道此相逢，会我病江滨。
忆念凤翔都，聚散俄十春。
我衰不足道，但愿子意陈。
稍令社稷安，自契鱼水亲。
我虽消渴甚，敢忘帝力勤。
尚思未朽骨，复睹耕桑民。
积水驾三峡，浮龙傍长津。
扬舲洪涛间，仗子济物身。
鞍马下秦塞，王城通北辰。
玄甲聚不散，兵久食恐贫。
穷谷无粟帛，使者来相因。
若逢南辕吏，书札到天垠。

（杜甫《别蔡十四著作》）

> 三年谪宦此栖迟，万古惟留楚客悲。秋草独寻人去后，寒林空见日斜时。汉文有道恩犹薄，湘水无情吊岂知。寂寂江山摇落处，怜君何事到天涯？

刘长卿这首诗是七言律诗，他说现在贾谊的故宅已经很荒凉了，里面长满荒草，诗人在夕阳斜照的时候走进了贾谊故宅，觉得这个地方很荒凉，很凄寂。他很同情贾谊，追问说：你这样的一个人物，为什么千里迢迢地被贬谪到这么偏僻的地方来啊？这首诗里写得最好的是五、六两句，我就把这两句给大家讲一下，就是“汉文有道恩犹薄，湘水无情吊岂知”两句。我们先看下一句。湘水就是湘江，刘长卿说湘江是无情的，大自然的东西当然没有感情，它千古不变地浩浩荡荡地流着，你贾谊在湘江边投文祭吊，它又怎么会知道呢？刘长卿说的是什么事情呢？这是说当年贾谊被贬到长沙，他路过湘江的时候写了一篇赋，就是《吊屈原赋》，因为屈原是在汨罗江投江自杀的，汨罗江是湘江的支流，所以贾谊路过湘江时想起了古代的屈原。屈原忠于楚国，忠于楚怀王，但是被怀疑，被放逐，贾谊觉得自己跟他一样，我也是忠于朝廷，我也向朝廷提了很多好的意见，但是反而受到迫害，受到贬谪，所以贾谊格外同情那位行吟泽畔的屈原，就写了一篇赋，投进湘江里，来吊祭屈原。刘长卿就说，贾谊你虽然往湘江里投了一篇《吊屈原赋》，但是有谁知道呢？湘江是无情的啊！言下之意就是世上有谁会同情你呢？当然这也就是说，我是同情你的，但是同情你的人太少了。我们再来看上一句：“汉文有道恩犹薄”，“有道”就是有道之君，刘长卿的意思是说汉文帝这个皇帝不算是一个昏君，更不是暴君，他还算是一个有道之君，是一个比较好的皇帝。据史书记载，汉文帝这个皇帝曾做过不少较好的事情，他废除了很多秦朝遗留下来的残酷的法律，他还是一个很节俭的皇帝，为了要让老百姓休养生息，就让百姓少交一点租税，减轻他们的负担。天下苍生已被秦朝的暴政和秦汉之际的战争折腾得奄奄一息了，只有实行轻徭薄赋才能让整个国家恢复元气，所以汉文帝下令免收全国田赋十二年，并亲自带头实行节俭。有一次，汉文帝想在宫中建一个露台，一合计需要花费十户中等人家的家产，他就下令不让修了。只有在汉文帝的时代，皇宫里才会有很多帐幔是用旧的布口袋拆掉以后缝在一起做成的，哪个皇宫里会这样寒碜啊？而且那可是大汉皇朝啊！但是刘长卿的诗里说，虽然你贾谊遇到了汉文帝这样一个比较有道的皇帝，他给你的恩惠也不够厚，他的恩惠太薄了。

汉文帝在位二十三年，是一位宽厚、节俭的仁义之君。贾谊虽然早年被贬，但是汉文帝四年之后就把他召回长安，并让贾谊辅佐自己最喜欢的小儿子，可见汉文帝还是很欣赏贾谊的才华的。那么，中唐诗人刘长卿为什么会认为汉文帝待贾谊恩薄呢？

让我们再看看另外一首唐诗，就能明白汉文帝的“恩犹薄”到底薄在什么地方。晚唐李商隐有一首诗也是咏贾谊的，诗的题目就叫做《贾生》，古人称贾谊都不称名，都称“贾生”，贾生就是贾先生的意思，因为大家都很尊敬他。李商隐的这首《贾生》是怎么说的呢？他说：

宣室求贤访逐臣，贾生才调更无伦。可怜夜半虚前席，，不问苍生问鬼神。

诗意很清楚，我稍微讲一讲。宣室是汉代皇宫里的正殿，汉代有一座宫叫未央宫，未央宫的正殿就是宣室，汉文帝把贾谊从长沙召回来以后，就在宣室接见他。他们在宣室里谈话，汉文帝向贾谊请教一些问题，两个人面对面地坐在地上，谈啊谈的，一直谈到半夜。文帝听得太入迷了，觉得贾谊讲得太好了。古人都是席地而坐的，文帝坐在席子上，听得入迷，就不知不觉地朝前移动，这叫做“前席”。因为朝前移动，靠贾谊近一点，就能听得清楚一些。汉文帝一直听到半夜还不疲倦，还在“前席”，可见他对贾谊多么钦佩，多么重视！所以李商隐的诗里一开头就说了：“宣室求贤访逐臣，贾生才调更无伦。”贾谊的才华是无与伦比的！汉文帝把贾谊这个“逐臣”召回长安是做对了！但是李商隐又说“可怜夜半虚前席”，他说可惜啊，汉文帝尽管听到夜半，还朝前挪动，要仔细地向贾谊请教，可惜这一切都是徒然的啊！所谓的“虚前席”，就是说白白地朝前挪动了，白白地仔细听讲了，为什么呢？第四句点明答案：“不问苍生问鬼神。”贾谊最好的本领，最大的才能，当然是安邦定国，你汉文帝要向他请教的话，应该请教怎么治理国家，怎么把国家治理得更富强，让老百姓的生活过得更好一些，应该要关心苍生百姓，可惜汉文帝没有问这些内容！汉文帝接见贾生，一直谈到半夜，他向贾谊请教什么？请教的是鬼神的事情，请贾谊解释鬼神是怎么回事。鬼神的事贾谊当然也懂，所以就给汉文帝讲解，一直讲到半夜，但是这没有发挥贾谊的长处，鬼神的事不是他最重要的学问。汉文帝作为一个君主，应该向贾谊请教有关国计民生的大事，要是他询问有关苍生百姓的事情就好了！所以李商隐觉得非常可惜，这就是“汉文有道恩犹薄”的最关键的地方。尽管汉文帝可算是一个有道之君，他也没有能够真正重用贾谊，也没有让贾谊充分发挥他的才能，所以他对贾谊的恩惠还是薄的。换句话说，贾谊仍然是一个怀才不遇的悲剧人物。

由于贾谊的英年早逝和怀才不遇，他成为唐代诗人最喜欢吟咏的一个历史人物。此外，还有另外一个历史人物，在唐朝的咏史诗中也绽放异彩。她虽然只是一个弱女子，却也使得许多的文人墨客为她咏叹不已。那么，她究竟是谁呢？

除了贾谊，唐朝的咏史诗里还有另外一个历史人物，也是诗人们发泄怀才不遇的牢骚的对象，此人也是西汉人，不过是一个女性，她就是王昭君。王昭君大家肯定也不陌生，古代著名的美女，民间传说是古代四大美女之一。王昭君为什么也是怀才不遇的类型呢？我们先把王昭君的故事简单地讲一下。王昭君是西汉元帝时期的人，她因为长得美，古代的帝王要选美，就被选进宫里去了。但是选进宫里以后，王昭君在汉宫里过了几年，都没见着皇帝的面。当时的皇帝是汉元帝，王昭君一次都没见过汉元帝，就此默默无闻地待在宫里。几年以后，有一个机会来了。有一次南匈奴的首领，叫呼韩邪单于，那时候南匈奴跟汉朝比较友好，双方没有打仗，呼韩邪单于就到长安来朝见汉朝的皇帝。汉元帝为了笼络匈奴，表示友好，就下令从宫廷里选五个美女送给他，嫁给他。这一选就选到王昭君了，也不是被动地选上的，王昭君是主动报名的，她在宫里也见不到皇帝，一连几年无声无息，她心里有怨气：我这么美貌，皇帝为什么不召见我？所以她听说匈奴呼韩邪单于来了，皇帝决定要送五个宫女给他，王昭君就主动报名，说我愿意去。结果王昭君就被嫁给匈奴的单于了。临走的时候，按照当时的外交礼节，皇帝要赐宴，汉元帝就设宴会招待呼韩邪一行，当众把选中的五个宫女叫出来，交给他带回去。王昭君一出场，不得了了，大家读白居易的《长恨歌》，还记得描写杨贵妃的一句话吧，叫做“六宫粉黛无颜色”，就是一个特别美貌的人一出现，宫中其他的美女顿时都没有光彩了。王昭君一出现，整个汉宫都失去了光彩，因为她是宫中最美的人。汉元帝一看就呆住了，这样出色的美人怎么能送给匈奴，这个人是宫里最美的一个啊！汉元帝很想反悔，这个美女我自己要的啊，留在宫里我可以立她为皇后啊，但是现在要送给匈奴了，名单已经公布了，人也已经出来了，没法再追悔了。为了外交，汉元帝就让王昭君走了。王昭君就这样嫁给匈奴的呼韩邪单于，一去再也没有回来，后来死在匈奴了。

《汉书》也好，《后汉书》也好，都记载了王昭君远嫁匈奴的事情，其他的书像《西京杂记》，还记载了一些细节。为什么王昭君进宫几年都没有见到过皇帝呢？原来这个汉元帝是一个官僚主义的家伙，他做皇帝，他要选美，宫里有那么多美女，他不是一个个地找来看，他只看画像。汉元帝叫画工给宫中的每个美女画一幅像，他只管看画像，看像上这个人美不美，那个人美不美。现在的年轻人找对象，都知道光看照片来判断对方的容貌是不可靠的，一定要见到本人，看照片谁知道到底长得怎么样，画像就更加不可靠了，画像不是一种客观的反映，它是画家画的，画家画的像也许会失真，画得不很像真人。而且《西京杂记》里记得很清楚，因为汉元帝是看画像来选美，所以那些画工趁机捞钱：哪个宫女给我送钱，我就把她画得美一点，你不给我送钱，我就把你画得丑一点，这样你就选不上。王昭君自认为是宫里最美的，她天生丽质，觉得我不需要花这个冤枉钱，当然也许她家里穷，没有钱，所以她没有给画工送钱，结果画工就把她画得不太美，所以汉元帝看美人像时没有注意过她，也就压根没见过她本人。这样，一个汉宫里美貌第一的女性就远嫁到匈奴去了，从此再也没有回来，死在匈奴，葬在匈奴。

王昭君的不幸遭遇，引起后人无穷无尽的同情和感叹，李白为她写过诗，杜甫也为她写过诗。李白写了一首诗，题目就叫做《王昭君》，他说："汉家秦地月，流影照明妃。一上玉关道，天涯去不归。"这是什么意思呢？我稍微讲一讲。李白说，王昭君西嫁了，我们汉王朝的月亮一路跟随着她，因为月亮是跟着人走的，月亮一直伴随着王昭君到匈奴去了。王昭君走到玉门关以后，就到了天涯，玉门关外就不是汉朝的疆域了，是匈奴的地方了，一到那里就再也不能回来了。"汉月还从东海出，明妃西嫁无来日。"月亮伴随着王昭君西行，这个月亮到了明天又会回到东方，它还会从我们的东海升起来，又出现在汉国的上空。但是王昭君西嫁，却是一去就不再回来了，昭君这一辈子再也没有回到祖国来。再下面两句是："燕支长寒雪作花，蛾眉憔悴没胡沙。"匈奴那边有一座山叫燕支山，传说燕支山上出产一种草叫燕支草，匈奴的妇女拿来化妆、美容的。所以汉武帝时代汉朝的军队把燕支山攻下来以后，匈奴就有一首民歌说："失我燕支山，使我妇女无颜色。"燕支山丢掉了，我们的妇女没有化妆品了，脸上就没有光彩了。李白的意思是说，燕支山啊，这座匈奴的山，一年四季都很寒冷，从来不会开花的。燕支山上有什么花呢？只有雪花，天上飘下的雪花就是燕支山里的

汉家秦地月，流影照明妃。
一上玉关道，天涯去不归。
汉月还从东海出，明妃西嫁无来日。
燕支长寒雪作花，蛾眉憔悴没胡沙。
生乏黄金枉图画，死留青冢使人嗟。

（李白《王昭君》）

花。王昭君嫁到那里去了，她尽管美貌，但是不久就憔悴，衰老，最后死在那里，死在黄沙满天的异国他乡，再也没有回来。最后两句特别值得注意，李白说："生乏黄金枉图画，死留青冢使人嗟！"昭君你生前没有黄金送给画工，所以画工把你画得丑一点，你就没有机会受到皇帝的重视。你死后只留下一座青冢，使后人到这里凭吊你，为你叹息！青冢就是王昭君的墓，在现在内蒙古呼和浩特市的南边，传说当地的草都是白颜色的，只有青冢上的草是青绿色的，所以叫做"青冢"，就是一座青色的坟墓。这是李白咏王昭君的诗。

杜甫也写了一首诗来凭吊王昭君。杜甫晚年来到夔州，在长江的三峡旁边，那个地方有很多古迹，有很多历史人物在那里活动过，他就一连写了五首诗来缅怀五个古人，我们看看他缅怀了哪几个古人。第一个是庾信，这是南北朝最后的一个大文学家，也是成就最高的一个文学家。第二个是宋玉，是跟屈原同时代的，写作楚辞的一个大作家。第四个是刘备，第五个是诸葛亮，这是古代的一对明君良相，堪称英雄豪杰。五个古人中前面两个是男性的大文学家，后面两个是男性的英雄豪杰，唯独第三个是王昭君，是一个女性，是一个不幸的弱女子。但是在杜甫心目中，他们五个人的地位是平等的，他们都是有重大意义的历史人物，所以杜甫写《咏怀古迹》五首，第三首专咏王昭君。那么杜甫的诗是怎么写的呢？杜甫说：

群山万壑赴荆门，生长明妃尚有村。一去紫台连朔漠，独留青冢向黄昏。画图省识春风面，环佩空归月夜魂。千载琵琶作胡语，分明怨恨曲中论！

就是在三峡那一带，两岸都是崇山峻岭，从瞿塘峡到巫峡，再到西陵峡，两岸的山从高到低，一路东奔，一直奔到西陵峡，奔到最后一座荆门山，荆门山再往东就到了江汉平原，就没有高山了，所以杜甫说："群山万壑赴荆门，生长明妃尚有村。""明妃"就是王昭君。王昭君本来就叫王昭君，后来到了晋代，因为晋文帝名叫司马昭，古代皇帝的名字其他人是不能用的，一定要避讳，司马昭叫昭，王昭君就不能再叫昭，晋朝人就把她改称为"王明君"，"昭"字跟"明"字的意义差不多，都是光明的意思。改成王明君以后，就有人管她叫"明妃"，实际上都不是她原来的名字。她原来名叫王嫱，字昭君。杜甫说在崇山峻岭东奔的途中有一个小小的村庄，这个村庄就是生长王昭君的地方。王昭君生在此，长在此，后来它的地名就叫做"昭君村"。昭君村现在在湖北的秭归县，那里有一条很美丽的河叫香溪，香溪从神农架发源，一直流进长江，昭君村就在香溪边上，在整个三峡的中段，它的西边有瞿塘峡与巫峡，它的东边有西陵峡，这样一个山势雄伟的地方有一个小村庄，就是昭君村。杜甫的这两句诗很有意思，引起后人很多的讨论。

明朝有一个人叫胡震亨，他说这首诗的头起得不好，就是杜甫的这两句诗写得不好。为什么不好呢？胡震亨说，杜诗写了崇山峻岭一路飞奔，向东而去，气势非常雄伟，这样雄伟的气势，应该说这里诞生了某一个英雄人物才对，可是现在却诞生了一个王昭君，一个弱女子，这两者不相称（胡震亨《杜诗通》："'群山万壑赴荆门'，当似生长英雄起句，此未为合作。"）。但是一个叫吴瞻泰的清朝人不同意胡震亨的意见，吴瞻泰说，不，杜诗的这个头起得非常好，杜甫就是说山川的气势非常雄伟，然后钟灵毓秀，也就是山川的精华都凝聚在一个地点。

这么雄伟的山岭一路东奔，在中途有一个小小的村庄，这个村庄产生了王昭君这么一个人物。他说杜甫这两句诗可用八个字来评价："窈窕红颜，惊天动地。"（吴瞻泰《杜诗提要》）这个小村庄里产生了一个很柔弱的女性，一个美丽的女子，但是她是一个惊天动地的大人物！吴瞻泰的解读是符合杜甫的原意的，因为在杜甫心目中，王昭君就是一个重要的历史人物。当然，从客观效果来说，王昭君远嫁匈奴，促成了南匈奴和汉朝之间更加和平、更加友好。王昭君嫁去以后，接连四十年间双方没有发生战争，这是件好事。但是从主观上来说，对于王昭君个人来说，这毕竟是她的人生悲剧。她的绝代美貌在汉宫里一点都没有受到重视，她连皇帝的面都没有见过，后来远嫁匈奴，从此生活在那里，死在他乡，葬在异国，终身再也没能回到家乡，没能回到祖国，对她来说这是一个大悲剧。所以杜甫对王昭君表示了深厚的同情，他最后说："千载琵琶作胡语，分明怨恨曲中论。"琵琶曲里有一支曲叫《昭君怨》，就是表达了昭君心中的怨恨心情，所以杜甫对她表示深深的同情。

杜甫的这首诗，清代的金圣叹评论说，这是写的什么？这就是为千古的怀才不遇的人抒发浓重的牢骚！那么，王昭君并不是一个才子，她不是一个男性，她只是一个美女，她并没有表现出有过人的才华，为什么她的遭遇跟怀才不遇是同样的主题呢？原来在封建社会里，男性以才能而见重于社会，女性却只能以容貌见重于社会，因为古代的女性不参加社会活动，没有做事业的可能性，所以在封建社会里，女性有美貌而不被重视，跟男性的怀才不遇，两者的意义是一样的，都是人生的一大悲剧。在唐代的咏史诗中，怀才不遇这个主题是非常重要的，我们可以把咏贾谊的那些诗看作这个主题的男性版本，而咏王昭君的那些诗就是这个主题的女性版本。一个咏男性，一个咏女性，一个咏怀才不遇，一个咏怀貌不遇，但是两者的悲剧性质，以及它们引起后人的感慨，都是一样的。封建社会里有一句话叫“郎才女貌”，就是说男的要看才，女的要看貌。贾谊有天下第一的才华却不被重视，王昭君有天下第一的美貌却不被重视，两者的悲剧性质是一样的。当唐代诗人来咏史的时候，当唐代的诗人自己怀才不遇，从而同情古人的怀才不遇，当他们带着这种价值观来选择历史人物当作吟咏对象的时候，男性的贾谊，和女性的王昭君，就成为他们的首选人物，所以在唐代的咏史诗中咏得最多、咏得最好的，就是贾谊和王昭君这两个历史人物。

怀才不遇并不是诗人个人的问题，它实际上也是一个社会、一个国家的悲剧。有才能的人物不能人尽其才，当然是国家和社会的巨大损失。同样，由于他们不能人尽其才，国家与社会就不能建设得更好，这当然也是每一个普通百姓的巨大损失。正因为如此，唐诗中吟咏贾谊和王昭君的诗，不但抒发了诗人内心的真实情感，而且也引起了广大读者的普遍的同情和共鸣。直到今天，我们再来读这些诗的时候，仍然觉得诗里包含的价值判断跟我们是一致的，我们读了以后也会同情他们。当然，我们更希望这些唐诗成为我们的历史借鉴，让我们的社会里不再发生贾谊和王昭君式的悲剧，因为社会的公正毕竟是具有普世意义的价值追求。

第四讲　沧海桑田

中华民族有着几千年的文明史，中华文明的遗迹遍布大江南北。这些遗迹记录了朝代兴亡的历史，见证着山河易主的过程，后人来到这些遗迹，往往会产生浓重的沧桑之感，久久不能释怀。这种人类共有的情感，在唐代诗人的笔下催生了一首首伤感悲凉的怀古诗，直到今天，读起来依然让人感慨万千。那么唐诗中有哪些著名的怀古诗？唐代诗人在历史遗迹前抒发了什么深沉的感慨呢？

唐朝的怀古诗非常多，我们先从唐朝人对于古代的历史重视哪些内容说起。在山西有一条河叫汾河，也叫汾水，汾水向西南方向流，一直流进黄河。在汾水的南岸有一个地方，汉朝时候叫它汾阴，山的北边叫做阴，水的南边叫做阴，汾阴这个地方就是现在山西的万荣县。这个地方为什么重要呢？因为在汉武帝的时代，这里发现了宝鼎，是古代传下来的很宝贵的鼎。鼎是重要的文物，是国家的重器，所以汉武帝很高兴，就在这里建了一个祠堂，来祭祀当地的土地神。汉武帝一生中曾先后五次到汾阴这个地方去，皇帝经常去的地方，当然就很重要，当然会很繁荣。但是历史是会变化的，沧海桑田，时间的长河流逝了，地方就起变化了。九百年以后，到了唐代，汾阴这个地方不再有汉朝那种繁盛的局面了，它变成了一个很普通的地方，汉朝的那些古迹，汉武帝建的那些祠堂，统统都没有了。所以初唐有一个诗人，名叫李峤，他路过汾阴的时候，感慨万分，他想起这个地方在当年是那样的繁荣昌盛，连大汉皇帝都先后五次驾临这里，来举行祭祀土地神的大典，但是现在这里既偏僻，又荒凉。他放眼看去，看到了什么呢？在阵阵秋风中，一行行的大雁从汾水上空掠过，向南飞去。李峤就写了一首诗，叫《汾阴行》。这首诗很长，我只念后面的四句，很容易懂。

君不见昔日西京全盛时，
汾阴后土亲祭祠。
斋宫宿寝设储供，撞钟鸣鼓树羽旗。
汉家五叶才且雄，宾延万灵朝九戎。
柏梁赋诗高宴罢，诏书法驾幸河东。
河东太守亲扫除，奉迎至尊导銮舆。
五营夹道列容卫，三河纵观空里闾。
回旌驻跸降灵场，焚香奠醑邀百祥。
金鼎发色正焜煌，灵祇炜烨摛景光。
埋玉陈牲礼神毕，举麾上马乘舆出。
彼汾之曲嘉可游，木兰为楫桂为舟。
棹歌微吟彩鹢浮，箫鼓哀鸣白云秋。
欢娱宴洽赐群后，家家复除户牛酒。
声名动天乐无有，千秋万岁南山寿。
自从天子向秦关，玉辇金车不复还。
珠帘羽扇长寂寞，鼎湖龙髯安可攀。
千龄人事一朝空，四海为家此路穷。
豪雄意气今何在，坛场宫馆尽蒿蓬。
路逢故老长叹息，世事回环不可测。
昔时青楼对歌舞，今日黄埃聚荆棘。
山川满目泪沾衣，富贵荣华能几时？
不见只今汾水上，惟有年年秋雁飞。

（李峤《汾阴行》）

他说："山川满目泪沾衣，富贵荣华能几时？不见只今汾水上，惟有年年秋雁飞。"就是满眼都是壮丽的山河风景，但是看了以后使人伤感，泪水落在衣服上面。富贵也好，荣华也好，能维持多长时间呢？在汉武帝的时代，这里真是富贵荣华的地方，但是现在已经什么都没有了。如今的汾水上还有什么？年复一年，只有大雁向南飞去。大雁飞过的地方当然是人类活动比较少的地方，所以这里很冷清，很荒凉。这四句诗里，包含着对于古代曾经有过的那些繁华场面如今都已消失的一种感慨，包含着一种吊古的情怀。这四句诗在当时就很感动人，唐玄宗晚年，在安史之乱的前夕，那时候山雨欲来风满楼，国家快要动乱了，唐玄宗听歌手唱歌，唱的就是这几句，"山川满目泪沾衣，富贵荣华能几时？"他听了以后就流泪了，他非常感动。为什么感动？唐玄宗可能想到古人的富贵荣华不能维持长久，今人又怎么能够例外？我现在也是享尽富贵荣华，但也可能不会长久。他心有感触，就非常感动。安史之乱爆发以后，唐玄宗匆匆地西奔，在逃往四川的途中又一次听人唱这首歌，又一次感动得泪流满面。这是唐朝诗人面对汉朝遗留下的古迹来进行怀古，这样的怀古诗深深地感动了当时的读者。

唐玄宗自己听李峤的《汾阴行》，他缅怀汉武帝留下的古迹，他感到伤感。没想到时间过得飞快，很快他本人的事迹也成为他的后人怀古的对象。过了九十多年以后，晚唐诗人杜牧路过骊山的华清宫，骊山上有个华清宫，是唐玄宗跟杨贵妃一起游玩、享乐的地方，现在还保存着，宫里面有温泉。杜牧路过华清宫，就写了一首诗，因为他想起了当年唐玄宗、杨贵妃他们在这座宫里的情景。这首诗很短，就四句话：

长安回望绣成堆，山顶千门次第开。一骑红尘妃子笑，无人知是荔枝来。

站在骊山顶上回望长安，一片锦绣，长安是一个很繁华的城市，是大唐帝国的首都嘛，非常繁华。骊山上重重叠叠地建满了宫殿，有很多重的宫门，然后一重一重的门都打开了。所谓“次第”就是顺着次序，这一扇门开了，接着后面的一扇门又开了。一扇一扇的宫门都打开来干什么？为什么这个骊山上的华清宫的很多宫门一道一道都要打开呢？原来山下来了“一骑红尘”，“一骑”就是一人一马，一个人骑着一匹马，这个“骑”字念jì。一个人骑着马从山下飞奔而来，所以一道一道的宫门都打开了，好让他通行无阻。这个人来干什么？他一路飞奔而来，皇帝居住的宫殿打开了一道又一道的宫门让他进来，他是来递送紧急的军事情报吗？有什么重要的公文要呈送给皇帝吗？都不是。只有杨贵妃知道是为了什么，所以杨贵妃在山顶上笑了。杨贵妃看到一个人骑着马从山下飞奔过来，扬起一路的尘土，就回眸一笑。杨贵妃笑什么？原来来人是来进贡荔枝的，他要把新鲜的荔枝送到骊山上，让杨贵妃享用。据历史记载，杨贵妃最喜欢吃鲜荔枝。荔枝从树枝上摘下来，三天以后色、香、味全都没有了。而古代没有冷冻设施，所以一定要尽快送到长安，这样的鲜荔枝才好吃。荔枝是产在南方的水果，唐玄宗时进贡的荔枝，主要是

（唐）佚名 唐人宫乐图

南海沿岸所产的，从那个地方摘下荔枝，要在几天之内送到长安，送到骊山上的华清宫里让杨贵妃品尝，当时的办法只能是人马接力，一路飞奔。就是在前方安排人马等着，等上一匹马奔到，下面一匹马接着再跑，一路上片刻不停，这样才能保证在几天之内送到长安。进贡荔枝给百姓带来很大的祸害，杜甫的诗里曾写过："百马死山谷，到今耆旧悲。"为了赶送鲜荔枝到长安，成百匹的马累死在山谷里了。连马都跑死了，人受到的伤害是何等惨重？所以当杜牧来到这座华清宫，他想起当年的事情，想起唐玄宗、杨贵妃他们的荒淫无耻，为了要吃鲜荔枝，竟动用那么多的人力物力来运送。骊山上的宫门一路打开，一个人骑着马飞奔而来，大家还以为有什么紧急的事情，原来不过是送荔枝而已！你说杨贵妃喜欢吃荔枝，她吃点荔枝干不也可以吗？或者她自己跑到南方去吃一点鲜荔枝好了，何必千里迢迢的用人马接力的方式来运送？这是不管百姓死活，这是劳民伤财，这是糟害百姓！杜牧当然会把唐玄宗、杨贵妃的荒淫无耻与后来的安史之乱联想起来，所以他感慨万分。这是怀古诗的一种写法，就是诗人来到某个地点，想起这里曾经发生过的历史事件，心中感慨，就写诗来抒发这种吊古的情怀。

当然，正像咏史诗那样，唐代的怀古诗也往往与诗人自己的生平遭遇密切相关。当诗人来到某些古迹时，曾在那里活动的历史人物，曾在那里发生的历史事件，如果与诗人的遭遇有某种相似之处，那就会在诗人内心产生深刻的共鸣。在这种情境下写出来的怀古诗，就会具有格外深沉的抒情意味。

我们下面看一首传诵最广的唐代的怀古诗，这首诗非常有名，就是陈子昂写的《登幽州台歌》。幽州台是北京的古迹，它坐落在北京的南边，幽州是北京的古地名。这座台有很多的别名，它又叫“燕台”，北京这一带地方在古代曾是燕国，燕国的一座台，所以叫燕台。它又叫“蓟北楼”，因为是在蓟州北边的一座楼。它还有一个更有名的名字，叫“黄金台”。在公元 696 年，也就是陈子昂 36 岁那一年，他来到了幽州，登上这座幽州台，他感到无限的感慨。感慨什么呢？陈子昂此行，是跟着唐军来征讨契丹的。他跟随一个叫武攸宜的将领来攻打契丹。当时北方有一个民族叫契丹，那场战争是契丹挑起的，契丹先来侵犯唐帝国，武则天派出大军回击契丹，陈子昂就跟着来了。陈子昂也是一个怀才不遇的人，他非常有见解，他到了前线就向主帅武攸宜提出很多好的建议，说我们应该怎么办。可是武攸宜一概不予采纳，所以陈子昂很失落。他觉得我有这么好的谋略，有这么好的建议提出来，主帅都不予采纳，于是感到很失落。陈子昂怀着这种心情登上了这座黄金台，也就是他说的幽州台。

黄金台不是一座普通的建筑，它是跟古代的几个著名的历史人物联系在一起的。首先是建造这座台的燕昭王，战国时候的燕国原来很弱小，燕昭王发愤图强，要想使国家强盛起来，他说我怎样才能使国家强盛起来呢？他有一个老师叫郭隗，郭隗就劝他，第一要务是人才，国家强盛的关键在人才，你要招揽人才，把别的国家的人才都吸引过来，燕国就会强大了。燕昭王又问怎样才能招揽到人才呢？郭隗就劝他修建一座高台，把黄金堆放在台上，所以叫黄金台。不是用黄金筑成的台，而是在台上放着黄金。郭隗建议，只要有人才前来，就把黄金送给他，表示重用。修建了黄金台以后，郭隗说，一时招不到好的人才，你就先从我开始吧。于是燕昭王就请郭隗登上黄金台，说这是一个优秀人才，赏给他很多黄金。这个消息传开去，各地的人才都投奔燕国来了，燕昭王就招到了著名的军事家乐毅，还有剧辛等著名的人物，后来燕国就强大起来了。所以黄金台是一个发生过历史故事的地方，是古代一个有为的君主筑台招揽人才，然后使国家强大起来的一个古迹。

因此当陈子昂登上这座幽州台后，他心里就感慨万分，他觉得我不遇啊，我没有碰到燕昭王那样的时代，我来此登台，可是这座台已经很荒凉了，台上根本没有黄金，甚至连人影都没有，我登上来了也是白登！所以他就写了一首诗，只有短短的四句：

前不见古人，后不见来者。念天地之悠悠，独怆然而涕下。

我往前看，看不到古人，燕昭王啊、乐毅啊，他们都远去了，都不在了。我往后看，后面有没有继承者呢？也没有，现在既没有那样的杰出人才，也没有那样的开明君主。历史是多么的悠久，宇宙是茫茫无边，我独自登上此台，真是太寂寞，太孤独了！陈子昂的这首诗当然是在怀古，他当然是在缅怀燕昭王和乐毅那一批历史人物，但是更主要的，他是抒发内心的失落之感，所以他才会慨叹当代已经没有这样的人物了，现在只留下这样一座荒台，供人登览，使人伤感！

陈子昂的《登幽州台歌》是唐代最负盛名的怀古诗。读者也许会说，这是一个唐代的英雄人物在缅怀古代的英雄人物，英雄惺惺相惜，是一种特殊背景下写出来的怀古诗。那么假如是一个普通的诗人，不像陈子昂那样胸怀雄才伟略，这样的诗人来到古代的杰出人物留下的古迹时，他会不会有所感慨呢？他能不能也写出一首优秀的怀古诗呢？我们的答案是肯定的。

最著名的就是孟浩然的《与诸子登岘山》这首诗。我们知道，孟浩然一生没有做过什么重要的事业，他甚至没有任何机会让别人见识他的才能，所以他到底有多大的才能我们无从知道，他基本上就是一个无所作为的隐士，一个身世普通的诗人。孟浩然是长期隐居在襄阳的，襄阳郊外有一座山叫岘山，有一次孟浩然与几位朋友一同登上岘山，他想起在晋代曾经有一个叫羊祜的人也登过岘山，内心就非常感慨，他就写了这首诗。前面的两句说："人事有代谢，往来成古今。"就是人世是不断地变迁的，一代一代地新陈代谢，这样就构成了一部历史。后面的两句说："羊公碑尚在，读罢泪沾襟。"他说我在岘山上看到了后人为羊祜立的石碑，我读了碑文以后，非常感动，流泪不止。孟浩然为什么要感动呢？他登上岘山看到纪念羊祜的石碑，他感动的是什么呢？我们要从羊祜说起。

人事有代谢，往来成古今。
江山留胜迹，我辈复登临。
水落鱼梁浅，天寒梦泽深。
羊公碑尚在，读罢泪沾襟。

（孟浩然《与诸子登岘山》）

羊祜是晋代的一个大臣，也是一位名将，他长期驻守在襄阳。羊祜曾经登过岘山，有一天，羊祜带着很多部下以及门客一起登上岘山，他登山远眺，非常感慨。他说，自从有宇宙以来，这座山就坐落在这里了（我们知道地壳的变化是很缓慢的），从古到今，像我们一样登到山上来看风景的人不知有多少，但是他们一个都没有留下姓名来，想起来真让人觉得悲伤。我们今天来此登山，后人也会很快把我们遗忘的。羊祜说了这番话后，他的部下有一个叫邹湛的人，就对羊祜说你已经做了一番事业了，你官做得很大，又为地方上做了很多好事，老百姓会记住你的，你的英名必将与这座山一样传至永远。像我们这样的人，才真的会像你所说的那样呢！因为我们是无名小辈，什么事业也没做出来。果然，羊祜死了以后，当地百姓感激他，怀念他，就在岘山上为羊祜立了一座碑，是纪念羊祜的功德碑。后人来到岘山上，一看见这座碑，就想起羊祜，大家就伤心流泪，这块碑就被当地的百姓叫做“堕泪碑”，就是使人掉眼泪的碑。

当孟浩然登上岘山的时候，他看到了纪念羊祜的碑，他就想起羊祜，他想起羊祜与邹湛的那番对话，想起当年羊祜他们登山时的伤感的情怀。应该说，羊祜的感慨其实也是一种怀古的情怀，所以孟浩然的伤感已是双重的怀古情怀，难怪这首诗是这么深沉动人。孟浩然当然是一个普通人，一个普普通通的人来到一个古迹，想到曾经有某个有名的历史人物在这里活动过，这里有他遗留的流风遗韵，他就会产生缅怀古人的心情，这是产生大部分怀古诗的一个背景。

这样一来，我们已经比较清楚，怀古诗发生的背景一定是一个有古迹的地方，这个地方在古代曾经发生过重要的历史事件，留下了古代的宫殿或古战场的遗址，或者古代某些重要的历史人物曾在这里活动过，留下了他们的故居，或是他们的坟墓。凡是有这些古迹的地方就是产生怀古诗的环境，诗人走到这里，缅怀历史，他们就会写诗表达心中的感受。那么，产生怀古诗最集中的地方在哪里呢？在唐代，哪一座城市最能触发诗人的思古之幽情呢？

中国大地，到处都是古迹，因为我们的历史悠久。我到美国去看过，才一百多年的房子就当做古迹，就要挂牌纪念。中国有几千年的文明史啊，一百多年的古迹简直算不上是古迹，我国几百年、上千年的古迹比比皆是。但是我今天只想重点介绍一个历史悠久的城市，那就是南京。

南京是中国著名的古都之一，历史上有很多朝代在那里建都。南京这个城市有一个特点，可能是其他城市没有的，它有很多别名，就是这个城市在历史上并不叫南京，它叫金陵，它叫秣陵，它叫石头城，它叫建邺，它叫建康，它叫白下，等等，它有很多很多的古地名。在不同的时代，南京有不同的地名，其中有不少地名是因为改朝换代才叫出来的。所以南京留下了特别多的古迹，唐代的诗人在这座城市里也写了特别多的怀古诗。我这样说不是因为我住在南京，而是因为我们读唐诗的时候，会发现有许多许多的怀古诗是在南京写的。那么诗人们在南京怀古的时候，他们心中的感慨是什么呢？我们先从南京的历史说起。

南京最早的地名叫金陵，它为什么叫金陵？金是黄金的金，陵就是山陵的陵。传说战国时候，楚国有一个国王叫楚威王，楚国的中心地区在现在的湖北、湖南一带，楚威王走到南京这个地方，看到这里有王气，王气就是帝王之气，就是预兆着这个地方要出帝王，楚威王当然不愿意了，楚国的中心在郢都啊，他当然不愿意金陵这个地方也出王，他想镇压住这里的王气，就派人在南京的山里面埋了黄金，传说是铸了金人埋在地下。埋在地下干什么？要把这里的王气压住，用黄金把它镇住，让这里出不了帝王。所以人们就称南京为“金陵”，就是埋着黄金的一个山陵。

战国以后，秦始皇统一了天下，他派人在全国各地察看，让那种看风水的人，当时叫“望气者”，到全国各地观察动静。望气者一走到南京这个地方，就看到这里有帝王之气，就是南京这里要出帝王。秦始皇当然不愿意了，他的首都在咸阳啊，怎么能允许别的地方也出帝王，影响他的统治呢？所以他就下令在南京挖河，要把那里的地脉挖断。看风水的人讲究地脉，地脉被挖断了，王气当然也就不存在了。于是南京就有了我们今天的秦淮河。为什么叫秦淮河？是秦朝挖的淮河，人工开掘出来的一条河。当然，秦始皇就不许这里再叫金陵了，把它改名成“秣陵”，“秣”就是喂马的牧草。秣陵，意思是这些山陵上只长一些喂马的草，不是什么金陵了。

楚威王到底有没有在南京埋金，秦淮河到底是不是秦朝挖掘的，现代的历史学家和考古学家有不同的说法，但是唐朝人都是这样传说的，唐代的诗人都是相信如此的。我并不相信风水，但是说来也奇怪，虽然古人都说金陵有帝王之气，但自从楚威王在那里埋黄金镇住王气，秦始皇来开挖秦淮河把地脉挖断，后来历史上凡是在南京建都的王朝都是短命的。我们数一数，从东吴开始，三国时候东吴的孙权就建都在那里。然后是东晋，然后是南北朝的宋、齐、梁、陈，然后是唐末五代时候的南唐，就是李后主那个王朝，然后就是明代，然后是太平天国，除了东晋，东晋以南京为首都，大概勉强超过了一百年，其他的朝代都是只有几十年，甚至只有十几年，全是短命王朝。就是说南京这个地方有很多朝代建都，但是国运都不长。最有意思的是明朝，本来明朝有两百多年，接近三百年的历史，朱元璋是开国皇帝，他建都在南京，但是到了燕王朱棣，就把国都迁到北京去了，所以南京作为明朝的首都也是短命的。那么，这跟历史上的埋黄金，挖秦淮河有没有关系呢？我不敢说有关系，但是结果就是这样，南京始终是一个短命王朝的都城。

这样一来，在南京这个地方就上演了太多的兴亡故事，一个朝代兴了，在这里建都，但是很快又亡了，南京一幕一幕地演出着朝代兴亡的故事。当唐代的诗人来到南京，在这个地方写怀古诗的时候，他们首先想到的就是这个地方有王气，但是在这里建都的王朝都不长久，亡国的悲剧一幕又一幕地上演。中唐诗人刘禹锡有两句诗说“王濬楼船下益州，金陵王气黯然收”，他说的是什么呢？他说的是晋朝的军队来攻打东吴，浩浩荡荡的水军从长江上游顺流而下，最后攻下了石头城。孙皓，东吴的最后一个皇帝，举着降旗出来投降，金陵王气就没有了，暗淡了，消失了。晚唐的许浑也写了咏金陵的诗，他说“玉树歌残王气终，景阳兵合戍楼空”，他说的又是什么呢？是隋朝的军队来消灭陈朝，陈叔宝，也就是荒淫无耻的陈后主，他的亡国之音“玉树后庭花”再也唱不下去了，因为这里的王气又一次告终了。因此，当大诗人李白登上南京

王濬楼船下益州，金陵王气黯然收。
千寻铁锁沉江底，一片降幡出石头。
人世几回伤往事，山形依旧枕寒流。
从今四海为家日，故垒萧萧芦荻秋。

（刘禹锡《西塞山怀古》）

郊外的凤凰台的时候，他举目眺望南京城，他望到了什么呢？他的诗里说望到了两个景象，一个是“吴宫花草埋幽径”，另外一个是“晋代衣冠成古丘”。就是东吴遗留下来的皇宫，现在已经荒废了，宫里面长满了野花野草，连那些幽静的小路都被埋起来了。野草长得连路都看不见了，可见有多么荒凉。那么晋代留下了什么呢？是成片的“古丘”，也就是坟墓。晋代有那么多的衣冠，那么多的历史人物，现在只留下一片荒坟。可见唐代的南京在李白眼中是相当荒凉的，到处布满着荒凉的历史遗迹。难怪诗人们在南京写的怀古诗总有一股悲怆凄凉的意味呢。

玉树歌残王气终，景阳兵合戍楼空。
松楸远近千官冢，禾黍高低六代宫。
石燕拂云晴亦雨，江豚吹浪夜还风。
英雄一去豪华尽，唯有青山似洛中。

（许浑《金陵怀古》）

凤凰台上凤凰游，凤去台空江自流。
吴宫花草埋幽径，晋代衣冠成古丘。
三山半落青天外，二水中分白鹭洲。
总为浮云能蔽日，长安不见使人愁。

（李白《登金陵凤凰台》）

如果到南京去旅游的话，大家就会发现，不管是大地名还是小地名，南京有很多地名都是历史上遗留下来的，而且每一个地名都包含着一个伤感的历史故事。南京城外有紫金山，也就是钟山，它的城墙是石头城，也叫鬼脸城。这个紫金山跟石头城，本来是形势险峻，非常雄伟的地方，诸葛亮说：“钟山龙盘，石城虎踞。”虎踞龙盘，形势既雄伟又险要，很适合建都。但是建都在南京的王朝都是短命的，所以钟山也好，石头城也好，当后代的诗人来此凭吊古人的时候，首先想起的是这里不断地上演亡国的故事，使人

北湖南埭水漫漫，一片降旗百尺竿。
三百年间同晓梦，钟山何处有龙盘。

（李商隐《咏史》）

倍觉伤感。李商隐问得好：“三百年间同晓梦，钟山何处有龙盘？”我们更不用说玄武湖啊，台城啊，秦淮河啊，乌衣巷啊，这些地名每一个都包含着一部兴亡史。下面我们就来看看唐代的诗人在南京写的怀古诗中有哪些好作品，当然好诗实在太多了，我不可能一一地讲，我只举两个例子。

第一首诗是刘禹锡写的。刘禹锡写过五首在金陵怀古的诗，其中最有名的一首叫做《乌衣巷》。“乌衣巷”是南京的一个古地名，现在还在南京的城南。乌衣就是黑衣服。刘禹锡的这首诗很短，我先念一下：

朱雀桥边野草花，乌衣巷口夕阳斜。旧时王谢堂前燕，飞入寻常百姓家。

他咏的是秦淮河边上的一条巷子，巷子附近有一座桥叫“朱雀桥”。中国古人认为东有青龙，西有白虎，北有玄武，南有朱雀，所以凡是南边的城门都叫朱雀门，南京也是这样。朱雀门外面有一座桥，架在秦淮河上，就叫朱雀桥。在六朝时候，在东晋和宋、齐、梁、陈的时代，那里是非常繁华的地方。当时的朱雀桥上有一个城楼，上面有铜铸的两只大雀，就是谢安亲自建造的，是非常繁华的地方。在东晋、南朝的时候，乌衣巷是当时门第最高的王、谢两家人居住的地方，一家是王家，另一家是谢家，他们是南朝身份最高贵的贵族。王、谢两家的身份高到什么程度？我们只要看两个例子就知道了。王家在东晋最早出的一个宰相叫王导，西晋灭亡后，王导等人拥戴着司马睿南渡到江南，建立了东晋，当晋元帝司马睿坐在龙椅上举行开国典礼的时候，竟然叫王导一起坐在那把龙椅上。所以老百姓都说：“王与马，共天下。”就是这个东晋的天下是谁的？是王家跟司马家两家人家平分的，皇帝姓司马，皇家简称马家，另外一家就是王家，可见王家的地位有多高！

当时的另外一个高门贵族就是谢家。大家肯定知道淝水之战的故事，淝水之战时，北方前秦的军队往南打过去，在安徽的淝水与东晋的军队相遇，在那里打了一仗。淝水之战是晋军得到了胜利，把前秦的军队打败了，从而保卫了东晋。淝水之战中，在后方运筹帷幄的宰相是谢安，是谢家的人；在前方冲锋陷阵的大将是谢玄，又是谢家的人，可见谢家是何等重要的人家，他们家里尽出功臣，保卫国家，建了大功。

所以，王家跟谢家，在东晋，在东晋之后的宋、齐、梁、陈，都是门第最高贵的人家，地位非常之高。这条乌衣巷就是当时王、谢子弟聚居的地方，王家和谢家，一条巷子里只有他们两家住在那里。因为王、谢两家住在乌衣巷，所以他们的子弟叫做“乌衣子弟”。大家不要误会，不要以为当时的贵族子弟都穿着乌衣，乌衣就是黑衣服。不是的，东晋、南朝的时候黑衣服是贫贱的人穿的，穷人穿的，地位低的人穿的，贵族不穿。那么为什么王、谢两家聚居的巷子叫乌衣巷呢，原来乌衣巷这个地名是古地名，它的得名是在东吴的时代。当时孙权修筑了石头城，派一支军队驻扎在那里，就在乌衣巷那一带，当时的兵士都穿黑衣服，所以那个地方就叫乌衣巷。到了东晋，王、谢住到这里来了，但这个地名一直没有变。地名虽然叫乌衣巷，但是住在这里的贵族并不穿乌衣，乌衣巷只是一个地名。

乌衣巷

现在我们来看一看刘禹锡的这首诗。第一句是“朱雀桥边野草花”，朱雀桥曾是非常繁华的地段的一座桥啊，怎么会桥边长满了野草花？显然这不是人工栽种的花草，而是野生的草花，可见这地方已经不那么繁华了。“乌衣巷口夕阳斜”，一缕斜阳的光照进巷口，这儿还有当年的繁华气氛吗？没有了，这儿已经很冷落了。三、四两句写得好：“旧时王谢堂前燕，飞入寻常百姓家。”从前这个地方是王家、谢家居住的地方，是高门贵族聚居的豪华场所，但是时代变迁了，现在这里住的是普通百姓。燕子一年又一年地飞来，从前是飞到王、谢的家里去，现在却是飞到寻常百姓家里去了。燕子喜欢在人家的梁上做窝，古人认为燕子今年在这里做窝，明年还回到老地方来做窝，燕子是依恋故居的。晋朝有人写了一篇《燕子赋》，说有一个人为了要试验燕子是不是回到老地方，就在秋天燕子快要南飞时，把他们家梁上的燕子抓住一个，剪掉一点爪子做记号。我们现在给鸟做记号是用一个铝圈套在脚上面，古人没有铝圈，就剪掉一点爪子再放飞。到了来年春天，燕子飞回来了，主人一看，果然是那个剪掉爪子的燕子又回来了。刘禹锡的诗里说，乌衣巷原来是王、谢这样的高门贵族住的地方，但是现在已经变成普通老百姓的家，只有燕子不管你是富贵人家还是贫穷人家，它还是一年一度地飞到这里来。当然，从谢安建造朱雀桥到刘禹锡写这首《乌衣巷》，时间已经过去了480年，不是说当年的那个燕子还活着，他的意思是说燕子始终都会飞来，自然是不变的，但是六代豪华的景象已经不存在了。人们感叹南京城的历史，往往会说“六代豪华”，这个词里包含着对世事沧桑的无限感慨，这是唐代诗人在南京怀古时的典型心态。

在历史遗址前抒发心中的沧桑之感，是唐代怀古诗中最常见的写法。对于六朝故都的南京城，诗人的感慨当然离不开对六代豪华的追思。但是大家都这样写的话，显然会落入陈陈相因的俗套。那么，唐代诗人是如何用独特的艺术构思来推陈出新的呢？

唐诗中还有一首在南京城写的怀古诗，其感情色彩跟刘禹锡的《乌衣巷》非常相似，但是写法却不一样。这首诗也是大家比较熟悉的，也是选在《唐诗三百首》里的，就是晚唐韦庄写的那首《台城》。这首诗在《唐诗三百首》中的题目叫做《金陵图》，这是编书的人弄错了，其实韦庄的诗集中另有一首《金陵图》，而这首诗的题目就叫《台城》。“台城”就是南京玄武湖旁边的那一段古城墙，这在六朝时候是首都的城墙，明代的城墙也建在这里。在一个春雨霏霏的日子里，韦庄走到台城根下，看到台城北侧的长江边上，十里长堤，杨柳依依，还听到一声声的鸟鸣。韦庄感慨万分，他觉得自然是不变的，到了春天，南京城依然是一派春色，但是六代繁华已经像梦境一样永远消逝了。这首诗也只有四句，就是：

江雨霏霏江草齐，六朝如梦鸟空啼。无情最是台城柳，依旧烟笼十里堤。

那么，这首诗的感情倾向是怎样的呢？它有没有浓重的沧桑之感呢？让我们从第二句的一个异文说起。所谓“异文”，就是诗歌的文本在流传过程中发生了变化，产生了不一样的版本。

20 年以前，我在美国的哈佛大学旁听一个洋教授讲唐诗，有意思的是，这个教授不是叶嘉莹先生那样的华人学者，而是一个盎格鲁·撒克逊人，他用英语给研究生讲唐诗，我很感兴趣，很想听听怎样用英语讲唐诗，我就去旁听了。大家在练习外语听力的时候，肯定有这样的经验，如果一段听力材料里有某个单词不断地重复出现，你就比较容易听懂。这个洋教授那天正好讲到韦庄的这首《台城》，他讲啊讲啊，我听到他不断地说到一个单词，叫 crow，他说 crow、crow。crow 是什么东西？crow 就是乌鸦。他为什么老讲乌鸦呢？我想这首诗里并没有说到乌鸦啊，只有第二句说到“鸟空啼”，鸟为什么一定是乌鸦呢？但是他就是不停地说乌鸦，他确实是很能讲，滔滔不绝，大意是这首诗好就好在一个乌鸦的乌字。他说，你们想想，乌鸦是一种什么样的鸟？乌鸦的颜色是乌黑的，鸣叫的声音是很枯燥的，沙哑的，中国人都认为乌鸦是一种不吉祥的鸟，大家看到乌鸦都很讨厌。他说，你们想想，原来是六朝繁华的南京，到了晚唐，韦庄来到那里的时候，虽然是春天，江南的春天应该鸟语花香啊，但是居然城墙边上只有一只乌鸦在那里啼叫，而乌鸦是一种象征着灰暗、衰败、凄凉的鸟，所以南京的景象是多么凄凉。所以他说，这首诗好就好在一个乌鸦的乌字，这个“乌”字就是这首诗中的“诗眼”！

他讲了大约个把小时，讲完了，也下课了，他看到我坐在旁边，就问我，莫教授你觉得怎么样？我说，你讲是讲得很好，但是据我所知，这首诗里并没有“乌”，只有一个“鸟”字。他说怎么可能呢，回过身就从书架上抽下一本书，一看是台湾出版的

《唐诗三百首》，他翻到那一页，果然是印着一个“乌”字。台湾地区的书都用繁体字印，“鳥”字少了一横就成了“烏”字。所以我劝大家，如果你想要买几本古典诗词的书，最好买我们中华书局出版的，或者是上海古籍出版社和江苏的凤凰出版社出的，校对得比较精。有些杂牌出版社印的书错字太多，给我们提供的文本不可靠。我就告诉那个洋教授，韦庄的这句诗里不可能是“乌”字，只可能是“鸟”字。理由很简单，这是一首七言绝句，七言绝句是要讲平仄的，这一句的平仄格律应该是“平平仄仄仄平平”，就是第五个字只能是仄声字，不能是平声字，而乌鸦的“乌”是平声字，“鸟”才是仄声字，所以这里用“乌”字的话平仄就错了。三个平声字连在一起用在一句七言诗的结尾，唐朝人叫做“三平调”，三平调是不能出现在绝句中的，只能写在七言古诗中间。晚唐的韦庄这样的诗人更不会犯这种错误，韦庄是非常讲究音律的诗人，他还擅长写词，他绝对不会犯这样的错误，所以这句诗只可能是“六朝如梦鸟空啼”。说实话，出于维护中美人民友谊的愿望，我当时没有说另外一句话，其实我更想告诉他的是什么呢？我更想说的是，这首诗好就好在一个“鸟”字！因为假如换成一个“乌”字，改成了“六朝如梦乌空啼”，这首诗就没有味道了。韦庄想表达什么？韦庄走到台城下面，他看到了什么？他的感受是什么？他看到的正是春色依旧，大自然是亘古不变的，到了春天依然是细雨霏霏，南京城下杨柳依旧，啼鸟也依旧。韦庄感叹的是六代豪华不再存在了，曾经有过的南京作为首都的那种繁荣的局面，已经像梦境一样永远消逝了。正像清初的王夫之所说的：“以乐景写哀，以哀景写乐，一倍增其哀乐。”韦庄正是用鸟鸣柳绿的春色来反衬南京城的冷寂，用亘古不变的自然来反衬转瞬即逝的人事，这也就是深沉的沧桑之感。

当我们路过一处古迹，我们想到古代曾经有过的那些繁荣昌盛的局面，我们就很伤感，或者想起这里曾经发生过一些轰轰烈烈的事情，有一些伟大的人物在这里活动过，现在都一去不复返了，我们就会缅怀历史。

中国的大地上到处都是古迹，保护古迹最好的办法就是修旧如旧，或者根本不去修它，让它保持原来的苍老面貌。要是修整一新，成为焕然一新的假古董，那就索然寡味了。古迹留给我们的是什么？是对于历史的缅怀，是在悠久历史的背景下所产生的一种情感寄托。断墙残壁记录着朝代的兴亡，秦砖汉瓦诉说着历史的沧桑，我们来到这种地方，会产生一种历史的沧桑感，从而引起对我们的悠久历史的深情缅怀，即使它会带来一些伤感，但依然是非常美好的审美享受。为什么我们现在还要读唐人的怀古诗，我想理由就在这里。

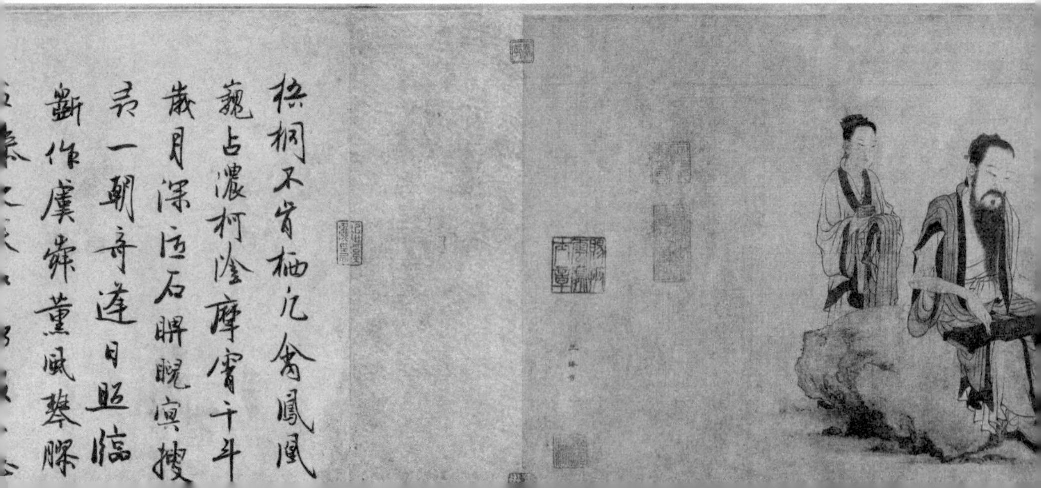
梧桐不肯栖凡禽鳳凰
巍占濃柯陰摩霄千斗
歲月深泣石睥睨
尋一朝奇逢日照臨
斷作虞舜薰風琴

第五讲　君子之交

友谊是一种美好的人际关系，中国的古人对它非常重视。古人早就懂得，人是孤独的，人生的道路是艰辛的，人活在世上离不开朋友。所以孔子说："有朋自远方来，不亦乐乎？"对于如此重要的人际关系，对于如此美好的人间情感，擅长抒情的唐代诗人当然会密切关注。在流传至今的唐诗中，歌颂友谊的诗比重非常大，甚至超过了歌颂爱情的诗。那么，唐代诗人究竟是怎样歌颂友谊的呢？那些动人的友谊颂歌对我们有什么启示呢？

朋友关系是中国古人非常重视的一种人伦关系，所谓人伦就是人跟人之间的关系，《孟子》里说，人间有五种关系是很重要的，第一种是父子，就是父母与儿女的关系。第二种是君臣，就是君主与臣民。第三种是夫妻，就是丈夫与妻子。第四种是长幼，就是家庭里的长辈与年轻一辈，或者兄弟之间、姐妹之间的关系。第五种就是朋友。朋友这种人伦关系虽然被孟子排在最后，但是我想它的重要性是不言而喻的，因为排在前面的四种人伦关系，它们有的是先天性的，你不能自己选择父亲或母亲，你一生下来就是这一对父母，你生在哪个家庭就是哪个家庭，没有选择的可能性，这种关系是先天形成的。还有的关系是唯一的，是具有排他性的，君臣就是这样，天无二日，君主只有一个。现代社会里的夫妻也是这样的，一夫一妻，你不能同时有两个或两个以上的配偶。朋友就不一样了，朋友这种关系有其特殊性。首先它不是先天的，它是后天的，人们生下来以后才会结交朋友，你可以自由选择交什么样的朋友。第二它没有排他性，你跟张三成为好朋友，这不妨碍你跟李四也成为好朋友，我们可以同时拥有很多朋友。所以朋友这种关系对于维系一个社会，使一个社会达到和谐，使人与人之间的关系变得亲密，它非常重要。俗话说："在家靠父母，出门靠朋友。"大家都知道朋友很重要，也都希望结交好朋友。中国古代有很多朋友之间结下了非常深厚的友谊，那些友谊非常深厚，非常真挚，成为后人交友的典范。

大家都知道古代传说中的伯牙和钟子期，伯牙跟钟子期的友谊非常深厚。那么，他俩的关系好在什么地方？他们的友谊是以什么为基础的呢？简单地说，就是相互之间有非常深刻的理解。伯牙是个音乐家，他善于弹琴，伯牙弹琴时，他寄托在琴曲中的那些感情、那些观念，钟子期一听就明白了。伯牙弹奏一曲，他心里想着高山，钟子期一听，就说："巍巍乎若泰山！"说你弹的这一曲，寄托着你对高山的一种情感呀。伯牙又弹奏一曲，他心里想着流水，钟子期一听又明白了，他说："洋洋乎若流水！"说你这一曲的感情寄托在流水上呀。所以古人说两个朋友之间互相理解，就叫知音，就叫做高山流水。你弹奏的曲子我都能听懂，你的心情我都理解，所以他两个人是最知心的朋友。后来钟子期死了，伯牙就把琴摔坏了，终身不再弹琴，因为他没有知音了。

翻手作云覆手雨，纷纷轻薄何须数。
君不见管鲍贫时交，此道今人弃如土。

（杜甫《贫交行》）

另外一对有名的朋友，也是两个有名的古人，一个叫做管仲，另一个叫做鲍叔牙。管仲是齐国的一个大臣，是春秋时代非常有名的一个政治家。在管仲还没有发迹、没有成功的时候，他就跟鲍叔牙做了好朋友。管仲后来回忆说，鲍叔牙是最理解我的人，我年轻时候曾经跟他一起去做生意，赚了几个钱，两个人来分利。我给自己多分一些，但是鲍叔牙不说我贪心，鲍叔牙理解我，他知道我家里穷，所以不说我这个人贪财。管仲又说，我曾经当过兵，我有好几次打仗时从战场上逃跑了，鲍叔牙理解我，他不说我贪生怕死，他说管仲家里有一个老母亲需要他奉养，他不能够死。所以管仲非常感谢鲍叔牙，管仲说了一句很感人的话："生我者父母，知我者鲍子也！"就是生我养我的是我的父母，但是真正理解我的人是鲍叔牙。他们两个人是非常好的朋友，友谊一直维持终生，被人们称为"管鲍之交"。

由此可见，朋友关系是中国古人非常重视的人伦关系之一，而高山流水般的知音，无疑是友谊的坚强基础。唐代的诗人就是这样理解友谊、歌颂友谊的。诗仙李白与诗圣杜甫，虽然性格各异，作品风格也不同，但他们互相理解，堪称知音。那么，李白与杜甫是如何建立真诚的友谊的呢？他们又留下了哪些歌颂友谊的动人诗篇呢？

如果跟西方的诗歌相比，在中国的古典诗歌中，尤其是在唐诗中，歌颂友谊的诗比重非常大，甚至超过了歌颂爱情的诗。可以说，西方诗歌的第一主题是爱情，而中国古代诗人最喜欢歌颂的却是友谊，是朋友之间的交往和情谊。说到唐诗中的友谊，我们首先会想起唐代最伟大的两个诗人，就是李白和杜甫，他们两人之间建立了非常深厚的友谊，他们写下了动人的诗篇来歌颂这种深情厚谊。我们稍微介绍一下李杜之间歌颂友谊的诗。公元 744 年，那一年李白 44 岁，杜甫 33 岁，这两个相差 11 岁的诗人第一次见面，地点是在河南的洛阳。李白遇见了杜甫，用闻一多的话来说，这好像是太阳在空中行走碰到了月亮，两个名垂千古的大诗人居然见面了，然后结交了，成了知心的朋友。就当时的地位来说，李白已经名闻天下了，他已经到过长安，已经得到唐玄宗的赏识，已经做过官，已经在沉香亭畔写过歌颂杨贵妃的诗，总之他已经非常有名了。而杜甫当时还没有什么名声，但是两个人一见面就成了知心朋友，两个人都非常欣赏对方，觉得对方是了不起的诗人，很有才华，所以他俩简直是相见恨晚。那一年，以及第二年（745），李白和杜甫在今天的河南、山东那一带地方，一起游山玩水，一起饮酒写诗，还一起去寻访那些会长生之术的所谓“仙人”，两个人相处得非常愉快。但是好景不长，到了第二年（745），两个人要分手了，因为杜甫还年轻，他的人生事业还没有开始，他决定要到长安去谋求发展。于是两个人在山东分手，分手以后，杜甫坐着船，沿着一条汶水（现在叫汶河）朝西南方向行走，要回到洛阳去，然后再到长安去。李白暂时还留在那里。李白送走杜甫以后，心里非常想念这位年轻的朋友，就写了一首诗叫做《沙丘城下寄杜甫》，诗是这样写的：

二年客东都，所历厌机巧。
野人对腥膻，蔬食常不饱。
岂无青精饭，使我颜色好。
苦乏大药资，山林迹如扫。
李侯金闺彦，脱身事幽讨。
亦有梁宋游，方期拾瑶草。

（杜甫《赠李白》）

我来竟何事，高卧沙丘城。城边有古树，日夕连秋声。鲁酒不可醉，齐歌空复情。思君若汶水，浩荡寄南征。

李白说我为什么还独自高卧在沙丘城呢？你已经沿着汶水向西南方远去了，我对你的思念就好像浩浩荡荡的汶河水一样，滔滔不绝地向南流去。

反过来，杜甫也非常想念李白。又过了一年，杜甫进了长安，这个时候李白已经离开山东，到长江下游去了，当时叫做江东，就是现在的南京一带。杜甫在长安非常想念在江东的李白，就写了一首非常好的诗来怀念李白。这首诗里有两句话，后来变成了一个成语，就是我们描写友谊时经常会用到的一个成语，这个成语叫做“春树暮云”，就是春天的树木和黄昏时分天上的云彩。为什么说春树暮云呢？就是杜甫在长安想念在江南的李白，他写的一首诗里有这么两

白也诗无敌，飘然思不群。
清新庾开府，俊逸鲍参军。
渭北春天树，江东日暮云。
何时一樽酒，重与细论文。

（杜甫《春日忆李白》）

句，上句是“渭北春天树”，长安在渭水南岸，“渭北”可能是泛指长安一带，也可能这时杜甫正在渭水北边的奉先（他有亲戚在那里）。身在渭北的杜甫远远地向江东的方向眺望，要想望到李白，当然他的视线被春天的树木挡住了。下一句是“江东日暮云”，是杜甫想象李白正在江南，江南就是江东，李白正在想念远在长安的杜甫，他远远地向西北眺望，在傍晚的天空中有很多的晚霞，挡住了他的视线。所以当一对知心朋友分别生活在两个地方，他们隔着千山万水，互相思念对方，人们就把这种心情叫做“春树暮云”。这个成语就是从杜甫这两句诗里来的。

李白与杜甫的友谊是深厚的，他们用优美的诗句抒写了朋友之间的深情厚谊。但是生活中的经验早就说明，朋友也是有真有假的，友谊也是会发生变化的。那么，什么样的友谊才能真诚深挚而且始终不渝呢？那种真正的友谊又是如何在唐诗中得到充分展现的呢？

怎样才能鉴别友谊是真的还是假的？是真情实意还是虚情假意？中国的古人非常关注这个问题，他们创造了一个名词叫做“患难之交”。所谓“患难之交”，就是这种友谊经过了某些灾难的考验，当一对朋友中的一方遇到灾难后，另外一方也不变心，不改变原来的态度，依然忠于友情，依然做对方的好朋友，这样的朋友就叫做患难之交。

民间故事传说唐代有一个好汉叫秦琼，就是秦叔宝，据说秦琼曾经为朋友“两肋插刀”，就是在胸肋两边都插上尖刀，也不背叛朋友，在生死关头都不变心，这就是患难之交，古人也叫它为“生死之交”，就是生生死死都不改变态度；或者叫做“刎颈之交”，就是用刀剑来割脖子，自杀或者被杀，砍头，掉脑袋，也不变心。这才是真正的朋友，真正的友谊。

（五代）周文矩 琉璃堂人物图

现在我们来看看唐代的诗人是怎样描写这一类友谊的。我们先看一首李白的诗。李白有一个好朋友，就是著名诗人王昌龄。李白到了江东不久，王昌龄被逮捕了，因为一些微不足道的罪名被抓了起来，然后被判处流放。流放到哪里呢？到一个叫龙标的地方，就是现在湖南西部的黔阳县。王昌龄被贬到龙标去当县尉，当时龙标附近有一个县叫夜郎。大家知道“夜郎自大”这个成语，夜郎在汉朝时候是一个小国的名字，在现在的贵州一带，夜郎的国王不知道汉帝国有多大，汉朝派去的使者与他交谈，他就问汉朝的使者说："汉国跟我夜郎国，哪个更大啊？"实际上夜郎只是个弹丸之地，比汉帝国小多了，但是他不知道，所以叫"夜郎自大"。但是唐朝的这个夜郎不是汉朝的夜郎，唐朝有一个夜郎县，也在湖南西部，就是现在的芷江县。王昌龄被贬到龙标、夜郎一带地方去，在唐朝人看来，那个地方是非常偏僻、非常荒凉的，一般人都不会去，只有犯了罪才会流放到那里去。但是现在王昌龄被流放去了，李白听说以后，就写了一首诗来送王昌龄。诗写得非常优美：

杨花落尽子规啼，闻道龙标过五溪。我寄愁心与明月，随君直到夜郎西。

杨花就是杨柳的絮，柳絮都飘完了，子规鸟都开始啼叫了，是春末夏初的时候了。"龙标"就是王昌龄，王昌龄贬到龙标去做县尉。古人喜欢用一个人做官的地方来称呼他，所以王昌龄被称为"王龙标"。李白听说王昌龄被贬到远方去了，他在流放途中要经过"五溪"，就是湘西的五条溪水，古人认为那里的水都是有瘴气的，人走到那里是很危险的。正因为这样，李白非常为这个朋友担忧，他想把这一颗忧愁的心寄托给明月，让自己的满腔情思随着天上的一轮明月，一起伴送王昌龄远赴夜郎的西边。李白的这首诗，就是对患难之交的友情的歌颂。因为这个时候王昌龄已经是罪人了，他已经被判了刑了，他被流放到比夜郎更加遥远的地方去了，但是李白丝毫不改变自己对王昌龄的态度，他依然相信王昌龄是清白的，他与王昌龄的友情是应该维持下去的，所以他用优美的诗句表达了对王昌龄的深切关怀。

李白听说王昌龄被贬到荒凉的夜郎之后，写出了“我寄愁心与明月，随君直到夜郎西”的千古名句，寄托了对患难朋友的惦念。但是令李白没有想到的是，九年之后，他也被流放到了那个不毛之地的夜郎。李白怎么会被流放呢？当杜甫听到这个消息之后，他又如何写诗表达对李白的思念呢？

安史之乱爆发的时候，李白正在江南，所以当杜甫在陕北逃难时，李白没有经受那样的苦难，因为他不在中原，他早已远离了战火纷飞的地区。安史之乱爆发的第二年，潼关失守，然后长安失守，唐玄宗带着一伙人马逃到四川去了，在逃过马嵬坡的时候发生了“马嵬坡事变”，军士造反，杨贵妃被缢死了，杨国忠也被杀掉了，然后唐玄宗继续西逃。就在唐玄宗还没有逃到成都，还在半路上的时候，就是七月十二日那天，他的儿子李亨自己立为皇帝，当然也是别人拥立他的。“马嵬坡事变”发生后，臣民们把太子留下来了，说皇帝逃得那么远，现在群龙无首，没有人指挥唐朝的军队抗击安史叛军，所以太子李亨就没有继续跟着唐玄宗一起西逃。李亨后来带着一些人马往西北发展，在灵武自立为皇帝，这就是后来所称的唐肃宗。唐肃宗自己宣布登基，当时唐玄宗并不知道，唐玄宗还在逃亡的路上，还没到达成都。三天以后，也就是七月十五日那天，唐玄宗在路上颁布了一道命令，把他的几个儿子分封各地，每人分管一个地方，一起来对付安禄山的叛军。唐玄宗的这道命令发下去的时候，实际上李亨已经做了皇帝，但是玄宗不知道，他一直要到第二个月，就是八月十二日到达成都之后，唐肃宗的报告才送到，说我已经登基了，你就做太上皇吧，朝廷的权力归我了。在唐玄宗发布的命令中间，有一道是命令他的另外一个儿子，就是唐肃宗的一个弟弟——永王李璘，让永王李璘统领江南一带，然后向北夹攻安史叛军。永王李璘接到这个命令以后，就在南方发展势力。不久，李璘带了一支军队沿江东下，向江东进发。这个时候他的哥哥已经做了皇帝，唐肃宗当然不允许弟弟的势力膨胀得太大，因为怕他滋生野心、抢夺皇位啊，所以唐肃宗又下一道命令，说李璘你不许到江东去，你立即回到成都那边去。李璘不听。李璘的这个举动当然有问题，他明明知道他哥哥已经做了皇帝，但还是拒绝听从他的命令。我猜想李璘可能是这样想的：你做皇帝又不是父皇传位给你的，是你自己宣布登基的，你这个皇帝名不正言不顺，我没必要听从你的命令。所以李璘的军队继续东下。好，这就跟我们的李白发生关系了。

李璘军队东下路过庐山的时候，李白正在庐山隐居，他住在庐山的屏风叠，那是风景很美的地方。李白是大名士，天下闻名，李璘当然也要招募贤才啊，路过这里时听说李白先生住在庐山上，就赶快派人上山去请，说你加入我的军队吧，我们一起去做一番事业。李白一心想着要报效国家，他总觉得我的才干、我的政治才能没有机会发挥出来，现在永王李璘来请我去，又是带领军队去抗击安史叛军，就马上欣然下山，高高兴兴地加入李璘的军队，没想到这下就站错队了。李白参加李璘的军队以后，才走到江南的丹阳，就是现在的江苏镇江一带，李璘的军队就被唐肃宗派来的军队镇压下去了。李璘的军队溃败了，李白当然只能逃走，军队都打败了嘛。李白先是往西逃，逃了一段想想不对头，自己得罪朝廷了，能逃到哪儿去呢？所以他逃到江西的鄱阳湖旁边，就去自首了，说我不再逃了，我来自首，我是参加了李璘的军队，李白就被逮捕起来了。当然，李白是大诗人，有人营救他，有人出面保他，但是都没有用。又过了一年，李白就被判流放夜郎，就是流放到九年前王昌龄去过的那个地方。于是李白就到夜郎去了，当然，李白并没有走到夜郎，他一路上慢吞吞地走，走到第二年的春夏之交，他才走到长江三峡边上的夔州，也就是奉节，古代叫白帝城。李白才走到那里，正好遇上朝廷大赦，他就得到赦免了，就不需要到夜郎去了，所以李白很高兴地坐了船沿着长江东下。大家读李白的诗，有一首很有名的写三峡的诗：

朝辞白帝彩云间，千里江陵一日还。两岸猿声啼不住，轻舟已过万重山。

这就是家喻户晓的《早发白帝城》。这首诗里的欢快心情就是因为他受到赦免了，他本来要流放到夜郎去的，才走了一半路，就碰到大赦了，可以不到夜郎去了，所以心里很高兴，坐着船沿江东下，一路飞奔，千里江陵一日还！

李白身上发生的这些变化，李白遭遇的这一场灾难，杜甫知道不知道呢？杜甫知道，但是知道得很晚。因为古代交通不方便，消息传得很慢，李白得罪的消息传到时，杜甫已经流浪到甘肃的天水了。天水在唐代叫做秦州，是一个很偏远的地方。杜甫在天水时，从远方传来了李白的消息，他只知道李白获罪了，被朝廷逮捕了，而且被流放夜郎了。但是后来李白受到赦免又坐着船返回江东去了，这些事情杜甫都不知道。所以杜甫在秦州时非常想念李白，他为李白担忧啊，他听说李白被抓起来了，被流放到夜郎去了，夜郎是不毛之地，是充满着妖魔鬼怪的地方，人到那里去是很危险的，李白怎么被流放到那里去了呢？杜甫非常不放心。杜甫在秦州的三个月里写了不少诗，其中有三首诗是想念李白的，死别已吞声，生别常恻恻。
江南瘴疠地，逐客无消息。
故人入我梦，明我长相忆。
恐非平生魂，路远不可测。
魂来枫林青，魂返关塞黑。
君今在罗网，何以有羽翼。
落月满屋梁，犹疑照颜色。
水深波浪阔，无使蛟龙得。

浮云终日行，游子久不至。
三夜频梦君，情亲见君意。
告归常局促，苦道来不易。
江湖多风波，舟楫恐失坠。
出门搔白首，若负平生志。
冠盖满京华，斯人独憔悴。
孰云网恢恢，将老身反累。
千秋万岁名，寂寞身后事。

（杜甫《梦李白二首》）

而这三首诗全部都被选到《唐诗三百首》里去了。了不起啊，五万首唐诗，一共才选了三百首，而杜甫在秦州的三个月中写的三首怀念李白的诗，全部都被选进去了，那些诗写得太好了！这三首诗中有两首是《梦李白》，就是杜甫梦见李白了，他太想念李白，日有所思，夜有所梦，就一连三个晚上都梦见了李白。他梦见李白从远方跋山涉水来到秦州跟他见面，然后又匆匆忙忙地告别。他在梦中看到李白头发都变白了，李白临走的时候用手搔搔自己的满头白发，一副不得志的样子，有一种很失落的感觉。杜甫就为李白感到冤屈，这么好的一个朋友，这么有才华，这么忠于国家，怎么反而得罪了呢？怎么被逮捕、被流放了呢？他感到很愤怒，觉得李白很冤屈，他要为李白鸣不平。

李白画像

除了两首《梦李白》以外，杜甫在秦州写的另外一首怀念李白的诗叫做《天末怀李白》。这首诗比较短：

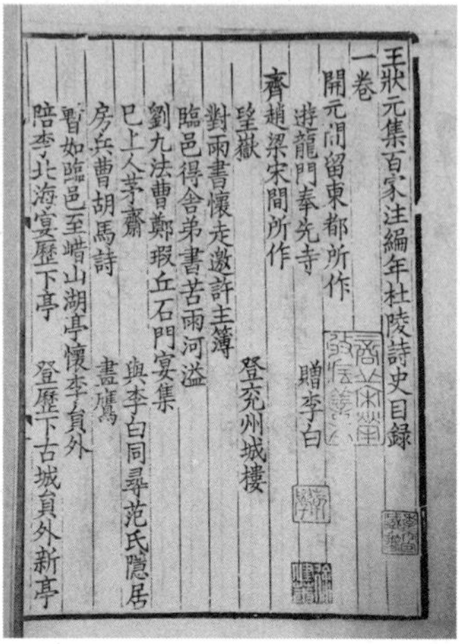

王狀元集百家注編年杜陵詩史目録

一卷

開元間留東都所作

遊龍門奉先寺　贈李白

齊趙梁宋間所作

望嶽　登兗州城樓

對雨書懷走邀許主簿

臨邑得舍弟書苦雨河溢

劉九法曹鄭瑕丘石門宴集　與李白同尋范氏隱居

巳上人茅齋

房兵曹胡馬詩　畫鷹

暫如臨邑至𡺎山湖亭懷李員外

陪李北海宴歷下亭　登歷下古城員外新亭

景宋《王状元集百家注编年杜陵诗史》

凉风起天末，君子意如何？鸿雁几时到，江湖秋水多。文章憎命达，魑魅喜人过。应共冤魂语，投诗赠汨罗。

“天末”就是天边，天涯，因为杜甫在秦州嘛，那是唐帝国的西北边境地区，地方很偏远。杜甫说我正在这个边远的地方，一阵一阵秋风吹过来，天气已经很寒冷了，而你，李白，你这个君子的情况又怎么样呢？你现在的心情如何呢？因为我听说你已经获罪了，已经被流放了。杜甫听说李白被流放到湖南那一带去，要路过湘江流域，要路过汨罗江，那是古代的屈原投江的地方，屈原的冤魂就在汨罗江里，所以杜甫又说，李白你路过汨罗江的时候肯定会写一首诗来追悼屈原，你一定会跟古代那个冤屈的灵魂来对话一番，因为你也蒙受了冤屈。《梦李白》也好，《天末怀李白》也好，这些诗充满着对李白的理解，充满着对李白的同情。人们都说李白不好，说他不忠于朝廷，跟着叛军跑，等等，所以要把他流放夜郎，只有杜甫说：不！李白是好人，我相信他，我同情他，他是有才华的，他是忠于朝廷的，他是清白的，他是冤屈的！

在李白遭受危难的时刻，杜甫在三个月之内写了三首怀念李白的诗，表达了他对李白的无限同情和深切怀念，同时对李白的无辜获罪表示了强烈的愤慨，可见杜甫与李白之间的友谊非常深厚，他们的友谊经受了患难的考验，十分可贵。可是对于我们普通人来说，我们与朋友的交往平平淡淡，我们的友谊没有经历过灾难的考验。那么，这种友谊也能是真诚的吗？这样的友谊也是可贵的吗？

普通人在平常生活中维持着的友谊同样是可贵的，同样是值得歌颂的，唐诗中就有许多歌颂这种友谊的好作品。我们下面再介绍杜甫的一首诗，这首诗跟他怀念李白的诗不一样。怀念李白的诗有其特殊性，因为对方是一个大名人，名垂千古的大诗人，而这首诗呢，杜甫咏的这个朋友是谁呢？是一个名不见经传之人，以至于他叫什么名字都不知道。我们现在只知道他姓卫，排行第八，就是他是卫家的老八，所以称他为“卫八”。卫八做过什么大事吗？什么大事也没做过。卫八的身世如何？生平又如何？我们也不清楚，我们只知道他有好几个儿女，他家的园子里还种着几畦韭菜。杜甫称他为“卫八处士”，“处士”就是不做官的人，是个老百姓。他是姓卫的排行第八的一个老百姓，所以叫卫八处士，杜甫写了一首诗送给这个朋友，标题就叫做《赠卫八处士》。这首诗同样选在《唐诗三百首》里，同样是传诵千古的名篇。

这首诗非常好懂，它的语言非常朴素，就像两个朋友之间在日常生活中的一番交谈，谈的都是家常话，没有什么形容，没有什么修饰，没有什么夸张，普普通通，平平淡淡，是非常朴素的日常语言。所以我想，这样的诗即使大家以前没读过，也是基本上能听懂的，因为它就是普通的话语，是用平常的语言写的。唯一要解释一下的是第二句，我先把第二句讲一讲，它开头的两句是这样写的：“人生不相见，动如参与商。”第一句说人生经常不见面，朋友散在四处。第二句中的“动”字就是往往的意思。杜甫说人生不相见，往往像参与商一样。什么叫参？什么叫商？参跟商都是天上的星座。我们的古人说黄道有二十八宿，二十八个星宿中有一个叫参，另一个叫商。参，用现在的天文学术语来说，叫做猎户星座。商呢？是天蝎星座。猎户座和天蝎座，在地球上的人类看来，一个在西边，一个在东边，一西一东，而且此升彼落，两个星座这个升起来，那个又落下去，所以永远不会见面，永远走不到一起，永远是分离的。所以古人形容两个人长期不见面，或者形容两个人互相对立，就说这两个人像参和商一样，他们没法走到一起，两个人永远分离。现在我们来看看杜甫的这首诗是怎么写的。全诗是这样说的：

人生不相见，动如参与商。今夕复何夕，共此灯烛光。少壮能几时，鬓发各已苍。访旧半为鬼，惊呼热中肠。焉知二十载，重上君子堂。昔别君未婚，儿女忽成行。怡然敬父执，问我来何方。问答未及已，驱儿罗酒浆。夜雨剪春韭，新炊间黄粱。主称会面难，一举累十觞。十觞亦不醉，感子故意长。明日隔山岳，世事两茫茫。

这首诗大致上是什么意思呢？杜甫说人生真是难得相见啊，好像天上的参星和商星，我跟卫八也是这样的，好久都没有见面了。好不容易今天晚上相见了，今天晚上究竟是什么日子啊？我们两个人居然相见了！我们怎么会在同一支蜡烛的烛光下，两个人面对面地坐着？我们知道古代没有电灯，古代点油灯或者点蜡烛，灯光也好，烛光也好，都比较昏暗，在昏暗的烛光下两人相对，会有一种梦幻的感觉，这是在做梦，还是真实呢？朋友的面貌看上去也不很清楚，我们是真正见面了吗？然后两个人都感慨万分：我们分手的时候双方都很年轻，都还是年轻人，转眼之间怎么头发都白了，你也白发苍苍，我也白发苍苍，都进入老年了，时间过得这么快！然后又说，我这一路上去寻访老朋友，我非常惊讶地发现很多老朋友已经不在人世了，已经死了，已经变成鬼了。当然，也可能是两个人见面后互相打听，你知道张三怎么样，李四怎么样了？一个说，哎哟，他已经死了，那个人呢，也死了好几年了。半为鬼，就是老朋友中有一半人已经死了。两个人不由得惊叫起来：哎呀，没想到某人已经死了，这么多朋友都死了！于是心里头火辣辣的，很激动，很痛苦，像火烧一样。然后又说：没想到二十年以后，我又重新来到你家。我离开你的时候，你还没有结婚，还是个毛头小伙子，转眼之间，你的儿女都排成一行了。古人不讲计划生育，我们现在只生一个孩子，古人会生好多孩子，卫八家里就一下子冒出了一堆儿女，他们排成行列。“父执”就是父亲的朋友，父亲的好朋友，这些孩子见到客人后非常愉快，他们很尊敬父亲的这个老朋友，就是杜甫。孩子们彬彬有礼地问：客人啊，您是从什么地方来的？我跟孩子们之间的问答还没完呢，卫八就撵他们走，卫八说：你们不要在这里烦人了，快去准备一些酒菜，我要跟老朋友喝点酒。匆忙之间，能准备什么酒菜呢？杜甫是突然来访的，事先又没有通知，古人又没有电话，老朋友突然来访，只能用家常便饭来招待一下。晚上下着潇潇细雨，孩子们冒着夜雨到后园里剪了一刀韭菜，炒上一盘，再赶紧煮一锅米饭，白米里搀上些黄米，“黄粱”就是黄米，真是非常普通的家常饭菜。然后两个老朋友相对着喝上几杯，酒逢知己千杯少，所以一下子喝了十杯酒，居然还没有醉。因为老朋友难得见面嘛，很高兴，就多喝了几杯。卫八还劝我说：你再多喝几杯吧！因为明天我们又要分手了，一分手两个人又要相隔千山万水，以后难得见面，连彼此的消息都不知道，更会觉得世事两茫茫！

人们都说患难见真情，可是《赠卫八处士》这首诗中所描写的只是两个普通人之间的偶然重逢，他们的友谊平平淡淡，并未经过患难的考验，可是我们同样从这首诗里感受到真诚、温馨的情谊，我们同样深受感动。这又是为什么呢？为什么这首平淡朴素的《赠卫八处士》也能与《梦李白》一样成为传诵千古的唐诗名篇呢？

我想引用《庄子》里的一句话，庄子说："君子之交淡若水。"这句话大家都知道，我们平时也常说"君子之交淡如水"。庄子在下面还说了一句，我们不大引用，是"小人之交甘若醴"，就是小人之间的交情啊，非常甜蜜，"甘"就是甜，甜得像什么呢？像"醴"，醴就是甜酒。君子之交像水一样，味道淡淡的；小人之交像甜酒一样，甜甜蜜蜜的。是不是庄子认为小人的交情更好呢？你看他说小人之交甜蜜啊，而君子之交像水一样平淡无味，不是的。庄子在下面又说："君子淡以亲，小人甘以绝。"就是君子之交平淡，所以能维持长久的亲切。而小人之交甜蜜，所以它不能维持长久，它动不动就破裂了。这又是什么道理呢？后代有一个研究庄子的专家，名叫郭象，他曾为《庄子》做过注释，他解释这两句话说："无利故淡，道合故亲。饰利故甘，利不可常，故有时而绝也。"这个解释说得非常深透，郭象说这是因为君子之交是出于道义的，就是有两个君子，他们的价值观很接近，他们对人间的是是非非的看法基本相同，他们在这个基础上交朋友，双方之间没有利害关系，他们交朋友不是为了利，一个人跟另一个人交朋友，不是要想得到某种利益，不是要想得到钱财或其他的实际利益，他们是出于道义才交往的，是道义之交，所以这种交情是平平淡淡的。然而道义是持久不变的，所以这种交情是能维持长久的，是不会改变的。小人之交就不同了，他们互相交往是出于利，两个人为什么交朋友呢？我想谋你的好处，你想谋我的好处，或者两个人勾结起来去谋取其他人的好处，他们因此而结交了。这样的结交因为是出于某种利益，是对共同利益的追求，所以他们的交情是甜蜜的，平时好得不得了，蜜里加糖，非常甜蜜。但是一旦利益有冲突了，一旦原先的利害关系不存在了，他们的交情也就完结了，他们马上就翻脸不认人，甚至连落井下石的行为都做得出来。所以只有君子之交淡如水的交情才是真诚的，才是能够维持长久的。杜甫的这首《赠卫八处士》，他所歌颂的就是庄子说的“君子之交淡若水”的一种交情，是两个普通人，两个善良的百姓之间，平平常常，平淡无奇的一段交往。偶然发生的一件事情也不过是到老朋友家里去吃一顿便饭，两个人见面后交谈了一番，然后又分手了。但是这样的友谊是真诚的，这样的诗句是朴素的，真诚所以可贵，朴素所以动人。

我想，只要是上了一点年纪的读者，谁没有这样的经历？谁没有偶然遇到过几十年前的老朋友、老同学？见面后大家来谈谈某人怎么样了，某人又怎么样了，然后慨叹一番。假如听说某位朋友已经不在人世了，谁能不发出一声惊叹？谁没有到老朋友家里去吃上一顿家常便饭，就着简单的菜肴，喝上几杯酒，谈谈家常？如果见到分别时尚未结婚的朋友家里突然冒出来的孩子，谁能不感到亲切，又感慨万分？谁能拒绝老朋友热情的劝酒？谁能

（明）仇英 蕉荫结夏图

忘怀与老朋友对酒话旧的雨夜？谁没有在久别重逢的老朋友家里见过那暖意融融的烛光，那热气腾腾的家常便饭？谁没有？大家都有。但是，只有杜甫把那样一个春雨霏霏的夜晚，把他在卫八这个老朋友家里作客的那场普普通通的情景写得那么动人，使人百读不厌。这才是伟大的诗人。最高明的诗人不在于他描写的是多么重大的主题，而在于他能把普普通通的日常生活中的平凡情景写得那么优美，那么动人，这是最了不起的才华。

所以，尽管我今天讲唐诗中的友谊主题时，用了比较多的时间来讲患难之交，但是我希望读者朋友真正拥有的实际上是"君子之交淡如水"的这样一种友谊，这种友谊它普通，它平常，但是它持久，它是我们普通百姓都能拥有的一份可贵的情感。虽然它并没有经受过患难的考验，但它仍然是真诚的，可贵的，因为它没有掺杂任何的利益企求。让我们在读唐诗的时候，在读杜甫的《赠卫八处士》的时候，从中受到启发，受到感动，从而更加珍惜这样的一份友情。只要我们在心中珍藏着这份友情，哪怕相隔千山万水，哪怕终生别多会少，照样能使友谊地久天长。人在世上都需要朋友，让我们多拥有一些像卫八处士那样默默无闻的好朋友吧！

第六讲　美丽情歌

古往今来，爱情一直是文人墨客歌咏的永恒主题。唐朝的诗人也以他们的独特方式来吟咏爱情，如今人们还津津乐道的“青梅竹马”、“两小无猜”的成语就是出自唐诗，人们用来形容心心相印的“心有灵犀一点通”的经典诗句也是出自唐诗，人们表达刻骨相思的“春蚕到死丝方尽，蜡炬成灰泪始干”，也是出自唐诗。那么唐代的诗歌里究竟体现出怎样的爱情观呢？我们现代人又如何从唐诗的爱情主题里去领会爱情的价值呢？

要讲唐朝的爱情诗，我想先从唐朝人关于爱情和婚姻的一些观念讲起，就是先来看看唐人是怎样理解爱情的。

中国的古人说起媒人时，有两个传统的名称，一个叫“冰人”，另一个叫“月老”，就是“月下老人”的简称。但是我们现在只说“月老”这个词了，“冰人”的名称好像已经很少用了。这是为什么呢？“冰人”的名称产生在晋朝，有一个叫令狐策的人，一天梦见自己站在冰上，跟一个在冰底下的人对话。他感到很奇怪，这个梦是什么意思啊？他就去向索统请教，索统是一个善于详梦的人，索统就说，“冰上为阳，冰下为阴”，你站在冰上跟冰下的人对话，这是沟通阴阳的事，你一定要为人做媒了。后来令狐策果然替人做成了一次媒。按理说“冰人”这个词产生很早，而且是做媒成功的故事，可是现在已经很少有人知道它了。其实即使在古代，也主要是文人墨客才用这个词，民间是很少用的。民间用得最多的是“月下老人”。即使到了现代，“月老”这个名称还是家喻户晓的。“月下老人”的名称产生在唐代，它体现了唐朝人对爱情与婚姻的态度。

“月下老人”的故事发生在 1200 年以前，它的年代是很准确的，就是公元 807 年，它的地点在现在河南省的商丘市，当时不叫商丘，叫做宋城。

有一个青年书生叫韦固，出生在官宦人家，书香门第，但是他父母双亡，只有孤零零的一个人，所以急着要成婚，因为古人要传宗接代的嘛。但是韦固的婚姻高不成低不就，总是不成功。他到了婚配的年纪了，却老是娶不到妻子。一次有人跟他说：有一个姓潘的朋友，做着“司马”的官，潘司马家有个女儿跟你蛮般配的，请人给你介绍介绍吧。韦固一听很高兴，他问那我们约在什么地方见面呢？不是说要跟女方见面，古代的男女双方在婚前是不见面的，新郎要在婚礼上揭开红盖头才能见到新娘。韦固是问跟那个介绍人见面的事。双方就约定在宋城，宋城城边上有一座庙，到某月某日这天的天亮时分到庙门口见面，再具体地商谈这桩婚事。韦固很高兴，到了这一天，他一大早的就赶去了，他性急嘛，他的婚事老是高不成低不就，所以天不亮就跑去了。韦固跑到庙门口，月亮还挂在天上。在月光下面，有一个白发老人，坐在庙门前的台阶上，正在那里翻一本书，身旁放着一个布口袋。韦固一看，跟他约好的人没来，只有一个老头，他就凑上去看看，老头在月光下面看什么书啊？韦固的学问很好，读了很多书，他还学了外语，唐朝最主要的外语不是英语、法语，是梵文，印度的文字，跟佛教一起传进来的，韦固也懂梵文。他凑过去一看，那本书上的字一个都不认识。这就怪了，我读了那么多书，梵文我也认识，怎么这本书上的字我一个也不认识？他就问那个老人，你读的是什么书，我怎么一个字都不认识啊？老人说，这又不是你们阳间的书，是阴间的书，你怎么会认识呢？韦固一听是阴间的书，就好奇地问，那么你这本书上记的是什么内容？老人说这本书是记天下婚姻之事的，就是天下某个男人跟某个女人将来要结成夫妻，都记在这本书上。韦固又问，你身边的那个布口袋里放的是什么东西呢？老人说布口袋里放着一根红绳子，凡是某个男人跟某个女人有缘的话，我就拿这根红绳子一头系在这个男人脚上，另外一头系在那个女人的脚上，只要我这根红绳子一系好，哪怕他们两个人的地位是一贵一贱，一个家里地位很高，有人做大官，另一个只是普通老百姓；或者是一贫一富，一个很有钱，一个很穷；哪怕两个家庭原来有仇，双方的父母是冤家对头；哪怕他两个人分在天南海北，只要他们的脚上系上我的红绳子，两个人就再也逃脱不了，他们一定会成为一对夫妻的，一定会结婚的，我这本书上记着他们的名单呢。韦固就说，有人马上要给我介绍一个潘司马的女儿，你给我查查看，这桩婚事成功不成功，书上有没有记。老头把书一翻，说不会成功，书上没有记。再一看，说：“有了，书上记着另外一个女人呢，你的妻子已经有了，但不是这个潘司马的女儿。”韦固又问那人究竟是谁呢？老头一看，又说：“哎呀，这个小姑娘今年才三岁。”韦固又问，我能不能见到这个人呢？老头说：“巧了，她就在附近，过一会儿你就能见到她了。”

过了一会儿，天亮了，到了韦固跟人家约定见面的时间了，结果对方没有来，那个人失信了，就是介绍潘司马女儿的事情黄了，吹掉了。老人不是说韦固命中注定的妻子就在附近吗，韦固就说，那就让我看看这个小姑娘吧，她在哪里呢？老头说你跟我来。寺庙附近就是个菜市场，过了一会儿，一个老太太走过来了，是一个瞎眼的老太太。她来干什么？来卖菜，她拎了一筐菜来卖，一手牵着一个小女孩，才三岁。卖菜的老太太当然比较穷困，穿着破衣烂衫，小姑娘也是破衣烂衫，具体的情形书里没有写，我估计她的脸上也许还拖着鼻涕，反正就是一副邋遢的样子。韦固一看，这个人就是我的妻子啊？用旧小说里的话说，韦固顿时“怒从心头起，恶向胆边生”，他顿时就气愤起来了。他想：我出身书香门第，是个官宦人家的子弟，我的妻子怎会是一个卖菜人家的女儿，这么穷酸？而且她才三岁，我要等她到什么时候？老人说书上记着呢，她到十七岁才会嫁给我，就是说我还要等她十四年。韦固太生气了，就对老头说，我不想娶她做妻子，假如我把她杀掉，不就行了吗？杀掉了，没有这个人了，难道我还要跟她结婚？老头说，那怎么行，你杀不掉她的。这个人命中注定将来要嫁给你的，她要跟你一起享受富贵的，你怎么可以杀掉她呢，杀不掉的！老头说完，忽然就不见了。

韦固回到家里，实在气愤，他左思右想，就产生了一个罪恶的念头。他磨快了一把小刀，杀小女孩不用宝剑，只要一把小刀就行了，他把磨快的小刀交给一个仆人，说明天早上那个老太太肯定还要来卖菜，她还会牵着小女孩来的，你去把小女孩杀了，杀掉以后我会重重地赏你。仆人贪钱，第二天清晨就带了小刀到菜市场去刺杀那个小姑娘。没想到菜市场上人很多，大家买菜卖菜，熙熙攘攘，仆人刚把刀刺向小姑娘，小姑娘就大叫起来，其他人也大喊起来。仆人本来想刺小姑娘的胸口，心里一慌，刀尖才在她眉心划到一下，就赶快逃跑了。那个仆人显然不是武林高手，他临时去承担这个任务，就没有完成，没有杀掉小姑娘。韦固当然跟着仆人一起逃跑了。从那以后，韦固的婚事依然是高不成低不就，转眼十四年过去了。这时韦固已经做官了，他来到一个叫相州的地方，做一个副职的官。当地的长官，就是相州的刺史，非常喜欢韦固，觉得这个书生很有才华，办事也很好，就说把我的女儿嫁给你吧。韦固很高兴，就结婚了。结婚以后，韦固发现新娘花容月貌，心里很满意。但是这个花容月貌的新娘有个奇怪的举止，她的眉心中间总是贴着一个小首饰，唐人叫做“花子”，就是一个薄薄的贴片，总是贴在眉心，洗澡都不肯拿下来。韦固觉得奇怪，问她为什么眉心总是贴着这个花子？新娘就说，我十四年前在菜市场上被一个暴徒刺了一刀，眉心留下一个小小的瘢痕。韦固又问你到底是谁家的女儿呢？妻子说你如今的这个老丈人实际上是我的叔叔，不是我真正的父亲。我的父亲当年在宋城做官，不幸死在任上了，不久母亲也死了，家里没有其他人了。我的奶妈，是一个瞎眼的老太太，她靠卖菜养活我，那时我才三岁。几年以后，我的叔叔才来把我领走，他也就是我现在的父亲，是他把我嫁给你的。韦固听了恍然大悟，这个妻子就是十四年前在宋城菜场上见到的那个脏兮兮的小女孩，她命中注定要做他的妻子。这就是月下老人的故事。

这个故事当然是编造出来的，它是小说，虽然人物有名有姓，情节有时间有地点，但是它是虚构的。不过这个故事依然能给我们一些启发，是什么启发呢？从这个故事中，我们可以看出唐朝人关于爱情和婚姻的一些观念。你看，唐朝人认为命中注定的婚姻是不讲门第的，只要有缘分，哪怕是贵贱贫富天差地别，男女双方有着不同的地位，不同的阶层，甚至两家原来有仇，都不要紧。哪怕是天南海北，一个住在大城市，另一个住在偏僻的农村，也都不要紧。只要有缘分，就能成就美满的婚姻。所以这个月下老人，这个月老，他在做着撮合人间一对对男女的工作，他用一根红绳子把天下有缘的男女牵到一起去。对于从前那种结婚一定要讲求门当户对的观念来说，月老的婚姻观念显然有了很大的进步。

“月下老人”的故事创造了一种至今流行不衰的婚姻观念，就是一男一女为什么会结为夫妻？原来是前生注定的姻缘。然而，月老虽然可以把千里姻缘一线牵，但是有时候也会乱点鸳鸯谱，有些结为夫妻的男女之间并没有真正的爱情，命中注定的姻缘并没有给他们带来真正的幸福。所以真正的爱情不能坐等月老来往你的脚上系红线，而应该自己去寻找，去争取。那么，唐诗中是如何描写人们的谈情说爱的呢？唐代的诗人是如何歌唱真正的爱情的呢？

我觉得唐诗中描写爱情的那些好的篇章，大致上可以分成两类，一类是诗人所描写的民间的爱情，唐代的诗人大多是士大夫，是知识分子，但是他们也善于观察民间的情况，民间那些普通的男男女女，他们的爱情是什么样子的？唐代的诗人有非常客观的记录，非常细腻的描写，这是唐诗中的第一类爱情诗。《唐诗三百首》里有三首诗是写民间爱情的，说来也巧，它们的标题是一模一样的，都叫《长干行》。“长干”是一个地名，“行”就是歌行，“长干行”就是长干这个地方的歌曲。长干是什么地方呢？是南京市城南的一条街，叫做“长干里”，那个地方现在还叫长干里。在唐代，实际上从魏晋南北朝的南朝开始，在长干里一带产生了很多民歌，尤其是情歌。为什么长干里会产生很多情歌呢？简单地说，是因为那个地方靠着秦淮河，又离长江很近，住在那里的人很多都是经商的，或者是搞运输的，大家都在外面跑生意，流动人口比较多。人口一流动，男女之间就容易发生爱情的故事。而且长干里的居民主要是商人和市民，他们受封建礼教的束缚比较少，他们较少遵循“非礼勿视，非礼勿听，非礼勿言，非礼勿动”的古训，所以少男少女们追求爱情时比较勇敢。

下面我们来看看这三首《长干行》。前面两首是一个诗人写的，是一个叫崔颢的诗人写的。这两首诗很短，都是五言绝句，就是五个字一句，每首四句话。第一首说：

君家何处住？妾住在横塘。停船暂借问，或恐是同乡。

四句话都是一个女子说的话，她问：您家住在哪里？又自我介绍说：小女子我住在横塘。古代的女子称呼自己是“妾”，就是小女子的意思。“横塘”是南京西南方的一个小镇，也在秦淮河边上。三、四两句的意思是：我把船在岸边靠一靠，停下来借问您一句，说不定咱俩还是同乡呢。

这显然是一个年轻的姑娘在询问一个年轻的男子，这四句诗里有没有爱情呢？我不敢说一定有，但是多半是有，不过写得不明显，那种欲言又止的情愫隐藏在字里行间。一对青年男女素不相识，姑娘却停下船来问一声，您家住在哪里？我是住在横塘的。那个小伙子又没问你住在哪里，你主动告诉他自己住在横塘干什么？本来并不需要告诉他，所以多半是姑娘对那个男子产生好感了，萌生爱情了，所以主动上前搭话。

第二首也是四句话，是那个男子回答这个姑娘的。他说：

家临九江水，来去九江侧。同是长干人，生小不相识。

就是我家就住在长江边上，“九江”就是指长江下游的那一段，因为有很多很多的支流，古人说多就是九，所以叫九江。又说我来来往往都是沿着长江的，大概他是做生意的，或者是撑船的。又说我们都是长干这一带的人，本是同乡，但是从小就不相识，从来没见过面。两首诗就完了，就是这样的一问一答，一个姑娘问了四句，一个小伙回答了四句，非常朴素，也没有说明后来还有什么故事，两个人的关系后来有没有进一步发展，他们有没有相爱，有没有结婚，诗人都没说，就写了这短短的八句话。我觉得这就是两首动人的情歌，展示了一个优美的爱情主题。那种朦朦胧胧的对爱情的追求，见到中意的异性后内心的冲动，青年男女之间还带有几份羞涩的表达，姑娘勇敢、爽朗的个性和小伙子老实、诚恳的人品，都表达得恰如其分，语言是这么朴素，感情是这么真挚，真是优美绝伦的民歌风调。我真愿时光倒流，好祝福这两位一千年前的青年男女，祝愿他们结为幸福的一对！

另外一首《长干行》是一首五言古诗，它一共有三十句，是大名鼎鼎的李白写的。这首诗比较长，所以有一个比较完整的故事。他写的是一个什么故事呢？李白说有这样一对小儿女，一个男孩和一个女孩，从小住在长干里，两人是邻居。两个人从小就在一块儿玩儿，相处得亲密无间。他们长大以后，姑娘就嫁给了小伙。结婚以后男的去经商，驾着船到长江上游去做生意，要路过三峡，非常危险，他的妻子在家里非常想念他，盼着丈夫快回来。她说：你快点回家来吧，你什么时候回来，请先告诉我一声，我可以远远地去迎接你。故事就是这样的，情节相当简单。但是故事虽然简单，诗却写得非常优美，非常动人。我们没有时间讲全部的三十句，我们先看看前面的几句，它是以一个小女孩的口吻说的，姑娘是这首诗中的抒情主人公，所以她也自称为“妾”，就是小女子。第一句是“妾发初覆额”，“初”就是初始、刚刚的意思。“覆额”，就是覆盖在额头上面。全句的意思就是我的头发还垂在额前，这是一个小女孩的打扮。第二句是“折花门前剧”，“剧”就是玩耍的意思，说我折了一枝花在我的门口玩耍。“郎骑竹马来”，那个郎，那个小男孩，就是我的那个年轻的 boyfriend 跑来了。他是怎么来的呢？他骑着一个竹马跑来了。然后是“绕床弄青梅”，这个“床”

妾发初覆额，折花门前剧。
郎骑竹马来，绕床弄青梅。
同居长干里，两小无嫌猜。
十四为君妇，羞颜未尝开。
低头向暗壁，千唤不一回。
十五始展眉，愿同尘与灰。
常存抱柱信，岂上望夫台。
十六君远行，瞿塘滟滪堆。
五月不可触，猿声天上哀。
门前迟行迹，一一生绿苔。
苔深不能扫，落叶秋风早。
八月蝴蝶黄，双飞西园草。
感此伤妾心，坐愁红颜老。
早晚下三巴，预将书报家。
相迎不道远，直至长风沙。

（李白《长干行》）

不是家里睡觉的床，是井栏杆，古人管井栏杆叫井床。就是我们两人绕着井栏杆在那里奔跑，在那里玩儿。请大家看一看，“郎骑竹马来，绕床弄青梅。”“青梅竹马”这个成语就是从这里来的，就是男孩与女孩很小的时候就在一起玩儿，就有感情，这叫做青梅竹马。再下去的两句，又出现了一个成语：“同居长干里，两小无嫌猜。”我们都住在长干里，两个人都是小孩，没有什么猜疑。是什么方面的猜疑呢？就是性别的猜疑。因为在封建社会里，男孩女孩长大以后，就必须要分隔开来，“男女授受不亲”么，不能再在一起玩儿。小的时候，天真烂漫，还不懂得 sex 这个词是什么意思的时候，他们才能在一起玩儿，所以叫“两小无嫌猜”。请看，这首诗才写了六句，已经有两个成语创造出来了，一个是“青梅竹马”，一个是“两小无猜”。总的说来，这首诗描写了一个普普通通的爱情故事，故事本身没有什么特别曲折的情节，但是诗写得非常优美。插一句话，这首诗也是最为外国读者所喜欢的唐诗。我曾经问过一位美国的教授，我说你们西方人好像不怎么喜欢唐诗啊？他说也不尽然，至少有一首唐诗，美国的读者人人都喜欢。我一听，民族自豪感就升起来了，赶快问他是哪一首。他说就是李白的《长干行》，这首诗在美国也是家喻户晓。我当时就明白美国的读者肯定不会学了中文在那儿读《长干行》，他们多半是读了翻译成英文的《长干行》。一问，果然是这样。尽管那个英文译本有许多错误，比如第一句被译成“While my hair was still cut straight across my forehead”，意思是我的头发被剪得平平的披拂在额前。其实唐代的小姑娘怎会有这样的发型？中国的古人是不剪头发的，因为《孝经》里有“身体发肤，受之父母，勿敢毁伤，孝之始也”的古训，唐代的男子都不剪头发，一个小姑娘怎么可能剪这种发型？又比如把“竹马”译成 bamboo stilts，就是竹子做的高跷，也是望文生义。但是总的说来，这首《长干行》的英译本非常优美，它是由一个名叫庞德的美国现代派诗人亲自翻译的，这首英文的《长干行》已经被选进美国的经典诗歌选本里头，很多美国读者几乎不知道这是中国唐代的李白写的诗，还以为就是庞德写的爱情诗呢。可见唐代诗人虽然不常描写爱情主题，但他们一旦动手来写，就写得如此的成功。正因为李白的《长干行》是写爱情主题的，又有一个情节基本完整的故事，诗又写得如此优美，所以深得西方读者的喜爱。

千百年来，当人们形容青年男女天真无邪的纯洁感情时，总会说到“青梅竹马”和“两小无猜”，可见李白的《长干行》是多么受读者喜爱。而且这首诗还漂洋过海，赢得了西方读者的普遍喜爱，唐代的爱情诗对后世影响的深度和广度，于此可见一斑。唐朝还有一首对后世影响深远的爱情诗，这首诗的作者远没有李白那么有名，却也因为这首诗而名垂千古，那么这位诗人是谁呢？这首诗究竟记载了怎样的一段爱情呢？

上面谈的三首《长干行》，描写的都是民间的爱情，诗人自己只是一个旁观者，诗中只有客观的叙述而没有主观的抒情。下面我要介绍一首写诗人自身爱情经历的诗，这就是崔护的《题都城南庄》。崔护，是中唐的诗人，说实话，这个人生平没有做过什么值得纪念的事情，他除了这首诗以外也没什么好诗，他在《全唐诗》里一共有六首诗，其他几首诗都不够好，而且其中有三首是跟别的诗人重出的，就是又见于别人名下的。只有这首《题都城南庄》，短短的四句话，使崔护名垂千古，使他在唐诗史上占有一席之地。那么，崔护的这首诗是怎么产生的呢？这得益于他在某年的清明节的一段遭遇。我先把这四句诗念一下：

去年今日此门中，人面桃花相映红。人面不知何处去，桃花依旧笑春风。

意思很清楚：去年的今天，这扇门里面，一个姑娘的脸跟一树桃花交相辉映，两者都是红红的，都是很娇嫩、很美丽的，正当妙龄的红颜和娇艳欲滴的红花互相映衬，光辉相照。如今重到这扇门外，却不看见姑娘的那张红彤彤的脸，只有一树桃花依旧在春风中含笑盛开。这四句话很简单，大家一听就懂了。在唐末人所写的一本叫做《本事诗》的书里记载着这首诗的发生背景，就是诗的背后有一个故事，这个故事是怎样的呢？我简单地讲一讲。

说崔护这一年到长安去赶考，结果名落孙山了，没有考上，他心里当然比较失落。到了清明节这天，清明是踏青的季节，崔护独自出城去踏青，他走到长安南郊，随意漫步，看看春光。他来到一个村庄，看到那儿花木繁茂，桃花怒放，但是那扇大门却关着。崔护渴了，想讨一杯水喝，他就敲门，门里有一个姑娘出来答应。姑娘说："谁呀？"请大家记住，姑娘就说了这两个字，在整个故事中，姑娘从头到尾就说了两个字："谁呀？"崔护说我叫崔护，我路过这里，口渴了，想讨一杯水喝。姑娘就把门打开了，然后走进去端了一杯水出来，又端了一张椅子来，请崔护坐下喝水，她自己站在桃树旁边，看着崔护喝水。崔护看到姑娘长得很美，有点动心了，想跟她交谈几句，姑娘却不回答。在古代，陌生的男女之间是不能随便说话的，"非礼勿言"嘛，所以姑娘一句话也不说，就默默地站在那里。这下崔护也没法再说下去，喝完水以后，把水杯还给姑娘，崔护就走了。第二年清明节，崔护又到城南去了，他又走到那个地方，一看，那扇大门上挂了一把锁，这说明家里没有人。再看看围墙里面，桃花依旧怒放，还是那样的鲜艳。崔护怅然若失，就在门上题了这首诗，题目就叫《题都城南庄》。当然，《本事诗》里记载的故事后面还有一段情节，就是崔护在门上题完诗就走了，过了几天，他心里放不下，他还想再去看一看，他又去了。崔护一走到那里，正好从大门里面走出一个白发老头，老头问："你是谁？"崔护说："我是崔护。"老头一把把他揪住，大叫："就是你杀了我的女儿！"崔护大吃一惊，就问是怎么回事啊？老头说："我女儿从去年清明节以来，一直精神恍惚。前几天我带她出门去了，她回家来看到大门上题的诗，进屋后就生病了，饭也不肯吃，觉也不肯睡，现在已经咽气了。我只有这个女儿，要想靠她养老的，现在不幸死了。这不是你害死了她吗？"崔护大惊失色，心想这下可不得了，把人家好好的一个姑娘给害死了！他非常悲痛，就进屋去痛哭，说："我在这里啊！"崔护这一哭，真是感天地，动鬼神，那个姑娘居然睁开了眼睛，她又活过来了！老头大喜，就把女儿配给崔护，两个人成就了一段姻缘。

这个故事很有戏剧性，就像戏剧一样，所以元朝人、明朝人、清朝人都把这个故事改写成剧本，在舞台上演出，久演不衰。明朝人改编的剧本，名字叫《桃花人面》；清朝人改编的剧本，名字叫《人面桃花》。不管是《桃花人面》也好，还是《人面桃花》也好，它的基本情节是一样的，就是崔护在那个清明节看到一个美丽的姑娘和一树桃花交相辉映，第二年又到老地方去，姑娘不见了，就题了一首诗，然后成就一段姻缘。说实话，我一直怀疑这个故事根本就是写《本事诗》的孟启编造出来的，这故事是子虚乌有的。只有崔护在那一年的清明节，到长安城南去，偶然碰到一个陌生的姑娘，第二年又去，题了这一首诗，这些内容是真的。崔护和那个不知名的姑娘偶然相逢，匆匆一面，大家注意，姑娘只跟他说了两个字：“谁呀？”后来再也没说过话。姑娘的行为也只是给崔护喝了一杯水，就这么简单的一段交往，两个人就各奔东西了，就劳燕分飞了，再也没有下文了。但是，爱情已经发生了，两颗年轻的心已经碰撞了，他们已经擦出了爱情的火花。爱情就是这样的，它的最初起源就是一见钟情。尤其是在古代，在封建社会里，在封建礼教的势力非常强大的时候，青年男女之间除了一见钟情之外，就谈不上什么爱情了。有些年轻人不喜欢传统戏剧中的爱情戏，说情节千篇一律，总是一见钟情。要知道生活在封建社会里的青年男女，除了一见钟情之外，剩下的就只有父母之命、媒妁之言了。即使到了今天，恐怕很多青年朋友恋爱的最初开端也是一见钟情，情窦初开的少男少女偶然相逢，怦然心动，两情相悦，这就产生爱情了。崔护的这首诗好就好在把这种难以言状的情感惟妙惟肖地描写出来了，就凭这一首诗，崔护就足以不朽了！

说起唐朝的爱情诗，我们必然会想到情诗圣手李商隐。李商隐的爱情诗感情真挚，尤其善于表现深曲细腻的感情，在唐代诗坛上独树一帜。他的“身无彩凤双飞翼，心有灵犀一点通”等名句，早已被古往今来的青年男女视为爱情的箴言。可是也有人说，李商隐的爱情诗比较难懂，只能意会，不能言传。那么我们该如何看待李商隐的爱情诗呢？换句话说，李商隐的爱情诗究竟是不是爱情主题的千古绝唱呢？

昨夜星辰昨夜风，画楼西畔桂堂东。
身无彩凤双飞翼，心有灵犀一点通。
隔座送钩春酒暖，分曹射覆蜡灯红。
嗟余听鼓应官去，走马兰台类转蓬。

（李商隐《无题》）

说到唐代的爱情诗，大家最关心的肯定是李商隐的诗，李商隐的诗中写爱情主题的作品既多又好。但是，我不想在这里多讲李商隐的诗，因为李商隐的爱情诗里的内容是说不清楚的。李商隐年轻时，有一个名叫柳枝的姑娘因读其诗而心生爱慕，但那段恋情还没开始就结束了，我们只能从《柳枝五首》的小序中知其大概。至于以《无题》诗为主体的李商隐爱情诗，我们没有办法知道诗中到底是写的什么，那些爱情诗都是朦胧诗，它朦朦胧胧的，它吞吞吐吐的，他不告诉你具体的细节，他只说他爱了，他爱上某个女性了，两个人之间有刻骨的相思，两人分别以后很痛苦，深受相思的煎熬，但是他不说她是谁，他们两个人之间

到底怎么了，他一句都不说。李商隐根本不愿意告诉我们具体的恋爱过程，他只想说他心中的那一份感情，只想说他心中由于相思而造成的痛苦。所以他说来说去，就是“身无彩凤双飞翼，心有灵犀一点通”。我的身体不

能像凤凰那样，长出一对翅膀，所以不能飞到你那里去跟你相会，但是我的心跟你是相通的。“灵犀”就是犀牛，犀牛头上的那个角上面有一条白线，从顶端一直通到根部，古人认为这是两心相通的一种象征，所以李商隐说“心有灵犀一点通”。他又喜欢写相思的痛苦，他爱了，但是没有办法跟她相会，更没有办法跟她结合。怎么办呢？他思念她，他深受相思之苦的煎熬，他说：“春蚕到死丝方尽，蜡炬成灰泪始干。”春天的蚕儿，它一个劲地吐丝，吐个不尽，直到把丝吐完，它的生命才结束，因为结成茧、变成蛹了嘛。“丝”，它的谐音就是思念的“思”，蚕吐丝就像人思念对方，蚕绵绵不绝地吐丝，人绵绵不绝地在那里相思，一直到生命结束。“蜡炬”就是蜡烛，蜡烛一经点燃，就不停地流蜡泪，要到整根蜡烛都烧尽，变成一堆灰烬，蜡泪才流完。人也一样，受着相思的煎熬，一辈子都在那里相思，一辈子都在痛苦着，没完没了，直到生命终止。李商隐告诉我们的仅仅是这些，他告诉我们他心中的爱情是多么热烈，他的相思之情是何等缠绵，但是他到底是怎么爱的，他爱的是谁，他一个字也不肯说，我们也没有办法猜。有一个长寿的老学者，老作家，叫苏雪林，她写了一本书叫《李商隐恋爱事迹考》，她声称把李商隐一生中的恋爱故事都考证清楚了。据苏雪林说，李商隐一生中爱过很多女子，我

相见时难别亦难，东风无力百花残。
春蚕到死丝方尽，蜡炬成灰泪始干。
晓镜但愁云鬓改，夜吟应觉月光寒。
蓬山此去无多路，青鸟殷勤为探看。

（李商隐《无题》）

记不清到底是多少个了，反正是两位数的。哇，简直是个恋爱专家！可是我觉得苏雪林的考证是不严密的，她的考证结果是不可信的。她后来自己把那本书的名字改成《玉溪诗谜》了，“玉溪生”是李商隐的号，意思是把李商隐的诗当谜语来猜。尽管苏雪林声称她猜出了很多谜底，但毕竟只是猜测而已。因为李商隐本人根本不愿意把他心中的秘密告诉别人，后人又何从猜起！尽管如此，尽管李商隐的爱情诗确实像一个个的哑谜，但是大家都喜爱那些诗，因为他实在写得很动人，写得很美丽。尽管他的话说得吞吞吐吐，扑朔迷离，但那完全是出于至诚的真心话，他抒写的完全是内心的真情实感。

大家读李商隐的爱情诗的时候，可能会有这样一种感觉，有的时候我们会嫌他写得太朦胧了，他为什么不写得稍微明白一点呢？我们读了以后不知道他爱的是谁，不知道究竟是怎么一回事啊！当然，这可能是他的一个缺点，是李商隐爱情诗的一个缺陷，这个缺陷是由当时的社会背景造成的。李商隐是唐代人，是一个生活在封建时代的士大夫，在当时，封建礼教，封建观念，在社会上是占压倒地位的。不但是社会上的其他人会限制你，而且封建礼教的观念在诗人的内心也铸就了一道心灵的枷锁。如果你自由恋爱了，你自己就觉得这是不正当的，这是不合礼教的，你会想：我怎么能随便和异性交往呢？这不符合礼教啊！诗人自己压抑自己，就产生了想爱又不敢爱的犹豫、迟疑，就产生了压抑和痛苦。所以李商隐的爱情诗都写得朦朦胧胧的，爱情的表白也是吞吞吐吐的，我们现代人读了会替他着急。但是反过来说，把爱情诗写成这样的风格，也有它的合理性。这个合理性就在于，爱情本来是两个人之间私下的感情，它不是一种可以公之于众的情感。我和谁恋爱了，嚷得满世界都知道，爱情不是这样的。爱情是在很隐秘的状态下发生的，两个人心心相印，既不需要第三者的参与，也不必要咨询别人的意见。所以爱情必然是委婉的，必然是柔美的，必然是温柔的，必然是隐微的。爱情的表达方式也不该是直截了当的，不该是直露坦率的。两个人恋爱了，他们在花前月下窃窃私语，即使是男的一方，表白爱情的话也不能说得太豪放。爱情是不能豪放的，爱情诗的风格也不能豪放，一豪放它就不像爱情诗了。为了要说明这个问题，为了让大家看得更清楚，我们举一个例子。李商隐写过“春蚕到死丝方尽，蜡炬成灰泪始干”的名句，其实“春蚕到死丝方尽”的这个比喻，是李商隐从民歌中学来的。民歌是艺术的宝藏，民歌里有很多民间的天才创造。南朝乐府，就是在南北朝时候的南朝，在长江流域产生的很多民歌。那些民歌大多是情歌，其中有一首叫《作蚕丝》，里面就有这个比喻。它说：

春蚕不应老，昼夜常怀丝。何惜微躯尽，缠绵自有时。

意思是春天的蚕还没有老，它日日夜夜都在吐丝，它的身体里面全都是丝，“丝”就是“思”的谐音，就是思念。这条蚕毫不顾惜自己小小的身体都要耗尽了，它吐出来的丝细细长长的，就像对人的思念之情一样，缠绵不绝，无穷无尽。李商隐的诗就是从这里来的，大家读了这首民歌，肯定会觉得它是一首非常优美的情歌，把爱情描写得非常生动，非常细腻。

与此相反，到了北方，情况就不同了。北方人性格豪放，尤其是当时的北朝，是以游牧民族为主的，游牧民族放牧打猎，骑马射箭，性格非常豪放，他们的民歌也很豪放。豪放的民歌里当然也会产生很多好诗，但是表达爱情就不太理想。我们举一个例子。当时

（清）费丹旭 芭蕉仕女图

北朝有一个社会问题，就是社会上男女比例失调。这个男女失调跟我们今天不一样，我们今天是男多女少，那个时候是倒过来，是女多男少。因为北方战争连绵不断，青年男子都去当兵了，很多人战死在沙场，结果社会上女性太多了，很多女性到了婚嫁的年龄，成了大龄未婚女青年，却怎么也嫁不出去，因为男人太少了！所以就产生了一个社会问题，而且很快就反映在民歌中间。有这样的一首民歌，我把后面的两句念给大家听一下：“老女不嫁，踏地唤天！”就是女性已经到了婚嫁年龄了，却老是嫁不出去，她们用脚跺着地，朝着天空大声叫喊。这首民歌到这句就完了，没有说她们在叫喊什么。我想，她们可能是在大叫："我要嫁人！"但是她们嫁不出去，因为社会上缺乏婚龄男子。这样的题材是不是婚姻爱情的题材？当然是，但是它的风格太豪放了，"踏地唤天"，像一首好的爱情诗吗？不像，爱情诗应该写得委婉一点，应该写得朦胧一点，朦胧、委婉，才可能优美。所以我们今天读唐代的爱情诗，尤其读李商隐创作的那些爱情诗，有的时候确实觉得它有点晦涩，有点朦胧。你们问我李商隐的无题诗是什么意思，我也不敢讲，因为讲不清楚，说不明白，但是我承认它优美，承认它动人。爱情诗一定要优美，唐诗中凡是描写爱情的诗篇，不管是客观地描写民间爱情的，像刚才举的"青梅竹马，两小无猜"的爱情，还是写士大夫身份的诗人自身的爱情，像"人面桃花"，都非常优美。优美才是爱情诗应该具有的美学风格，优美的爱情诗才能动人。换句话说，唐代的诗人写爱情诗的时候，他们绝对不会写出下面这样的句子，什么句子呢？"就像老鼠爱大米"！

第七讲　天伦之情

天伦之情是人类最基本的情感，这种情感在唐诗中得到了极为广泛、极为生动的描写，那些歌颂天伦之情的名篇直到现在还让我们深受感动。说到唐诗中的天伦之情，我们首先会想到“诗圣”杜甫的作品，因为杜诗中不但充满了忧国忧民的伟大情怀，同时也洋溢着对他自己的妻儿、弟妹的满腔深情。其实即使是飘逸潇洒的李白，也曾为远离自己的一双儿女伤心落泪。那么，除了李、杜之外，唐代诗人还有哪些歌颂母爱或者表达父爱的著名诗篇呢？

什么叫天伦？天伦就是天然的伦次，天然的次序，天伦的最初意义就是一个家庭内部的兄弟、姐妹等长幼关系。在这个基础上推而广之，天伦也包括父母与儿女的关系、丈夫与妻子的关系等等，总之是指一个家庭内部的、具有血缘关系的一种人伦。

众所周知，中国的古人非常重视家庭，这有两重意义。第一，家庭是社会的基本组成单位，或者说是社会的一个细胞，我们知道一个肌体，一个生命，它的健康必然依赖于每一个细胞的健康。如果有几个细胞不健康，整个肌体也就会不健康。同样，假如家庭不稳定、不和谐，那么整个社会也就谈不上稳定和和谐。所以儒家非常重视家庭，孟子说“国之本为家”，国家的根本是什么呢？是家庭。第二，我们的祖先认为，家庭内部的关系，也就是我们今天要讲的天伦关系，它是人与人之间最自然、最根本，同时也是最亲密的一种关系，因为这种关系是天然的，是有血缘因素的。我们怎样才能实现一个社会的和谐呢？怎么才能使整个社会、整个国家十分稳定，使社会上的所有成员都和睦相处呢？儒家认为一切都要从天伦关系出发。孟子说：“老吾老以及人之老，幼吾幼以及人之幼。”这两句话的意思就是，因为我敬爱自己家里的老人，我把这种爱心推而广之，我也就会敬爱别人家里的老人。同样，因为我疼爱自己家里的孩子，我把这种爱心推而广之，我也就会疼爱别人的孩子。所以在儒家看来，仁爱之心的最初出发点是源于天伦关系，源于家庭成员之间的一种爱。由于我们对家庭成员的爱是天生的，是必然会具备的，由此再推广出去，这样的仁爱之心就是内心情感的自然而然的流动，自然而然的推广，因此这种爱是最合理的，也是最容易做到的，没有这种基础的博爱则是不容易做到的。因此，我们的古人非常重视天伦之情。那么，如此美好的一种情感，它在唐诗中是不是得到了充分的展现呢？我们的答案是：是的。

讲到抒写天伦之情，唐代诗人中首推杜甫。我们大家都称杜甫为“诗圣”，他是诗国中的一个圣人。但是杜甫还有一个称号，我们平时不大提起。那个称号是什么呢？是“情圣”，是感情方面的圣人。1922 年，梁启超到诗学研究会去演讲，他的题目就是《情圣杜甫》。梁启超说，别人都称杜甫为“诗圣”，我却要称他为“情圣”，因为杜甫体现在他的诗歌中的感情是最深厚的，最诚挚的，达到了圣人的境界，所以要称他为“情圣”。我完全同意梁启超的说法。我们先举几个例子，来看看“情圣”杜甫在诗歌中是如何表现天伦之情的。

在我们的生活中有很多东西，当你还没有失去它的时候，你是不会觉得它特别可贵的。比如说健康，当你没有生病的时候，你不会感觉到健康有什么宝贵。但是当你一旦失去了它，你生病了，或者你看到身边其他人生病了，你就会体会到，健康真是太宝贵了。天伦之情也是一样。杜甫诗中写到的天伦之情，本来是我们大家都拥有的，是时时刻刻都存在着的，也许我们在平时对它并不太在意。但是，当杜甫遭遇了动荡的时代，当杜甫和他的家人在兵荒马乱的年代里生离死别，他的天伦之情受到损害，甚至被毁灭了，此时此刻，杜甫所刻画的天伦之情就得到了凸现，得到了浓缩，就变得更加可贵了。对杜甫一生影响最大的动荡事件，当然是安史之乱。公元 755 年安史之乱爆发，到了第二年，杜甫带着他的家人，随着大批难民一起逃难，最后逃到了陕北的鄜州，现在那儿叫富县。在鄜州有一个小村庄，在文学史上很有名，叫做羌村。杜甫全家都逃到羌村，他把妻子和儿女安置好以后，有消息说此时唐肃宗的临时政府驻扎在宁夏的灵武。杜甫一心报国，就径直投奔灵武而去，没想到才走到中途，就被叛军俘虏了。安史叛军抓住了杜甫，然后把他押解到长安去了。这一年，也就是公元756年的秋天，杜甫被抓到了长安。在一个夜晚，杜甫在长安望着天上的一轮明月，心里非常挂念还在鄜州的妻子和儿女，他就写了一首感人至深的诗，叫《月夜》，就是有月亮的夜晚。这首诗是杜诗中的名篇，后代的读者对它评价非常高，但是大家在评说这首诗时，主要说些什么呢？他们说，这首诗构思巧妙，当时杜甫正在长安，他在长安望着一轮明月，但是这首诗完全是从对方写起的，就是先从他的妻子所在的鄜州写起，第一句就是“今夜鄜州月”，他不说“今夜长安月”。他人在长安，心却飞到了鄜州。第二句也是一样，“闺中只独看”，他想象他的妻子正在闺房里孤独地望着这轮月亮。这时杜甫的儿女也在鄜州，为什么说妻子是独自望月呢？下面就交代清楚了：“遥怜小儿女，未解忆长安。”原来他的儿女太幼小了，孩子们还不懂事，不知道思念身陷长安的父亲，他们也不懂得回忆以前曾在长安经历的生活。儿女们太幼小了，他们还不能为他的妻子分忧，所以杜甫就想象妻子是一个人在鄜州孤零零地看着月亮。这样的构思当然是巧妙之极，但我觉得更重要的是，这首诗表现了杜甫对他的家人，对他的妻子，对他的孩子的满腔深情。大家想想，杜甫这个时候正处于一种什么境地啊？他被叛军抓到长安，长安已经沦陷了，叛军在长安杀人如麻，镇压得很厉害，长安城里非常恐怖，杜甫本人

今夜鄜州月，闺中只独看。
遥怜小儿女，未解忆长安。
香雾云鬟湿，清辉玉臂寒。
何时倚虚幌，双照泪痕干。

（杜甫《月夜》）

的处境也非常危险。他正在那样的危难之中，但是他不说我的情况怎样怎样，他先想到的是他的妻子怎么样，孩子们怎么样，念念不忘，关怀体贴，满腔深情。这首诗的最后两句是："何时倚虚幌，双照泪痕干？"什么时候我才能够跟你团聚呢，让月光照着成双成对的我们，脸上不再有泪痕呢？这是何等动人的天伦之情！

第二年，公元757年，这一年的春夏之交，杜甫冒着生命危险从沦陷区的长安逃出来了。这个时候唐帝国的临时政府已经转移到凤翔，就是现在陕西的凤翔县，距离长安大约有二百里。杜甫逃出了长安城，然后又穿过唐军与安史叛军对峙的那个战场，当时两支军队正在进行拉锯战，杜甫从战场边上穿插过去，然后逃到凤翔，也就是逃归朝廷了。这是杜甫忠于国家的一种表现。当时被扣押在长安的唐朝的官员，大大小小不知道有多少，只有杜甫一个人冒着生命危险逃了出来，像王维那样的诗人都没有逃出来，更不用说主动投敌的张垍等人了。杜甫逃到凤翔以后，朝廷当然会觉得他很忠诚，就委任他做"左拾遗"的官，具体的过程我们就不细讲了。杜甫当了左拾遗以后，就向朝廷直率地提意见，皇帝就不高兴了。这一年的闰八月，唐肃宗就让杜甫到鄜州去探亲，皇帝说：放你一段时间的假，你回去探亲吧。真实的原因是皇帝讨厌杜甫老是提意见，想要疏远他，杜甫就去探亲了。杜甫从凤翔出发，回到了鄜州。这一次探亲产生了两个重要的作品，一是《羌村三首》，我肯定很多朋友都读过。另外一首，也是更重要的一首，是什么呢？那就是杜甫诗集中最长的一首古诗，也是最重要的一首诗，就是《北征》。

所谓"北征"，就是向北边走，古人所说的"征"不一定是征

皇帝二载秋，闰八月初吉。
杜子将北征，苍茫问家室。
维时遭艰虞，朝野少暇日。
顾惭恩私被，诏许归蓬荜。
拜辞诣阙下，怵惕久未出。
虽乏谏诤姿，恐君有遗失。
君诚中兴主，经纬固密勿。
东胡反未已，臣甫愤所切。
挥涕恋行在，道途犹恍惚。
乾坤含疮痍，忧虞何时毕。
靡靡逾阡陌，人烟眇萧瑟。
所遇多被伤，呻吟更流血。
回首凤翔县，旌旗晚明灭。
前登寒山重，屡得饮马窟。
邠郊入地底，泾水中荡潏。
猛虎立我前，苍崖吼时裂。
菊垂今秋花，石戴古车辙。
青云动高兴，幽事亦可悦。
山果多琐细，罗生杂橡栗。
或红如丹砂，或黑如点漆。
雨露之所濡，甘苦齐结实。
缅思桃源内，益叹身世拙。
坡陀望鄜畤，岩谷互出没。
我行已水滨，我仆犹木末。
鸱鸟鸣黄桑，野鼠拱乱穴。
夜深经战场，寒月照白骨。
潼关百万师，往者散何卒。
遂令半秦民，残害为异物。
况我堕胡尘，及归尽华发。
经年至茅屋，妻子衣百结。
恸哭松声回，悲泉共幽咽。
平生所娇儿，颜色白胜雪。
见耶背面啼，垢腻脚不袜。
床前两小女，补绽才过膝。
海图坼波涛，旧绣移曲折。
天吴及紫凤，颠倒在裋褐。
老夫情怀恶，呕泄卧数日。
那无囊中帛，救汝寒凛栗。

战，旅行也可以叫征，向东边走叫东征，向西边走叫西征，北征就是向北边走。杜甫到了北边，到了陕北，到了他的家，就把一路上的所见所闻，把他对此时的国家形势的看法，以及对国家前途的种种忧虑，种种希望，都写在这首诗里。《北征》这首诗是写重大主题的，但是诗里也穿插着杜甫和他家人的种种遭遇，展现了一些生动的生活情景。《北征》里特别写到了一个细节，就是杜甫好不容易回到羌村，见到了自己的家人，他被俘虏以后已经过去整整一年了，这时已经是第二年的九月了，所以他回家以后，他最小的儿子已经不认识他了。小孩子嘛，一年多没见到父亲，已经不认识他了，以为是陌生人，就转过脸去哭。孩子们衣衫褴褛，面黄肌瘦，战乱时代嘛，生活过得很艰难。接下来的一个细节最有意思：过了几天，孩子们跟杜甫比较熟了，不再怕他了，还跟他亲热起来，然后就“问事竞挽须”，就是孩子们纷纷向他打听：“外面的情况怎么样啊？爸爸你在外面发生了什么事情啊？”等等，大家争着问。“竞”就是竞争，抢着。“挽须”是什么呢？是拉胡子，“挽”就是拉，“须”就是胡子。孩子们为什么要争着拉杜甫的胡子呢？我们想象一下，可能是这样的：因为杜甫有好几个孩子，可能杜甫正在回答这个孩子的问题，告诉他爸爸怎么样了。站在另一边的孩子等得急了，就拉着爸爸的胡子，使他的脸转到那边去，说你先回答我的问题。在封建时代里，孩子们乱拉父亲的胡子，当然是不合礼数的，对父亲不够尊重，父亲的胡子怎么好乱拉呢？在正常的情况下，父亲难免要呵斥他们：“哎，你怎么可以乱拉爸爸的胡子？”但是杜甫下面的一句诗却是：“谁能即嗔喝？”孩子们乱拉我的胡子，抢着拉我的胡子，谁能够吆喝他们呢？谁能够呵斥他们呢？我不想呵斥他们。为什么？“翻思在贼愁，甘受杂乱聒。”就是回想当我陷于叛军中，当我被扣押在长安的时候，我一心想念家人，一心希望能够见到我的孩子，现在终于见到他们了，即使他们乱拉我的胡子，我也不在意。

粉黛亦解苞，衾裯稍罗列。
瘦妻面复光，痴女头自栉。
学母无不为，晓妆随手抹。
移时施朱铅，狼藉画眉阔。
生还对童稚，似欲忘饥渴。
问事竞挽须，谁能即嗔喝。
翻思在贼愁，甘受杂乱聒。
新归且慰意，生理焉能说。
至尊尚蒙尘，几日休练卒。
仰观天色改，坐觉妖氛豁。
阴风西北来，惨澹随回鹘。
其王愿助顺，其俗善驰突。
送兵五千人，驱马一万匹。
此辈少为贵，四方服勇决。
所用皆鹰腾，破敌过箭疾。
圣心颇虚伫，时议气欲夺。
伊洛指掌收，西京不足拔。
官军请深入，蓄锐可俱发。
此举开青徐，旋瞻略恒碣。
昊天积霜露，正气有肃杀。
祸转亡胡岁，势成擒胡月。
胡命其能久，皇纲未宜绝。
忆昨狼狈初，事与古先别。
奸臣竟菹醢，同恶随荡析。
不闻夏殷衰，中自诛褒妲。
周汉获再兴，宣光果明哲。
桓桓陈将军，仗钺奋忠烈。
微尔人尽非，于今国犹活。
凄凉大同殿，寂寞白兽闼。
都人望翠华，佳气向金阙。
园陵固有神，扫洒数不缺。
煌煌太宗业，树立甚宏达。

（杜甫《北征》）

即使他们在那里聒噪，抢着说话，胡言乱语，吵成一片，我也心甘情愿。为什么？因为杜甫太爱他的孩子了。

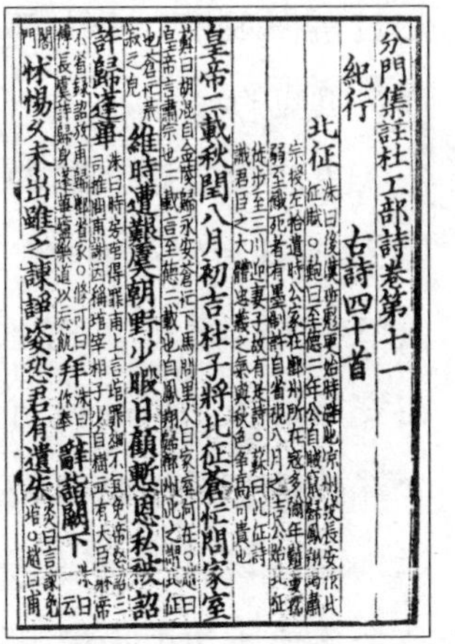
分門集註杜工部詩卷第十一
紀行　古詩四十首
北征
皇帝二載秋閏八月初吉杜子將北征蒼茫問家室
維時遭艱虞朝野少暇日顧慙恩私被詔
許歸蓬蓽
拜辭詣闕下
怵惕久未出雖乏諫諍姿恐君有遺失

宋刊杜诗《北征》书影

再过两年，到了公元759年，这时杜甫带着全家离开了甘肃的天水，唐代叫秦州，然后逃往成都。杜甫全家的生活没有着落，他要往南逃，途中经过一个地方，当时叫同谷县，现在叫成县，在甘肃，在宝成铁路上。杜甫路过同谷县时，那里本来有一个朋友答应接济他的，不知为什么，后来杜甫并没有得到接济。这时正好是天寒地冻的岁暮时分，杜甫全家就陷于绝境了，生活非常困难，一家老小都饿得奄奄一息。我们的大诗人在冰天雪地的时候，亲自拿了一把铁铲，到荒山野岭去，想挖一点野生植物的块茎来充饥，处境非常悲惨。就是在同谷县，杜甫写了一组非常有名的诗，叫《乾元中寓居同谷县作歌七首》。“乾元”是唐肃宗的年号。那一组诗一共有七首，我们看一看其中的第三首和第四首。

第三首诗是写杜甫想念他的弟弟，第四首是写杜甫想念他的妹妹。第三首诗说：“有弟有弟在远方，三人各瘦何人强？”就是我有弟弟啊，我的弟弟都在远方，都分散在各处，他们三个人都是面黄肌瘦的，有哪个人稍微好一点呢？谁都不好。杜甫一共有四个弟弟：杜颖、杜观、杜丰、杜占，为什么说“三人各瘦”呢，原来他的小弟弟杜占一直是跟在他身边的，这时正跟着杜甫一起逃难，另外的三个弟弟分散在各处，杜甫非常想念他们。在这种战火连绵的年代，我的三个弟弟不知道怎么样了，他们的生活一

有弟有弟在远方，三人各瘦何人强？
生别展转不相见，胡尘暗天道路长。
前飞驾鹅后鹙鸧，安得送我置汝旁。
呜呼三歌兮歌三发，汝归何处收兄骨。

有妹有妹在钟离，良人早殁诸孤痴。
长淮浪高蛟龙怒，十年不见来何时。
扁舟欲往箭满眼，杳杳南国多旌旗。
呜呼四歌兮歌四奏，林猿为我啼清昼。

杜甫《乾元中寓居同谷县作歌七首》（其三、其四）

定过得很艰苦，个个都是面黄肌瘦的。

第四首诗想念他的妹妹：“有妹有妹在钟离，良人早殁诸孤痴。”钟离是现在安徽的凤阳，杜甫有一个妹妹嫁在凤阳，离得很远，而且妹夫早就死了，几个孩子还幼小不懂事，所以杜甫非常挂念她。这样的一个妹妹，一个寡妇带着好几个孩子，她怎么生活啊？杜甫惦念着她，关心着她。在兵荒马乱的动荡年代里，杜甫始终挂念着他的弟弟、妹妹，这是名副其实的手足之情。可以说，杜甫诗中对于他的家人的感情，或者说杜诗中体现出来的那种天伦之情，由于战乱的背景得到了凸显，从而更加鲜明，更加感人。

最伟大、最无私的一种天伦之情，大概要推母爱了。那么，唐代的诗人又是如何歌颂母爱的呢？中唐有这样的一位诗人，他命运不济，一生潦倒，直到年近半百得到一个微职后，才实现奉养母亲的夙愿。但正是他留下了一首脍炙人口的歌颂母爱的诗篇，被历代的读者推崇备至。那么这位诗人是谁呢？他又是如何歌颂母爱的呢？

父爱和母爱，这是两种重要的天伦之情，大家都很清楚。反过来，如果从儿女的立场来说，他们对父母的感情也是重要的天伦之情，古人称之为孝顺之心，大家也都很清楚。但是，在很长的时期内，这个问题被搞得很混乱，有时甚至到了是非颠倒的地步。自从五四以来，人们一说到孝，总要联想到封建思想、封建伦理，总觉得这个“孝”字即使值得提倡，也不是那么理直气壮。我曾经听到年轻的朋友抱怨说，为什么老是要求我们孝，为什么不强调父母要爱儿女呢？我觉得父母对儿女的爱是不需要提倡的，它是天然的，我可以说百分之九十九以上的父母都是爱儿女的。父母对儿女的爱有没有问题呢？当然也有问题。问题在哪里？第一是管教过严，有些父母望子成龙的心愿过于迫切，把孩子逼得太厉害，要孩子学这个学那个，非要孩子出人头地，管教方法也不对头。第二是过于溺爱，对孩子爱得过分了，什么都顺着孩子，呵护，纵容，无所不至，这样对孩子的成长非常不利。如果排除掉这两种过于偏执的情况，你说世上的哪个父亲、哪个母亲是不爱孩子的？几乎没有。因为父爱和母爱，尤其是母爱，实际上是一切高等动物都具有的感情，不光是我们人类。我们看哺乳动物，看鸟类，它们在抚育下一代的时候也是尽心尽力的，一定要把下一代抚育成长，甚至还要教它们一些基本的生活技能。我们看到“动物世界”的电视节目里，鸟妈妈或鸟爸爸不但不辞劳苦地哺育小鸟，而且不厌其烦地教小鸟学习飞翔。问题是，反过来，幼小的一代对父母的爱又如何呢？应该说在动物那里是没有的。中国的古人为了要提倡孝道，所以宣扬说动物也懂得行孝。有一个名词叫“慈乌”，就是慈祥的乌鸦，慈乌在《本草纲目》里都设了条目的。说有一种乌鸦，它懂得“反哺”。什么叫反哺呢，就是这种乌鸦的父母在它幼小的时候曾喂养它60天。

小乌鸦长大以后，老乌鸦衰老得没有力气去找虫吃了，小乌鸦就反过来喂养父母60天。但是这实际上只是人类良好的愿望，自然界并没有真正的慈乌，动物是不懂得孝道的。但是人类不一样，人类是懂得孝道的，人类应该要理直气壮地强调：父母要爱儿女，反过来儿女也要爱父母，这是我们的基本责任，这是基于天伦之情的一个道德准则，是知恩图报的伦理学原则在家庭内部的体现。

那么我们来看一看，在唐诗中有什么歌颂父爱或者母爱的好作品。毫无疑问，大家马上会想到一篇最典范的作品，一首传诵得最广的唐诗，那就是孟郊的《游子吟》：

慈母手中线，游子身上衣。临行密密缝，意恐迟迟归。谁言寸草心，报得三春晖？

就是这六句话，没有任何的典故，没有任何难解的词语，一读就懂，但这首诗确实是千锤百炼的好诗，写得真好！这首诗好像没有多少地方需要讲解，我稍微说几点。“三春”就是整个春天，春天一共三个月嘛，九十天，古人把它分为三段：孟春、仲春、季春，加起来共三个月，就是指整个春天。孟郊说我就像一颗小小的草，全靠太阳给了我温暖，使我成长。母爱就像阳光一样，但是我只是一棵小草，尽管有心要报答母亲的恩情，又怎么能实现我的愿望呢？言下之意是母亲的恩德太深了，太广了，我没法报答。这首诗还有一个背景要介绍一下，就是它也许反映了一个地方风俗。根据现代学者研究的结果，说在长江下游地区，就是现在的江苏、浙江一带，从古就有这样的风俗。假如家里有人要出远门，母亲或者妻子就要亲手给他们缝衣服。那个衣服一定要缝得针脚细密，就是一针一针细细地缝，不能粗针大麻线。据说衣服缝得针脚细密，出远门的人就会早一些回来。如果你缝得不细，他们就会迟迟不归。当然孟郊的原意也可能是母亲担心游子迟迟不归，所以把衣服细针密缝，这样方可耐穿。这首诗需要解释的恐怕就是这两点，其他的部分大家一读就懂。孟郊这首诗是在他五十岁那年写的，孟郊一生穷愁潦倒，在科举和仕途上都很不顺利，他到五十岁那一年才当上了一个小官，在江苏的溧阳县当县尉，他总算当上官了，有薪俸收入了。孟郊就把他的老母亲从家乡，就是浙江的德清，接到溧阳来奉养。就在这一次迎接母亲的过程中，孟郊写了这首诗。从古到今，这是大家公认的对母爱歌颂得最好的一首诗。

孟郊《游子吟》诗意图

我们举一个最不喜欢孟郊诗的人来做例子，这人就是宋代的苏东坡。苏东坡最讨厌孟郊的诗，因为他的诗歌风格跟孟郊的诗歌风格差别很大，所以他说“我憎孟郊诗”，就是说我讨厌孟郊的诗。但是他又承认孟郊的诗感情真挚，非常感人，他说孟郊的诗好处在哪里呢？他说是“诗从肺腑出”，孟郊的诗是从肺腑里面流出来的，是发自肺腑的，是内心的真情实感的自然流露。这种情感一旦流露出来，就会产生怎样的效果呢？苏东坡又说了一句：“出辄愁肺腑。”就是孟郊把肺腑之情抒发成诗歌以后，这个文本，这首诗歌，就能感人肺腑，就能使读者受到深深的感动。不喜欢孟郊诗的苏东坡却承认孟郊诗“诗从肺腑出，出辄愁肺腑”，这是一个非常高的评价。苏东坡没有说明孟郊最感人的诗歌是哪几首，但毫无疑问，《游子吟》肯定是其中最好的范例。

1992年，香港的一些文化团体在全市市民中举行了一次问卷调查，问题是你最喜爱哪一首唐诗。结果得票率最高的就是孟郊的这首《游子吟》。在香港市民推选出来的十首唐诗中，它高居榜首。据说后来联合国教科文组织也把这首诗推荐给全世界的小学生，作为小学教材。所以我觉得，我们现在教孩子们读唐诗，“白日依山尽，黄河入海流”当然是要读的，但是我想首先还是让他们读读“慈母手中线，游子身上衣”吧，这对我们的孩子有很好的教育作用。

孟郊的诗是从儿女的立场来歌颂母爱的，它的出发点是儿女对父母的感恩之心。那么，如果从父母的立场出发，唐代诗人又是如何抒发父爱与母爱的呢？由于唐代诗人多数是男性诗人，那么父爱有没有使诗坛上的男子汉们变得柔肠宛转呢？例如李白，他的性格是那样的豪放和浪漫，那么在李白的诗歌中，他又是如何抒发对儿女的一腔深情的呢？

我们来看一个例子，就是李白的《寄东鲁二稚子》。所谓“东鲁”，就是现在山东的西南部那一带，是古代的鲁国。“二稚子”，是两个幼小的孩子。这首诗的写作背景是怎样的呢？这首诗大概是李白三十九岁那一年写的，那个时候李白的第一个妻子许氏已经去世了。李白一生中结过两次婚，第一个妻子是许氏，第二个

吴地桑叶绿，吴蚕已三眠。
我家寄东鲁，谁种龟阴田？
春事已不及，江行复茫然。
南风吹归心，飞堕酒楼前。
楼东一株桃，枝叶拂青烟。
此树我所种，别来向三年。
桃今与楼齐，我行尚未旋。
娇女字平阳，折花倚桃边。
折花不见我，泪下如流泉。
小儿名伯禽，与姊亦齐肩。
双行桃树下，抚背复谁怜。
念此失次第，肝肠日忧煎。
裂素写远意，因之汶阳川。

（李白《寄东鲁二稚子》）

妻子姓宗，就是宗氏。这时许氏已经去世了，许氏去世时留下一子一女，大的是女儿，叫平阳，小的是儿子，叫伯禽。我们都知道，李白是云游四海的人，他喜欢到处游览，到处漂荡，所以他就把两个孩子寄养在山东，寄养在现在的泰安那一带，然后就浪迹四海去了。等到李白三十九岁那一年，他正在长江下游，在东吴。那一年春天，他突然想念起他的孩子来了，因为两个孩子寄养在别人家里，他们的母亲早就不在了，所以李白就写了这首诗。李白先是说，我很想念东鲁那个地方，我曾经在那里亲手种了一棵桃树，这棵桃树现在已经长得跟酒楼一样高了吧。然后他就想起两个孩子来了，他说："娇女字平阳，折花倚桃边。折花不见我，泪下如流泉。"我有一个爱女，是我很宠爱的女儿，她叫平阳。她倚在桃树旁边，顺手折了一枝桃花，这时她一定会想念父亲，因为这棵桃树是我亲手栽种的。但是她折下桃花，想念父亲，父亲却不见踪影，她的眼泪就像泉水一样地流淌。下面的四句转而写他的儿子："小儿名伯禽，与姊亦齐肩。双行桃树下，抚背复谁怜？"我还有一个小儿子，他叫伯禽，他现在的个子恐怕跟他姐姐差不多高了，男孩子长得快一点，所以与姐姐一样高了。姐弟两个在桃树下面绕着树走，有谁抚摸着他们的背去疼爱他们呢？他们的母亲已经不在了，我这个当父亲的又远在他乡。由于李白非常想念两个孩子，所以诗里又说：“念此失次第，肝肠日忧煎。裂素写远意，因之汶阳川。”他说我一想到两个孩子没人照料，心里就像乱麻一样，简直要失去常态了。我的肝肠每天都像火煎一样，非常难过，于是我赶快写一首诗，寄到汶水那边去。我们都知道，李白一生四海为家，他喜欢周游名山大川，他非常潇洒，非常旷达，他很少把感情十分专注地投射在某个地方，但是这一次情况不同了，李白这么强烈地思念着东鲁那个地方，他再也潇洒不起来了。我们也知道李白的诗风是浪漫的，他的诗风不像杜甫那样的沉郁，李白在诗中抒发的感情也是很潇洒，很放得开的，但是这首诗的风格却变得相当沉郁了，这首诗中的感情非常浓厚、深沉，有点像杜甫的诗风了。是什么使李白发生了这么大的变化？是父爱。

从上面的例子可以看出，不但性格深沉的杜甫对亲人牵肠挂肚，连个性豪放的李白也在想到孩子时表现出他柔情的一面，这就是天伦之爱的力量。父爱的伟大，在另外一首唐诗里得到了最淋漓尽致的表现，但是这首诗却命运不济，遭到很多现代读者的误读，那么这究竟是哪一首唐诗呢？这首诗又是怎样抒写父爱的呢？

下面我们稍微多花一点时间来讲第二个例子，这是韦应物的一首诗，诗的标题叫做《送杨氏女》。先解释一下标题，这是诗人为他的女儿送行。那么韦应物的女儿怎么叫“杨氏女”呢？原来她是嫁给姓杨的人家的女儿，中国古代的妇女出嫁以后就改姓夫家的姓，不再姓她原来的姓了，现在西方各国还是这样的。现代中国妇女的地位最高，她们出嫁以后不再改姓。韦应物的长女，大女儿，嫁给一个姓杨的人家，所以他称她为“杨氏女”，还写了一首诗来送她。韦应物的妻子叫元苹，2008 年上半年，在西安南郊的出土文物中有韦应物一家的四方墓志铭，其中有一方就是韦应物亲自为他的妻子写的墓志铭，现在出土了，我们就知道韦应物的妻子叫元苹，结婚以后夫妻很恩爱，但是元苹到三十六岁那一年生了一场大病，就去世了。元苹身后留下三个孩子，前面两个是女儿，我们现在没法考证出长女当时是多少岁，估计是十多岁。第二个女儿那一年才五岁，最小的是一个儿子，还不满周岁。韦应物那个时候是四十岁，他比妻子大四岁。七年以后，就是到韦应物四十七岁那年，也就是他的妻子去世七年以后，他的长女到了婚嫁的年龄。古人早婚，女孩子十六七岁就要出嫁了。韦应物的长女嫁给一个姓杨的人家，姓杨的人家派人来接新娘子，然后坐上船走了。韦应物当时在安徽的滁州做刺史，来接亲的船先进入长江，再向上游上溯，长女就嫁到她的夫家去了。韦应物在送别大女儿时写下了这首诗，所以叫《送杨氏女》。

《送杨氏女》这首诗是被选进《唐诗三百首》中去的，我们知道，选进《唐诗三百首》里的诗都是名篇，都是很好的诗，但是这首诗到了现代，有些年轻的读者朋友不太喜欢它。我在南京大学碰到过这样的同学，他们说这首诗写得不怎么好，他们觉得这首诗平淡无味，不是特别精警，为什么会选在《唐诗三百首》里呢？我就说，你们还没有到那个年龄，你们现在太年轻，要等到年纪稍大一点，你们再来读它，味道就完全不一样了。为什么？我们来看一看它的具体内容。韦应物的这首诗是送别女儿的，所以他首先回忆了他的妻子，就是这个女儿的母亲逝世以后的情况。他说你们这几个孩子啊，从小就没有了母亲，是我独自把你们抚养长大的，我非常疼爱你们。因为没有母亲了，父爱和母爱合并在一起，由韦应物一个人来承担，来倾注了。然后他又说，由于你们从小没有母亲，本来应该由母亲来承担的对你们进行的教育就有所欠缺。古代的女孩子有一些闺房里面的规矩，妇女应该怎么举动，要遵守什么道德，这本来应该由母亲来教导的，但是你们的母亲死得早，由我这个父亲来进行这方面的教导，就不免有所欠缺，所以是“自小缺内训”，就是家庭内部的，闺房里的教训做得不够。这样一来，韦应物就担忧起来了，他担忧女儿嫁到夫家以后，怎么能跟公公、婆婆处好关系呢？他说我非常担心，因为女性的行为规范应该由你的母亲来教导的，现在你没有得到很好的教导，所以我怕你嫁到夫家后处不好关系。在这首诗的最后，韦应物说：现在我与你分手了，将来再要见到你，不知道是何年何月？因为古代交通不便，女孩子出嫁以后，一般也很少有回娘家的机会，所以韦应物送别女儿，心里非常悲痛。

永日方戚戚，出行复悠悠。
女子今有行，大江溯轻舟。
尔辈苦无恃，抚念益慈柔。
幼为长所育，两别泣不休。
对此结中肠，义往难复留。
自小阙内训，事姑贻我忧。
赖兹托令门，任恤庶无尤。
贫俭诚所尚，资从岂待周。
孝恭遵妇道，容止顺其猷。
别离在今晨，见尔当何秋？
居闲始自遣，临感忽难收。
归来视幼女，零泪缘缨流。

（韦应物《送杨氏女》）

那么，有些年轻的读者朋友对这首诗不太满意，主要是在什么地方呢？主要在于这首诗的中间部分。

这首诗的中间有好几句话是韦应物对女儿的谆谆嘱咐，就是你现在要出嫁到夫家去了，我告诉你应该怎样怎样，说了一些教导她的话，最主要的就是这四句诗，先看前面两句："贫俭诚所尚，资从岂待周。"就是过贫俭的生活，本来是我们所崇尚的，我们不追求富贵。"资从"就是嫁妆，你对嫁妆也不要有太高的要求，我们家本是一个清寒的家庭，给你准备一些嫁妆就算了，不必追求完备。下面两句更重要："孝恭尊妇道，容止顺其猷。"你到了夫家以后，一定要孝顺老人，要恭恭敬敬地对待老人，要遵守妇女应该有的道德。"容止"就是容貌和举止，你的表情，你的举止，一言一行，都要遵守夫家的规矩。"猷"就是法则，规矩。这几句话，现在的年轻朋友也许会觉得，是不是思想比较陈旧啊？观念比较落后啊？是不是说的都是一些简单的道理，没有什么高深的意义在里面？是的，是没有什么高深的意义在里面，尤其是在当时，在唐代，像韦应物这样的家庭，书香门第，一个女孩子即使从小没有母亲，她对于要孝顺老人，要崇尚贫俭，对这些规矩不会不懂的，她肯定知道。那么韦应物为什么还要在女儿出嫁的时候写一首诗谆谆嘱咐，还要来教导一番呢？这是父爱使之然，因为父亲最关心女儿，他在离别的时候一定会说这番话。我想，当我们年轻的时候，当我们离开父母出外读书、出外工作的时候，有哪一个父母不会对我们做一番谆谆嘱咐？他们肯定会反复交待，说了一遍又一遍。也许我们在当时听到这些话的时候，会觉得父母的话并没有什么高深的道理，他们说的道理太简单了，或者观念还有点陈旧，而且唠里唠叨，语无伦次。对于这样的话，我们也许会有点不耐烦，觉得父母何必这样唠叨呢？但是，到了将来，等到过去一段时间以后，你再来回首，再来回味那一番话，你就会有完全不同的感觉。

我举一个例子，朱自清先生的《背影》。朱自清的《背影》是现代散文中的名篇，大家都知道，《背影》是写他对父亲的惦念。文章里有一个细节，朱自清在南京坐火车到北京来，他的父亲把他送到车站，给他买了一些橘子，然后父亲就对他交待一番。交待他什么呢？路上要小心，在火车上夜里要警醒一些，不要受凉，到了北京赶快来信，就是这些话。朱自清在《背影》中说，他当时听了这些话，觉得不耐烦，觉得父亲说话不漂亮，还有点迂，道理也都是很陈旧的，难道我这么大了还不懂得吗？路上要小心，不要受凉，我都知道，你干吗还要跟我说？若干年以后，朱自清说："我现在想想，那时真是太聪明了！"朱自清忏悔说，当时自己真是聪明过头了！朱自清为什么会觉得后悔呢？他觉得当时没有好好地领会父亲一番叮嘱中所包含的那份珍重的情意，那是非常可贵的，自己却把它看轻了，当时竟然觉得不耐烦了。我觉得，很多朋友都有过像朱自清一样的经历，一样的感受。俗话说，当家方知柴米贵，养儿方知父母恩。当你初次离开你的父母，父母为你送别的时候，当他们对你进行一番叮嘱的时候，你也许会觉得太唠叨，太啰嗦，话说了一遍又一遍，又没有什么特别高深的道理，何必这样啰嗦呢？你会觉得不耐烦。但是一旦你自己当了父母，你自己来送别你的儿女，到外地去读书，到外地去工作的时候，你肯定也要对他们唠叨一番，你同样会说些很简单的道理，而且颠三倒四地说上很多遍。我们承认这些话里没有什么高深的道理，就像韦应物在这首诗中所写的，他对他的女儿的那些交待，也没有什么高深的道理。你说在伦理学上面，在道德学上面，韦应物说了什么特别高深的道理吗？诗中有什么警句吗？没有，都是一般的话，都是再平常不过的道理，也是再普通不过的语言。但是，恰恰是这些语言，它里面凝聚的是父爱和母爱，所以不但值得我们非常细心地聆听，而且应该让那些话在心中留下永远难忘的温馨回忆，因为那不是别的，那就是父爱和母爱。

所以我觉得像韦应物的这首《送杨氏女》，当读者朋友还很年轻的时候，你不要轻易地急着下判断，说这首诗写得不好，没有什么高深的意思，艺术水准也不高。你稍微等一等，等到你自己当了父母以后，你再回过头来读，我想你可能会有朱自清写《背影》时候的那种感受。父爱和母爱毕竟是人际间最可珍贵的一种感情，这在韦应物的诗中得到了很好的展现。所以，这首《送杨氏女》选在《唐诗三百首》里，是完全合格的。即使到了今天，我们也不应该因为诗中有一些封建的意识，就轻易地把它否定掉。即使在今天，这首诗依然能让我们感动，它依然能提醒我们，父母对我们的千叮万嘱其实就是千万重的关爱，让我们珍惜这种可贵的关爱吧！

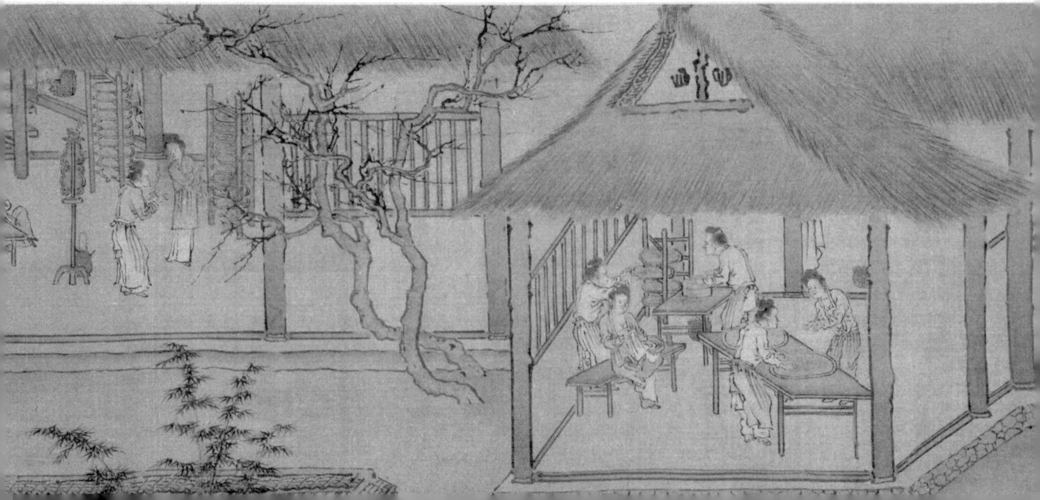

第八讲　民生疾苦

“民生疾苦”就是民间的疾苦，就是老百姓生活中的种种辛酸痛苦。在中国古代，在传统思想中占主导地位的是儒家思想，儒家思想的核心内容就是要推行仁政。所谓仁政，就是仁爱的政治，就是在治理国家的整个运作过程中，要以仁爱之心作为基本的出发点，以仁爱的精神作为治国方针的立足之本。这种思想在孔子和孟子的言论中表达得非常充分。儒家的仁政思想当然具有十分丰富的内容，我现在想谈的是其中最主要的两点。第一，儒家主张让人民保持基本的生活水准。那么什么是当时的最低生活线呢？孟子说，“仰足以事父母”，就是对上，也就是对长辈来说，要足以赡养父母。“俯足以畜妻子”，“畜”是抚养的意思，对下呢，要能够养活妻子跟儿女。孟子还说，“乐岁终身饱”，就是碰上好年景，一年到头都能够吃饱。“凶年免于死亡”，碰到灾荒的年份，也不至于饿死。在当时的生产力条件下，这就是儒家所制订的人民最低生活线。第二，儒家旗帜鲜明地、强烈地反对贫富不均，他们认为一个社会的贫富差距不能太大。儒家是承认差距的，儒家认为现实社会中不可能人人平等，客观上总会有差距，但是他们反对贫富悬殊。孟子非常愤怒地谴责这样的社会现象：“庖有肥肉，厩有肥马，民有饥色，野有饿殍。”这四句话是什么意思？就是富贵人家厨房里有多余的肉，马棚里膘肥马壮，但是老百姓饿得面黄肌瘦，有的穷人甚至饿死，尸体随便抛在野外。孟子谴责这种现象，他谴责造成这种现象的统治者：“此率兽而食人也。”这等于是领着一群野兽在吃人啊。古人不懂得什么叫基尼系数，我们现在说基尼系数达到0.4或0.5，就向社会敲响警钟了。超过0.6，社会就危险了，因为贫富不均必然会引起社会动荡。儒家不知道什么基尼系数，但是儒家知道贫富不能悬殊。所以孔子说“不患寡而患不均”，这句话的准确文本应该是“不患贫而患不均”。就是一个社会穷一点倒不可怕，最可怕的是贫富不均。上面的两点精神，当然不是儒家的仁政思想的全部内容，但是是其中非常重要的核心内容。

儒家的这种精神，唐代的诗人都是信奉的，尤其是杜甫。杜甫是唐代诗人中最诚笃地信奉儒家思想的，他本人就是唐代的一位大儒。整个儒家思想的体系，从先秦一直发展到近代，从来没有中断过。有的人觉得从思想史的角度来说，儒家思想在唐代好像发展不大。其实不对！唐代有杜甫跟韩愈，他们虽然没有在理论上对儒学做出太多的阐释，但他们在行为上贯彻了儒家的学说，他们用实践弘扬了儒家的精神。杜甫就是这样的一个人。换一个角度说，杜甫把儒家的思想渗透到诗歌中间，用他的优美的诗歌形象地表达了儒家的政治理想，所以杜甫应该被称为唐代的大儒。刚才我们说到儒家仁政思想的两点精神：一是要让百姓保持基本的生活水平，二是反对贫富不均，杜甫的诗歌中都有非常好的阐释。杜甫曾经写过一首诗，表达他对理想社会的构想。他说："牛尽耕，蚕亦成。不劳烈士泪滂沱，男谷女丝行复歌。"这几句话是什么意思呢？牛呢，都在地里耕作，蚕呢，也养得很好。就是发展农业生产，男人在地里种粮食，女人在家里养蚕、缫丝，为百姓提供充足的衣食。百姓丰衣足食了，大家愉快地生产、生活，就不再需要什么忠烈之士为忧国忧民而热泪滂沱。这是杜甫的理想，他希望天下太平，让老百姓得以温饱，并且安居乐业。杜诗中对贫富不均的现象进行了无情的揭露和深刻的批判，他有两句诗说得惊心动魄，永远为后人传诵，就是"朱门酒肉臭，路有冻死骨"。富贵人家的酒肉都吃不完，以至于变质了，腐败发臭了，老百姓却饿死、冻死，他们的尸体被随便抛在路上。这是对封建社会中严重的贫富悬殊现象的最深刻、最一针见血的批判。以致我们后人只要提到贫富不均，马上就会联想到这两句诗，老杜写得真是太好了！当然，在杜甫的诗中，对民生疾苦的描写、揭露，并不都像这样抽象，他经常非常具体、非常细致地表现这种

天下郡国向万城，无有一城无甲兵。
焉得铸甲作农器，一寸荒田牛得耕。
牛尽耕，蚕亦成。
不劳烈士泪滂沱，男谷女丝行复歌。

（杜甫《蚕谷行》）

主题。

杜甫亲身经历了安史之乱，安史之乱是唐朝最严重的一场动乱。我们看看安史之乱给唐帝国带来的灾难有多大。安史之乱总共绵延了七年零三个月，加上动乱的尾声，前后的跨度大约有十年。在安史之乱爆发以前，唐帝国的总人口有五千三百万，到安史之乱结束的时候，唐帝国的人口只剩一千七百万了。三分之二的人口在短短的十年中丧失了！先是战乱，然后是饥荒，杜甫亲眼目睹了那些惨绝人寰的景象。杜甫用他的诗笔给那个天翻地覆的动乱时代画下了一幅社会画卷，忠实地、生动地记录了那场动乱对老百姓的和平生活造成的灾难。说到这个主题，大家马上会联想到杜甫最有名的组诗，就是“三吏”、“三别”。“三吏”就是《新安吏》《石壕吏》《潼关吏》，“三别”就是《新婚别》《垂老别》《无家别》。杜甫写这两组诗的时候，安史之乱还没有最后平定，唐朝的平叛战争还在进行过程中，就是长安已经收复了，但叛军还在相州、河阳一带负隅顽抗。杜甫从洛阳走到华州，一路上写诗记录他的所见所闻。当时老百姓最大的灾难是什么呢？唐朝的军队跟安史叛军正在进行反复的拉锯战，很多人死在战场上，兵源严重缺乏。兵源不足就不停地拉夫，把并非壮丁的百姓都拉去当兵，送到前线去，去的结果当然是凶多吉少。“三吏”、“三别”具体地描写了这方面的灾难。

限于篇幅，我就不讲“三吏”了，稍微讲一讲“三别”。“三别”的第一首是《新婚别》。《新婚别》是写一对年轻夫妻，头天晚上结的婚，第二天早上新郎就离开新娘，上前线去了。这首诗是以新娘子的口吻来写的。她的丈夫，仅仅做了一天夫妻的丈夫，要上

兔丝附蓬麻，引蔓故不长。
嫁女与征夫，不如弃路旁。
结发为君妻，席不暖君床。
暮婚晨告别，无乃太匆忙。
君行虽不远，守边赴河阳。
妾身未分明，何以拜姑嫜？
父母养我时，日夜令我藏。
生女有所归，鸡狗亦得将。
君今往死地，沉痛迫中肠。
誓欲随君去，形势反苍黄。
勿为新婚念，努力事戎行。
妇人在军中，兵气恐不扬。
自嗟贫家女，久致罗襦裳。
罗襦不复施，对君洗红妆。
仰视百鸟飞，大小必双翔。
人事多错迕，与君永相望。

（杜甫《新婚别》）

前线，前往危险的战场去了，所以她很难过。“结发为君妻，席不暖君床。”新娘子说，我跟你结发成为夫妻，连你家的席子还没睡热。“暮婚晨告别，无乃太匆忙。”傍晚结婚，第二天清晨就分离，这不是太匆忙了吗？“结发”是古代的婚礼风俗，是唐代婚礼中的一项内容。大概的情形是这样的：新婚之夜，男左女右，新郎从左鬓剪下一缕头发来，新娘子从右鬓剪下一缕头发来，把这两缕头发缠在一起，打一个结，然后交给新娘子，作为爱情的信物收藏起来。这表示两个人正式结婚了，就是成为夫妻了。新娘想到丈夫也许一去就不能回来了，所以她心里非常痛苦，“沉痛迫中肠”，就是肝肠断绝的意思。她又说：我原是穷人家的女儿，我用了很长的时间，花了很大的力气，好不容易才准备了一套嫁衣，“久致罗襦裳”，就是准备了一套绸缎的嫁衣。但是她只做了一个晚上的新娘子，丈夫就上前线去了。所以她对着夫君起誓说：“罗襦不复施，对君洗红妆。”就是现在当着你的面我就把嫁衣脱了，把脸上的脂粉妆饰也洗去了，从此在家里服侍公婆，操持家务，你就放心地上前线去吧。婚姻本是终身大事，可是这位姑娘只当了一天新娘，就要与夫君生离死别，这是何等哀怨的人间悲剧！

“三别”的第二首是《垂老别》。《垂老别》写的是一个垂垂老矣的老翁被征入伍，这个老翁已经“子孙阵亡尽”，就是他的儿子、孙子都上了前线，而且都已经阵亡了，他家里已经没有壮丁可拉了，官府就来拉他了。他已经很衰老了，走路时都要拄着拐杖了，居然还要应征到前线去打仗！老翁把拐杖一掷，跟着官吏走出门去，同时被征的人看了都为他感到辛酸。接下来杜甫非常详细地描写老翁跟他的老伴生离死别的情景。他说：“老妻卧路啼，岁暮衣裳单。孰知是死别，且复伤其寒！此去必不归，还闻劝加餐。”寒冬腊月的时分，老伴穿着很单薄的衣服，伏在地上啼哭。我明明知道这是死别，但是我还是心疼她的寒冷！我这一去肯定不可能再回来了，但是老妻还在叮嘱我要保重身体，到了军队里要尽量多吃点饭。一对垂垂老矣的老夫妻，已经到了白头偕老的年纪了，他们的儿孙都已为国捐躯了，却还要面临再一次的生离死别，这又是何等惨痛的人间悲剧！

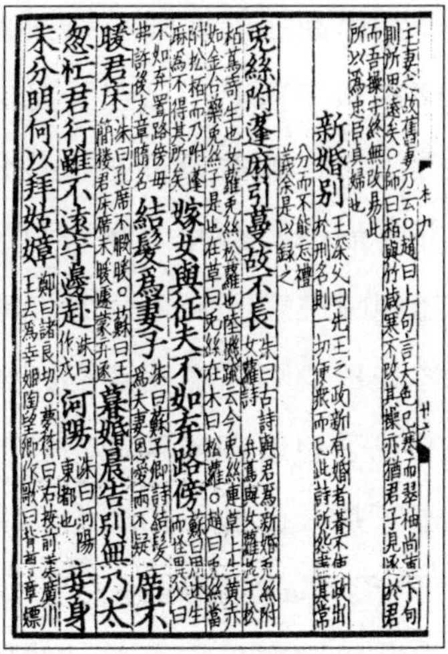
新婚别
兔絲附蓬麻引蔓故不長
嫁女與征夫不如弃路傍
結髮為妻子席不暖君床
暮婚晨告別無乃太忽忙
君行雖不遠守邊赴河陽
妾身未分明何以拜姑嫜

宋刊杜诗《新婚别》书影

“三别”的第三首是《无家别》，这首诗的主人公的遭遇更加悲惨。这位主人公，他本来早已当兵去了，早已上过前线了，已经久经沙场了。然而，他所在的军队打了败仗，整支军队都溃败了，被打散了。他独自从战场上死里逃生，逃回了家乡。他的家乡原是有几百户人家的村落，现在却变成一片废墟。他的家里是一个人都没有了，只剩下几间破房子，走进去一看，看到了什么呀？里面住着狐狸！狐狸当家，屋里没有人了，狐狸住在屋子里面。狐狸看见这个人进来，这是真正的主人来了，狐狸反而把浑身的毛都竖起来，朝他吼叫，非常愤怒。狐狸大概认为这是它的窝，你这个人怎么随便闯进来了，竟然“私闯狐宅”。这是一种什么样的惨淡景象啊！尽管这样，人总得活命呀！他就在原来的宅子旁边开垦荒地，想种些庄稼来糊口。没想到才过了几天，县里知道他回来了，知道这村庄里有一个男壮丁从战场上回来了，又来抓他去当兵。我们的主人公第二次应征入伍，他离家的情景最惨了，他连一个告别的对象都没有。《新婚别》里的那个新郎从军去了，他可以跟他的新娘子告别。《垂老别》里的那个老翁应征入伍了，他可以跟他的老伴告别。最惨的就是《无家别》的这个主人公，他家里的人早就死绝了，他没有亲人可以告别。所以他只能喃喃自语。他自言自语地安慰自己说：反正家里已经荡然无存，自己是到远方去从军，还是在近处服役，都没有什么区别了。“家乡既荡尽，远近理亦齐。”这两句话表面上平平淡淡，其实是多么沉痛！古人的家乡观念最重了，怎么会“远近理亦齐”呢？因为他的家，他的家乡，已经成为狐狸居住的废墟，已经不值得留恋了！但

四郊未宁静，垂老不得安。
子孙阵亡尽，焉用身独完？
投杖出门去，同行为辛酸。
幸有牙齿存，所悲骨髓干。
男儿既介胄，长揖别上官。
老妻卧路啼，岁暮衣裳单。
孰知是死别，且复伤其寒。
此去必不归，还闻劝加餐。
土门壁甚坚，杏园度亦难。
势异邺城下，纵死时犹宽。
人生有离合，岂择衰盛端？
忆昔少壮日，迟回竟长叹。
万国尽征戍，烽火被冈峦。
积尸草木腥，流血川原丹。
何乡为乐土，安敢尚盘桓。
弃绝蓬室居，塌然摧肺肝。

（杜甫《垂老别》）

寂寞天宝后，园庐但蒿藜。
我里百余家，世乱各东西。
存者无消息，死者为尘泥。
贱子因阵败，归来寻旧蹊。
久行见空巷，日瘦气惨凄。
但对狐与狸，竖毛怒我啼。
四邻何所有，一二老寡妻。
宿鸟恋本枝，安辞且穷栖。
方春独荷锄，日暮还灌畦。
县吏知我至，召令习鼓鞞。
虽从本州役，内顾无所携。
近行止一身，远去终转迷。
家乡既荡尽，远近理亦齐。
永痛长病母，五年委沟溪。
生我不得力，终身两酸嘶。
人生无家别，何以为蒸黎？

（杜甫《无家别》）

是难道他真的能够忘记家乡，忘记家人吗？当然不能。于是他想起了家人，想起了他的老母亲。“永痛长病母，五年委沟溪。”我永远感到痛心的是什么呢？是我那长年生病的老母亲，因为我当兵去了，家里没有人照顾她，她死了以后也没人给她安葬，她的遗体被随意抛在山沟里。“生我不得力，终身两酸嘶。”她生了我这个儿子有什么用啊？生儿育女本是为了生有所养，死有所葬。但是我的老母亲活着的时候我没有能够赡养她，她死了我也没有能够安葬她。她的遗体抛在野外已经五年，恐怕早已腐烂了，说不定已经被野兽吃掉了。无论是生者还是死者，双方都是抱恨终身啊！最后，这位主人公愤怒地责问说：“人生无家别，何以为蒸黎？”“蒸黎”就是百姓的意思。做人做到了这种地步，应征入伍时连个告别的对象都没有了，那还能算是一个老百姓吗？言下之意是这根本不是人过的日子啊！

“三吏”、“三别”，从《新安吏》、《石壕吏》、《潼关吏》，到《新婚别》、《垂老别》、《无家别》，这六首诗是一组组诗，它们有一个完整的结构。“三吏”表面上是顺着诗人路过的地方来写的，其实它们在内容上也有一种递进的关系。这三首诗在存世的几种杜甫诗集中原来的顺序是《新安吏》、《潼关吏》、《石壕吏》，但是杜甫当年旅行的真实路线是先到新安，再到陕县的石壕村，最后才到潼关，所以它们的准确次序应该是《新安吏》、《石壕吏》、《潼关吏》。《新安吏》写官吏乱抓壮丁，连未成年的“中男”也一并抓走。《石壕吏》写官吏抓不到男性的壮丁，竟然抓走一个老妇人来充数。《潼关吏》则写官吏驱使士卒辛苦筑城。前两首写官吏乱抓壮丁的野蛮情景，从尚未成年的男丁到年老体衰的妇女，官吏们的行为越来越不讲理，百姓的苦难也越来越深重。尚未成年的男丁也好，年老体弱的妇女也好，他们哪是什么“壮丁”啊！后一首写被抓去的人们的下落，他们是在辛苦筑城，以防备叛军。“三别”内部的递进关系更加明显，新婚的第二天就应征入伍的新郎与新娘告别，拄着拐杖的老翁与老伴告别，都是生离死别，都是人间惨象，但悲惨的程度都比不上《无家别》的主人公。因为前者毕竟还有一个告别的对象，《无家别》的主人公却连个告别的对象都没有了。正因为《无家别》是“三吏”、“三别”中最悲惨的一首，所以清朝的浦起龙总评这六首诗说：“‘何以为蒸黎’，可作六篇总结。反其言以相质，直可云：‘何以为民上？’”是啊，君主，大臣，他们作为封建皇朝的统治者，本来对黎民百姓负有一定的责任，至少要让百姓生活得像个百姓的样子吧？可是事实却全然相反，百姓生活得根本不像百姓了，那么，那些尸位素餐的统治者还有什么颜面高高在上？还有什么颜面以“民上”自居？所以说，“人生无家别，何以为蒸黎？”这就是杜甫代表当时的广大人民，代表那些深受战乱祸害的百姓，作出的最愤怒的批判和控诉。古罗马有一个诗人，叫尤维纳利斯。尤维纳利斯说了一句名言：“愤怒出诗人。”是什么原因催生出好诗？是什么原因产生优秀的诗人？是愤怒，是对于人间不平现象的批判精神，这样才能产生优秀的诗人和诗歌作品。杜甫和杜诗就是这句名言的最好证明。

大家也许觉得我们的儒家一向主张“温柔敦厚”，不主张激烈的批判，其实不是这样的。孔子说过：“诗可以兴，可以观，可以群，可以怨。”就是说诗歌有四种重要功能，第四种就是“怨”。“怨”是什么呢？就是埋怨的“怨”，抱怨的“怨”，怨声载道的“怨”。可见孔子认为诗歌是可以表达人民心中的哀伤愤怨的，也可以表现人民的灾难、人民日常生活中的种种痛苦，用我们今天的话说，就是民生疾苦。所以在诗歌中描写民生疾苦，是一个优秀诗人应该做到的。哪个社会没有疾苦？哪个时代没有社会不公？优秀的诗人应该要表现人民的疾苦，表达人民的愤怨，这正是产生优秀诗歌的源泉。杜甫正是这样的一位诗人，所以杜甫具有一种特别高尚的道德力量，也具有一种特别强烈的批判意识。

说到这里，也许有的读者朋友会问，那么白居易的诗怎么样？我们都知道白居易写的诗，特别是他的《秦中吟》，还有新乐府，像新乐府中最有名的《卖炭翁》、《杜陵叟》，这些作品已经选进中学语文课本，大家都读过。白居易的这些诗对民生疾苦的描写，对社会阴暗面的揭露，好像比杜甫更加尖锐，语气也更加激烈。那么白居易的诗是不是更好呢？我个人认为，白居易的诗是好，但还是比不上杜诗。就诗歌的艺术感染力来说，就读者阅读了这些诗歌所受到的感动的程度来说，杜诗是无与伦比的，白诗就稍逊一筹了。原因当然是多方面的，最主要的原因在于，《孟子》说过：“老吾老以及人之老，幼吾幼以及人之幼。”杜甫在诗歌中同情黎民百姓，就经历了这样的情感流动过程。杜甫对于百姓命运的关怀，他对于民生疾苦的描写揭露，处处都有他自己所遭受的痛苦渗透在里面，这样写出来的诗歌当然格外地真切感人。

杜甫本人在生活中遭受到种种的痛苦，然后他推而广之，带着同情心去体察别人的苦难。他的思维模式是：我这个官宦人家的人都这般痛苦了，平民百姓还怎么活得下去呢？杜甫的许多描写民生疾苦的好诗，都是在这样的心态下产生的。在安史之乱爆发的前一年，杜甫离开长安到奉先去探亲，写了一首有名的长诗，叫做《自京赴奉先县咏怀五百字》。在长安流落了十年以后，杜甫已经一贫如洗了。他无力负担妻子儿女在长安的生活，就把他们送到奉先县的亲戚家里去寄养。那年冬天，杜甫到奉先县去探亲。没想到他一回到家里，就发现全家人都在号啕大哭。家里发生了什么事呢？原来他的最小的儿子饿死了！一个天真可爱的小男孩，没有饭吃，活活地饿死了。一个当父亲的人，看到自己的儿子活活饿死，当然会非常悲痛。杜甫说我怎么能够不悲痛呢？连邻居都在为我悲伤哭泣啊！杜甫的伟大之处在于，他没有一味沉浸在自己的痛苦中不能自拔，他的思想马上转移了，他想到了其他人。他想：不管怎样，自己总算还是官宦人家的人。在唐代，像杜甫这样的官宦子弟，祖父、父亲都做过官的，他就享有某些特权，比如他本人可以不交租税，也不用当兵服役。现在连杜甫这样的人都这么痛苦，那么平民百姓就肯定更加苦不堪言了。所以杜甫又说："默思失业徒，因念远戍卒。"他默默地想起了那些失去土地的农民，还有那些长期戍守边疆的兵士，他们所遭受的痛苦，不是比我更加厉害吗？就这样，杜甫始终在推己及人，他把自己

八月秋高风怒号，卷我屋上三重茅。
茅飞渡江洒江郊，高者挂罥长林梢，
下者飘转沉塘坳。
南村群童欺我老无力，忍能对面为盗贼。
公然抱茅入竹去，唇焦口燥呼不得，
归来倚杖自叹息。
俄顷风定云墨色，秋天漠漠向昏黑。
布衾多年冷似铁，娇儿恶卧踏里裂。
床头屋漏无干处，雨脚如麻未断绝。
自经丧乱少睡眠，长夜沾湿何由彻！
安得广厦千万间，大庇天下寒士俱欢颜，
风雨不动安如山！
呜乎，何时眼前突兀见此屋，
吾庐独破受冻死亦足！

（杜甫《茅屋为秋风所破歌》）

对家人的爱，对家人遭受痛苦引起的悲伤，推广到百姓那儿。即使有的诗里没有说到这一层意思，但这是杜甫描写民生疾苦主题的共同心理背景。“三吏”也好，“三别”也好，都是在这样的心态下写出来的，所以特别感人。

这方面最典型的杜诗，就是那首有名的《茅屋为秋风所破歌》。杜甫流浪到成都以后，在朋友的支援下，总算在成都的南郊建起了一座茅屋。深秋的一天，忽然刮起一场大风，把屋顶上的茅草刮走了。当天夜里，秋雨连绵，屋子里到处都漏雨，全家人无处安身，好不容易挨到天亮。那种处境真是狼狈不堪，苦不堪言。那么，身陷灾祸的杜甫是不是光想着他自身的痛苦呢？不是。

下面说说我在一个特殊的阅读背景中读这首诗的感受。1973 年，那是我下乡插队的第六年。我插队的经历比较长，总共插了十年。我插队的农村在长江下游，快要到入海口了，江面很宽，大概有十公里宽，像海一样，看不到对岸，岸上则是一望无际的大平原。大家想想，有非常宽的江面，又是大平原，一到秋冬季节，大风就无遮无拦地刮过来，刮得非常猛烈。1973 年的深秋，一天我正在地里割稻，突然刮起一阵大风。有个社员奔到地里，对我和另外一个知青说："不得了啦，你们家里的茅屋被刮坏了。"我们赶快跑回家去，一看，我比杜甫还要惨，杜甫是"八月秋高风怒号，卷我屋上三重茅"，他的屋顶被风卷走了一些茅草。我那座茅屋上的稻草全部都被刮掉了，整个房顶上连一根稻草都不剩了。生产队长也跟着跑来了，他跑进屋来一看，大叫一声"不好了"，不过他定睛细看后，说："问题不大，梁还在，椽子也还在，刮掉了稻草没问题，队里有的是稻草，重新铺上一层就行了。"但是他又说这几天抽不出人手来，因为要乘着天晴赶紧收稻，等稻子割完运到打谷场后，再派人给我们修屋顶，让我们先凑合着坚持几天。我们当然同意啦，水稻就是我们辛辛苦苦地种植的嘛，的确要乘着天晴抓紧收稻。当天晚上，我就在一根稻草也没有的茅屋里坚持了。我睡在床上仰头一看，满天星斗看得清清楚楚。古人说"夜观天文"，大概就是这样子的。"夜观天文"虽然很浪漫，但是很寒冷，已经到了霜降前后，屋顶上又是一根草都没有，室内的气温是与室外完全一样的。我睡在床上，捂着棉被，翻来覆去怎么也睡不着，太冷了。我冻了一晚上，第二天早上醒来，眉毛上面结着霜花。就在那天夜里，当我在床上辗转反侧的时候，我仿佛听到从墙角的一片黑暗中有一个温和而苍老的声音传过来，他说："安得广厦千万间，大庇天下寒士俱欢颜，风雨不动安如山。呜乎！何时眼前突兀见此屋，吾庐独破受冻死亦足！"我顿时感动得热泪盈眶。请问这是谁的诗句？是杜甫的《茅屋为秋风所破歌》。杜甫在自己的茅屋被风吹破，在秋雨连绵的夜里无法安睡之际，他还关怀着普天下的穷苦百姓。他说：什么时候能出现许多高大的房子，让天下的穷苦人安居在

自胡之反持干戈，天下学士亦奔波。
叹彼幽栖载典籍，萧然暴露依山阿。
青山万里静散地，白雨一洗空垂萝。
乱代飘零余到此，古人成败子如何。
荆扬春冬异风土，巫峡日夜多云雨。
赤叶枫林百舌鸣，黄泥野岸天鸡舞。
盗贼纵横甚密迩，形神寂寞甘辛苦。
几时高议排金门，各使苍生有环堵。

（杜甫《寄柏学士林居》）

里面不再挨冻，那么即使只有我的草房被吹破，即使只有我一个人冻死，我也心甘情愿！有的人抓住这首诗里的“大庇天下寒士俱欢颜”，说“寒士”就是贫寒的读书人，说杜甫只关心读书人，而不是关心普通的老百姓。请问贫穷的读书人难道不是穷苦百姓的一部分吗？杜甫不过是用“寒士”来代表所有的穷苦百姓而已。而且杜甫还有一首诗，那首诗里就非常明确地说：“几时高议排金门，各使苍生有环堵！”什么时候有人把建议提到皇帝面前，让天下苍生都有自己的房屋可住！我常常想，现在有那么多的房地产公司，怎么没有一家公司取名叫“苍生环堵”呢？或者叫“广厦”也好嘛。总之，杜甫对平民百姓的关爱，对民生疾苦的揭露，他那颗博大深厚的仁爱之心，能够穿透时空，温暖着千万个后代读者的心。我觉得像这样的唐诗，这种浸透着仁爱精神的唐诗，永远是中华民族的宝贵的精神食粮。

现代读者阅读唐诗，获得审美享受也许是最重要的益处。但是与此同时，我们也能从唐诗中获得道德情操方面的陶冶或熏陶。就后一种益处来说，那些描写民生疾苦的唐诗名篇也许是最有价值的。比如刚才提到的杜诗，当我们在阅读中受到感动时，那种关爱别人的仁爱之心就悄然进入我们的心脾了。此外，唐代诗人在民生疾苦的方面还写过一些很简短的名篇，它们流传万口，家喻户晓，实际上已经成为我们生活中的格言了。那又是哪些名篇呢？

首先值得关注的是中唐诗人李绅，他写了两首《悯农》诗，“悯农”就是怜悯农民的意思。我这里只说一下第二首，诗很简短：

锄禾日当午，汗滴禾下土。谁知盘中餐，粒粒皆辛苦。

农民在地里锄禾苗，盛夏之际，赤日炎炎，农民的汗水一滴一滴地滴落到禾苗根部的泥土里。谁知道我们盘中的米饭，每一粒都是用农民的千辛万苦才换来的啊！这首短诗，我们应该把它写成条幅，悬挂在大学的食堂里，更要悬挂在那些高档酒楼的豪华餐厅里，让每一个来吃饭的人都重温一遍，都要懂得爱惜粮食，

（清）樊圻 山水图册

要知道每一颗饭粒都是来之不易的。有时候我从报上看到报道，有些富豪一掷千金，一桌酒宴花费几万元钱。当然，如果他的收入是合法的，如果他本人情愿那样消费，那么从法律的角度来说，我们是不能干预他的。但是假如他是我的朋友，我就一定要规劝他，劝他想想“谁知盘中餐，粒粒皆辛苦”的格言。节俭是美德，乐善好施更是美德。你要是嫌自己的钱太多的话，完全可以去救济弱势人群嘛，干吗要这般的挥金如土！当今社会上并不是没有贫困的人群，况且只要你想想李绅的这首诗，想想盘中的食品都是来之不易的，就根本不会再有心情去摆什么排场了。

另一首具有类似功能的唐诗，是晚唐诗人聂夷中的《伤田家》，也是同情农民的。这首诗在现代的遭遇很有意思，它本来有八句话，前面四句是：

二月卖新丝，五月粜新谷。医得眼前疮，剜却心头肉。

这是说农民太贫穷了，捉襟见肘，只好寅吃卯粮。他们又要还债，又要交租，怎么办呢？就“二月卖新丝”，二月天呀，蚕刚刚孵化出来，就把今年的蚕丝先卖了。怎么卖法？就是抵押给人家，先借一点钱来，等我的蚕结了茧，缫了丝，再把丝交给人家。“五月粜新谷”，五月里水稻才插秧不久，哪来的新谷？只好先“卖青”，就是预先把秋天的谷子卖出去，到时候真的收割了再还给债主。“医得眼前疮，剜却心头肉！”表面上看这样做可以渡过眼前的难关，但实际上造成了更大的灾难，就像是把农民心头的肉给挖去了！近代以来，这四句诗常常被作为独立的一首诗，选进各种唐诗选本中，还曾经选进中小学的语文课本中。但事实上这首诗原有八句，刚才讲的只是它的前面四句。那么为什么现代人要把后面四句删掉呢？这样不是不完整了吗？让我们看看后面的四句是写的什么：

我愿君王心，化作光明烛。不照绮罗筵，只照逃亡屋。

原来后面四句说到皇帝身上去了。诗人说，我希望君王的心变成光明的蜡烛，这根蜡烛的光不要老照着穿着绫罗绸缎的富人的豪华宴会，而要照照穷苦人家逃荒抛下的破草房。为什么现代人常会把这四句诗删节掉？我想原因可能是这样的：诗人，也就是晚唐的聂夷中，他把希望完全寄托在皇帝身上，希望君主关注社会上的穷苦百姓，希望皇帝出面来解决百姓的生计问题。诗人没有号召人民起来斗争，起来推翻封建制度。但是我觉得作为一个唐代的诗人，聂夷中能这样写诗，已经非常难能可贵了。这首诗的前四句固然好，对贫苦农民的窘境的描写可说是入木三分，诗人对农民的同情也是真挚、深厚的。但是后面四句诗也并非没有价值，在封建社会里，一个读书人的希望当然只能寄托在君主身上嘛。即使拿到今天的社会来，后面四句诗也依然有意义。当然我们今天希望的对象不是君主，而是社会上比较强势的人群，有权力的人。你们的目光不要光盯着香车宝马，盯着豪华的宴席，你们应该多看看社会的弱势群体，多看看贫穷落后的农村，看看城市里那些贫困的角落。也就是说，今天的强势人群也应该让自己的心变成一根根光明的蜡烛，也应该“不照绮罗筵，只照逃亡屋”！

总而言之，唐诗中描写民生疾苦的诗篇，有很多都非常优秀。尽管唐代诗人所揭露的那些具体的内容，像安史之乱，早已成为历史了，有些现象也许永远不会重现了，但是每个社会，每个时代，都会有它本身的问题或弊病，都需要诗人或其他有心人来予以揭露，来引起全社会的关注。唐代诗人针对民生疾苦所提出的解决方法也许是迂腐不切实际的，但是他们通过这类主题所传达出来的仁爱精神，那种关注社会上的穷苦人群，同情社会上的不幸人群的精神，却是具有普世价值的。民生疾苦主题的唐诗，对于我们今天的读者来说，最主要的价值就在于其中蕴含的仁爱精神。我们的国家虽然不会爆发安史之乱，我们的人民也不再住在漏雨的茅屋里，但是我们的社会依然需要仁爱精神。只有这样，我们的社会才能成为一个充满爱心的和谐社会。现在大家都说要建设一个法治社会，这当然很重要，但是假如一个社会只有法律的尊严，那么即使大家都遵守法律，都不触犯法律，但那样的人际关系必然是冷冰冰的，大家互不侵犯，却缺乏温情和关爱。只有充满仁爱之心的社会才是温暖的，才是真正和谐的。所以我认为在我们建设和谐社会的过程中，读读民生疾苦主题的唐诗无疑是非常有益的。让我们经常听听杜甫、白居易的声音吧！

第九讲　忧国情怀

大家都知道，杜甫思想的最大特点就是忧国忧民。我们上一讲的民生疾苦的主题，就是忧民的情怀在诗歌中的体现。这一讲要谈的是忧国，就是对国家命运的忧虑。在唐玄宗统治的前一段时期，就是开元时期，整个唐帝国的形势是相当好的，所以人称“开元盛世”。杜甫在回顾往事的时候也说开元年间国家很富强，政治也比较清平，老百姓的生活也过得不错。杜甫在《忆昔》中深情地回忆说：“忆昔开元全盛日，小邑犹藏万家室。稻米流脂粟米白，公私仓廪俱丰实。九州道路无豺虎，远行不劳吉日出。齐纨鲁缟车班班，男耕女桑不相失。”但是到了唐玄宗统治的后期，到了天宝年间，情况就变化了。从开元末年开始，唐玄宗觉得国家已经治理得不错了，骄傲自满的情绪就产生了，他开始追求享乐，朝政和整个国家的形势就一天不如一天了。在这段由盛转衰的历史过程中，诗人们对于社会上出现的一些问题，对于国家出现的一些隐患，给予了密切的关注。当时有些情况也许还不是十分严重，也许刚刚显露出一些苗头，但是诗人是特别敏感的，他们先发现了，先关注了，他们在诗歌中作出了非常及时的反应。这就形成了引人注目的忧国情怀的主题。

到了天宝年间，李白首先在诗歌中指出有这样几点不好的社会现象。第一，朝廷里有一些人，他们并没有什么功劳，也没有什么突出的才能或者高尚的品德，什么都没有，只是由于得到皇帝的宠爱，就莫名其妙地爬上了高位，享受荣华富贵，骄奢淫逸，权势熏天。比如有些太监，权力很大，气焰嚣张，他们竟然在皇宫外边另造府邸，大兴土木，把房子造得非常豪华。李白这样说，矛头直指高力士那些人。李白还说，当时有一个小男孩，他靠斗鸡出名，也获得了荣华富贵。唐玄宗喜欢斗鸡，就是让两个公鸡争斗。皇帝一喜欢，斗鸡就风行一时。那个小男孩名叫贾昌，他才十三岁，但是他特别会训练那些斗鸡，所以唐玄宗非常宠爱他，封他为“神鸡童”。会训练斗鸡当然也是一门特殊的技术，但是这跟国计民生毕竟没有什么关系呀！然而唐玄宗宠爱他，贾昌就此荣华富贵了。当时社会上甚至流传着这样的民谣：“生儿不用识文字，斗鸡走马胜读书。贾家小儿

大车扬飞尘，亭午暗阡陌。
中贵多黄金，连云开甲宅。
路逢斗鸡者，冠盖何辉赫。
鼻息干虹蜺，行人皆怵惕。
世无洗耳翁，谁知尧与跖。

（李白《古风五十九首》其二十四）

年十三，富贵荣华代不如。”就是说生了孩子不用让他去读书，只要教他斗鸡就行了。你看贾昌，他才十三岁呀，就这般的荣华富贵了。李白在他的诗歌中对这种现象进行了愤怒的谴责，他说：“路逢斗鸡者，冠盖何辉赫！”我在路上碰到一个会斗鸡的人，他戴着官帽，穿着官袍，多么的威风凛凛！

与此相反，朝廷里那些正直的、有才能的、有名望的一些士大夫，非但不受重视，反而饱经摧残。李白特别关注这件事情：在李林甫当政的时候，他蓄意镇压了两个当时被称为士林领袖的人，就是知识分子的两个领袖，一个是北海太守李邕，还有一个是担任刑部尚书的裴敦复。李林甫捏造了一些莫须有的罪名，把这两个人抓起来判了死刑，处以一种叫作“杖毙”的刑罚，就是用棍子活活打死。这件事情在当时的影响非常大，它摧残了整个士大夫阶层的士气。所以这件事情发生以后，李白很快就在他的诗歌

昨夜吴中雪，子猷佳兴发。
万里浮云卷碧山，青天中道流孤月。
孤月沧浪河汉清，北斗错落长庚明。
怀余对酒夜霜白，玉床金井冰峥嵘。
人生飘忽百年内，且须酣畅万古情。
君不能狸膏金距学斗鸡，
坐令鼻息吹虹霓。
君不能学哥舒横行青海夜带刀，
西屠石堡取紫袍。
吟诗作赋北窗里，万言不值一杯水。
世人闻之皆掉头，有如东风射马耳。
鱼目亦笑我，谓与明月同。
骅骝拳跼不能食，蹇驴得志鸣春风。
折杨黄华合流俗，晋君听琴枉清角。
巴人谁肯和阳春，楚地由来贱奇璞。
黄金散尽交不成，白首为儒身被轻。
一谈一笑失颜色，苍蝇贝锦喧谤声。
曾参岂是杀人者，谗言三及慈母惊。
与君论心握君手，荣辱于余亦何有？
孔圣犹闻伤凤麟，董龙更是何鸡狗！
一生傲岸苦不谐，恩疏媒劳志多乖。
严陵高揖汉天子，
何必长剑拄颐事玉阶。
达亦不足贵，穷亦不足悲。
韩信羞将绛灌比，祢衡肯逐屠沽儿。
君不见李北海，英风豪气今何在？
君不见裴尚书，土坟三尺蒿棘居。
少年早欲五湖去，见此弥将钟鼎疏。

（李白《答王十二寒夜独酌有怀》）

中作出了反应，李白说："君不见李北海，英风豪气今何在？"你看北海太守李邕，他有那么高的名望，一般的读书人能够被他接见就觉得很荣耀，是知识分子公认的领袖，现在他的英风豪气还在哪里呀？"君不见裴尚书，土坟三尺蒿棘居。"你再看看官至尚书的裴敦复，他的下场又如何呢？如今他的坟墓都长满荆棘了。像李邕、裴敦复那样正直的、有才能的人都被镇压了，说明士气已经被摧残，朝政已经不可救药，所以李白就决心要远离政治了，他说："少年早欲五湖去，见此弥将钟鼎疏。"我青年时代本来就不想追求富贵，我就想在江湖上做一个散淡的人，现在发生了这样的事情，我就更加要远离政治了。"弥将钟鼎疏"，就是更加要疏远"钟"和"鼎"，钟和鼎是古代富贵人家生活的一个象征，就是钟鸣鼎食。古代的贵族，开饭的时候要敲钟，饭菜要盛放在鼎里，所以钟、鼎就是富贵生活的象征，当然也就是高官厚禄的象征。李白宣布从此要远离政治，因为这个政治已经不可救药了。这就是李白对天宝年间唐帝国的政治逐渐趋向黑暗的形势作出的一种反应，也可以说是对黑暗政治的一种批判。

杜甫的观察力比李白更加深刻，观察社会的幅度也比李白更加宽广，杜甫更加关注社会的方方面面。杜甫在长安时期写的诗中，有两首特别值得注意。第一首叫《丽人行》，"丽人"就是美人的意思，"行"就是歌行，就是为美人写的一首歌行。这首诗是安史之乱爆发的三年以前写的，是那年的三月三日写的。三月三日是上巳节，古代每逢三月三日，人们都要到水边上去祓除不祥，就是举行祭礼，以求除灾去邪，最初是一种宗教性质的活动，久而久之变成娱乐性质的游春了，大家都在那一天到水边去观赏春光。那年三月三日，杜甫来到长安城南的曲江头，曲江是游览胜地，杜甫看到一群排场特别豪华、服饰特别美丽的美女，一群贵夫人，在那里游春。那些美女是谁呢？就是杨贵妃以及她的姐妹们。杜甫说：“三月三日天气新，长安水边多丽人。”这一天天气晴朗，长安城外的水边上来了一大群美女，这些美女是些什么人呢？

三月三日天气新，长安水边多丽人。
态浓意远淑且真，肌理细腻骨肉匀。
绣罗衣裳照暮春，蹙金孔雀银麒麟。
头上何所有，翠为㔩叶垂鬓唇。
背后何所见，珠压腰衱稳称身。
就中云幕椒房亲，赐名大国虢与秦。
紫驼之峰出翠釜，水精之盘行素鳞。
犀箸厌饫久未下，鸾刀缕切空纷纶。
黄门飞鞚不动尘，御厨络绎送八珍。
箫管哀吟感鬼神，宾从杂遝实要津。
后来鞍马何逡巡，当轩下马入锦茵。
杨花雪落覆白蘋，青鸟飞去衔红巾。
炙手可热势绝伦，慎莫近前丞相嗔。

（杜甫《丽人行》）

下文就明确地点出来：“就中云幕椒房亲，赐名大国虢与秦。”这些美女都是皇亲国戚，其中有得到“虢国”与“秦国”这样的大国封号的人，这就是指虢国夫人和秦国夫人，当然实际上还有一个韩国夫人，她们都是杨贵妃的姐姐。杨贵妃得宠以后，唐玄宗把她的三个姐姐都封为国夫人，她的堂兄杨国忠还当上了宰相，真是一人得道，鸡犬升天。《丽人行》写的就是这群贵夫人到长安城外游玩的情况，杜甫着重描写的是她们生活的骄奢淫逸，他详细描写她们头上戴什么首饰，身上穿什么衣服，连腰带上都镶满了珍珠，总之是金碧辉煌。然后他又写到她们吃什么东西，当然都是山珍海味，有骆驼的峰，驼峰被古人称为“八珍”之一。她们用的餐具是用水晶做的盘子，盘子里放上白鳞的鱼，那是一种很珍贵的鱼。尽管有这么多的美味佳肴，那些贵族夫人却根本不吃，她们吃不下啊，所以她们“犀箸厌饫久未下”，手里握着犀牛角做的精美的筷子，却久久地不下筷，她们没有食欲。“鸾刀缕切空纷纶”，那些厨师白白在那里忙乱，拼命地切菜，切了根本没有用，因为那些贵夫人根本不想吃。

杜甫写的是什么呢？就是当时的社会现实。根据《资治通鉴》记载，我们知道得很清楚，由于唐玄宗的宠爱，杨贵妃以及她的姐姐们，那些皇亲国戚，他们的生活是惊人的奢华。当时宫廷里面专门为杨贵妃刺绣的女工就有七百多人，七百个女工专门为贵妃一个人刺绣！当时有很多权贵争着向玄宗他们呈献美味佳肴，献上去的每一盘菜的价值抵得上十家中等人家的财富。十家人家的财富啊，只用一盘菜就抵消了。那么多的美味佳肴，唐玄宗能吃得了吗？加上杨贵妃等人也吃不掉啊！《丽人行》里说“黄门飞鞚不动尘，御厨络绎送八珍”，就是唐玄宗派太监络绎不绝地给杨

（清）钱选 杨贵妃上马图

贵妃她们送来名贵的菜肴，可是她们哪里还吃得下去啊！他们就这样的暴殄天物！还有一点杜甫的《丽人行》里没写，李白的诗里写到过的，杨氏兄妹在长安城里大兴土木，一座厅堂就要花费上千万钱。他们还互相比赛，一定要盖比别人更好的府第，譬如虢国夫人的府第先盖好了，然后秦国夫人也盖了，虢国夫人一看秦国夫人的房子比自家盖得更好，她马上把才盖好没几天的房子拆掉重盖，一定要压过别人。用现在的话说，当时的长安城里专门从事高档住宅的房地产业畸形发达，畸形繁荣，以至于老百姓说那是“木妖”，就是土木的妖孽。实在太过分了，刚盖好的豪宅又要拆掉，推倒重来，疯狂地追求奢华。一个国家的国库是有限的，人民的承受能力也是有限的，经不起这样的浪费，所以杜甫感到很忧虑，也很愤怒，所以他写了这首《丽人行》来谴责他们。不但如此，杜诗在最后还特别点出一个宰相，当然就是杨国忠了，这个靠裙带关系爬上高位的小人权势熏天，大摇大摆、旁若无人地跑来加入这个游春队伍，他还恬不知耻地与他的堂妹虢国夫人勾搭成奸，所以杜甫用这首诗对他们进行了尖锐的讽刺。

杜甫胜过李白的地方在于，他批判社会的目光不仅仅盯着上层，他同时也在观察社会的下层。天宝年间，唐帝国的政治已经开始趋于黑暗了，大唐帝国的国势已经在走下坡路了。但是由于惯性的作用，朝廷内外在表面上还有点花团锦簇的样子，有些诗人还沉浸在盛唐气象的浪漫氛围之中，很少有人关注民间疾苦。杜甫是一个例外，当时只有他开始以清醒的眼光来观察整个社会，并对唐帝国社会根基的摇摇欲坠感到忧虑。社会的根基是什么，就是广大的人民。古语说得好，君主是船，老百姓是水，一旦水动荡不安了，那艘船还能太平吗？

就在写《丽人行》这首诗的两年以前，杜甫写了一首《兵车行》，兵车行就是军队出征，车马开动，行也是歌行的意思。这首诗写的是什么呢？杜甫来到长安城外的咸阳桥，当时在渭水上面有一座桥叫咸阳桥，咸阳桥是通往咸阳方向的桥。古代从长安出发到西南去，一定要走这条路，然后转向所谓的蜀道。杜甫走到咸阳桥上，听到哭声震天，很多人在那里哭喊，声震云霄。这是怎么回事呢？原来唐政府征集了一支军队，要到西南方向去讨伐南诏。南诏是唐代时候以乌蛮为主体的少数民族建立的政权，其活动范围在云南、贵州一带。南诏本来是接受唐王朝的册封的，但此时与唐帝国发生了纠纷。当时的剑南节度使叫鲜于仲通，他轻率地率领唐军前去讨伐南诏，结果几乎全军覆没。因为南诏所处的地方在西南方，古人常说那里有瘴气，就是那种亚热带的气候，北方的人去了水土不服，容易得病。再加上地势险要，南诏的人也勇敢善战，所以唐军老打败仗。但是鲜于仲通

车辚辚，马萧萧，行人弓箭各在腰。
耶娘妻子走相送，尘埃不见咸阳桥。
牵衣顿足拦道哭，哭声直上干云霄。
道旁过者问行人，行人但云点行频。
或从十五北防河，便至四十西营田。
去时里正与裹头，归来头白还戍边。
边庭流血成海水，武皇开边意未已。
君不闻汉家山东二百州，
千村万落生荆杞。
纵有健妇把锄犁，禾生陇亩无东西。
况复秦兵耐苦战，被驱不异犬与鸡。
长者虽有问，役夫敢申恨？
且如今年冬，未休关西卒。
县官急索租，租税从何出？
信知生男恶，反是生女好。
生女犹得嫁比邻，生男埋没随百草。
君不见青海头，古来白骨无人收。
新鬼烦冤旧鬼哭，天阴雨湿声啾啾。

（杜甫《兵车行》）

与杨国忠的关系很密切，唐军战败的消息传来，杨国忠居然隐瞒不报，反而说他有功，然后继续征兵，派遣更多的军队去南征。

杜甫在咸阳桥上看到的就是这一次出征。有关情形在史书里有清晰的记载，杨国忠派人到处乱抓人，只要看到壮丁，就统统抓来，用枷锁铐成一串，押送到前线去。当时人人都知道征讨南诏就是去送死，因为上一仗已经全军覆没了，十去九不回嘛，所以壮丁的家人，他们的父母、妻儿，纷纷追到咸阳桥这儿来，出征的兵士和送行的家属齐声痛哭，哭声震天。于是杜甫写下了这首《兵车行》。他说："车辚辚，马萧萧，行人弓箭各在腰。耶娘妻子走相送，尘埃不见咸阳桥。牵衣顿足拦道哭，哭声直上干云霄。"大队大队的人马出发了，扬起来的灰尘把整座咸阳桥都遮住了。"行人"就是出征的人，他们的腰里都挂着弓箭。杜甫在后面又说，路旁的过路人向兵士们询问，你们这些人都干什么去呀？兵士就说，朝廷连年征战，所以不停地征兵，有些年纪轻轻的就当兵去了，直到头发变白还没有回来，还在边疆上作战，当然更多的人是战死在沙场了。这首《兵车行》主要的是谴责征讨南诏的战争，但是也把当时唐帝国跟西部少数民族之间的战争一起掺杂在里边，所以诗的结尾交代说，这些出征的将士最后的归宿在哪里呢？"君不见青海头，古来白骨无人收。新鬼烦冤旧鬼哭，天阴雨湿声啾啾。"你没看到吗，青海边上从古以来就有战死者的白骨抛在那里，根本没有人收拾，没有人去掩埋，他们都成了异乡之鬼。刚战死的新鬼也好，抛骨荒野很久的旧鬼也好，他们烦恼、冤屈，哭声一片。每当天阴雨湿，到处是"啾啾"的鬼哭声！如此阴惨的景象，正是唐玄宗晚年穷兵黩武造成的严重后果。唐玄宗、杨国忠等人对外是胡乱挑起战争，对内是随意糟害百姓，杜甫对他们的罪恶作了无情的揭露。所以说杜甫跟李白不一样，他的目光不但对准上层社会，批判了杨贵妃姐妹的骄奢淫逸，他还关注着下层社会，揭露了平民百姓所遭受的苦难。

天宝年间的政治就是这样一步一步地走下坡路，先有奸相李林甫，李林甫死后又有杨国忠，可以说是狼去虎来，越来越猖狂，朝廷的政治就越来越黑暗，最后终于到了不可收拾的地步，于是爆发了安史之乱，终于天下大乱，唐帝国经历了史无前例的一场大动荡，唐帝国从此告别了盛世，走向衰弱，走向一蹶不振，这是非常值得惋惜的事情。当时的优秀诗人，李白也好，杜甫也好，他们对这种情况作出了非常及时、非常鲜明的反映。诗歌嘛，就应该及时地反映社会现实，这是天宝年间的诗坛的情况。

时间再往下推，推到公元754年，就到了安史之乱爆发的前一年。这个时候，安禄山早就在河北一带招兵买马，积蓄粮草，已经在那里准备造反了，但是朝廷毫无觉察，尤其是唐玄宗，毫不知情。他也不是不知情，他是不相信安禄山会谋反。当时最荒唐的事情就是，安禄山在河北招兵买马准备造反，规模很大，这个消息不可能一点都不走漏，事实上有好多人前去向朝廷告发，他们奔到长安向唐玄宗告发，说安禄山在那里准备造反了。但是唐玄宗非常信任安禄山，唐玄宗说安禄山忠心耿耿，是不会谋反的，所以谁来告发安禄山，唐玄宗就把谁捆起来，押送到河北让安禄山去处置，说这个人诬告你，说你要谋反，现在由你处置吧！这些人被送到河北以后，安禄山就把他们割舌头、挖心肝，用极其残酷的方法处死。这样的事情多次发生以后，就没有人再敢去告发安禄山了，一告发就是这种下场嘛。所以安禄山就能从容地准备造反。到了公元755年，对唐帝国造成致命打击的安史之乱终于爆发了。我们现在把目光对准安史之乱爆发的前一年，看看杜甫在那个时候是如何观察社会的。当时朝廷上上下下的都以为还处在太平盛世呢，皇帝也好，大臣也好，朝中根本没有人想到一场天翻地覆的大动乱快要来临了，只有杜甫首先知道了，杜甫已经敏锐地觉察到“山雨欲来风满楼”的形势了。就在这一年冬天，杜甫回家探亲，路过骊山。现在大家到西安去旅游，都会去看看华清宫、华清池，那是唐玄宗带着杨贵妃等人常去寻欢作乐的地方，就在骊山上面。杜甫路过骊山脚下，听到宫墙里边飘来阵阵音乐声，但他不能走进去，有卫兵把守着呢。杜甫知道唐玄宗带着杨贵妃，也带着他的高官大臣，正在山上享乐，他们洗温泉浴，参加宴会，观赏歌舞等等。杜甫也知道一墙之隔的皇宫外面，老百姓的生活过得非常艰苦，饥寒交迫，尸骨抛在路上都没人掩埋。于是，杜甫写出了惊心动魄的警句：“朱门酒肉臭，路有冻死骨！”千百年来，只要人们说到贫富不均，就会立即想到这两句诗。杜甫非常敏锐地预感到，一场大动乱快要来临了。这个社会已经不稳定了，国家的根基已经摇摇晃晃了。所以在这首诗的最后，杜甫自称“忧端齐终南，澒洞不可掇”，他说我看到这样的种种情景，我心里的忧愁堆积如山，堆得像长安南边的那座终南山一样的高，已经不可收拾了。杜甫的忧虑绝不是杞人忧天，他忧心忡忡的事情很快就发生了。几乎在杜甫写下“忧端齐终南”这句诗的同时，安史之乱爆发了。

说到这里，大家是不是觉得杜甫这个诗人，他对时代的趋势，对国家时局的变化，有一种特殊的敏感呢？朝廷里那么多大臣，一直都在管理国家大事，他们都对即将来临的那场暴风雨毫无知觉。杜甫基本上是一个在野之人，他反倒先觉察到了，这究竟是怎么回事呢？

实际上，杜甫的预见主要来源于一种忧患感，或者叫忧患意识。所谓忧患意识，就是对于灾难，对于不好的事情，还在它们并没有发生，或者是即将要发生的时候，事先就在那里忧虑，就在那里思考如何应付、如何预防在先，这样的一种意识。这种忧患意识是中华民族古已有之的一种优良传统，我们的古人就是这样做的。大家都知道《易经》是我们祖先的集体智慧的结晶，《易经》是古人对天地万物的规律高度抽象化的一种哲学表达，那么《易经》是为什么而写的呢？《易经》里交代得很清楚，说写作《易经》的人哪，他们心中有忧患啊。因为心存忧患，对自身或是国家的前途觉得忧心忡忡，所以要想探索，要想研究。他们担心将来会发生什么不好的事情，所以要作预测，要作预警，这样就产生了《易经》。在《诗经》中，我们也能读到这样的格言，是描写人们心中的忧患感的，就是："战战兢兢，如临深渊，如履薄冰。"就是战战兢兢的，时刻担心着，一刻都不敢放松，就像什么呢？就像一个人走到万丈深渊的边上，当然每一步都要小心翼翼，一不小心就会栽下去的。又像履薄冰，"履"就是走，就是冬天河面上结了冰，但冰层很薄，你要从薄冰上面走过河去，你当然每一步都要很小心，那层薄冰随时都会裂开来，你随时都会沉没下去。这首诗是周幽王时代的作品，周幽王统治的后期，天下果然大乱了。在天下尚未大乱的时候，诗人们就这样说了，所以后来形成了"临深履薄"这句成语，表示人们忧心忡忡、丝毫不敢大意的心理状态。

孔子和孟子还从理论上总结了这种忧患意识。孔子说：“人无远虑，必有近忧。”就是一个人如果没有长远考虑的话，就一定会有眼前的忧患，或是眼前的祸患。所以人们应该把目光放得远一些，多思考将来可能发生的忧患，这样才能预防迫在眉睫的问题。孟子从更高的高度来认知忧患，他说人有了忧患以后，意识到忧患以后，坏事便能变成好事，所以他说：“生于忧患，死于安乐。”就是一个人有了忧患意识，那么你可以绝处逢生，因为你可以提醒自己，加强努力，来预防，来挽救，这样你反而能够生存下去。相反，如果你没有忧患意识，觉得眼前的一切都很好啊，天下太平，于是高枕无忧，放心享乐，一旦灾难发生，你措手不及，就呜呼哀哉了。

这种忧患意识，后来在文学作品中形成了一个很好的传统。我们以前谈到过两个历史人物，一个是屈原，一个是贾谊。屈原生前，时时刻刻都在为楚国的命运而担忧，所以他不停地向楚怀王献言、献策，要怎么样怎么样，才能挽救楚国的危亡。可惜朝廷不听他的。屈原的《离骚》，屈原的其他作品，写的是什么？就是对楚国命运的忧患。他有一篇作品叫做《哀郢》，郢是楚国的国都郢都，屈原为这个地方而哀伤。他说：“曾不知夏之为丘兮，孰两东门之可芜？”这两句话是什么意思呢？就是不知道什么时候，都城

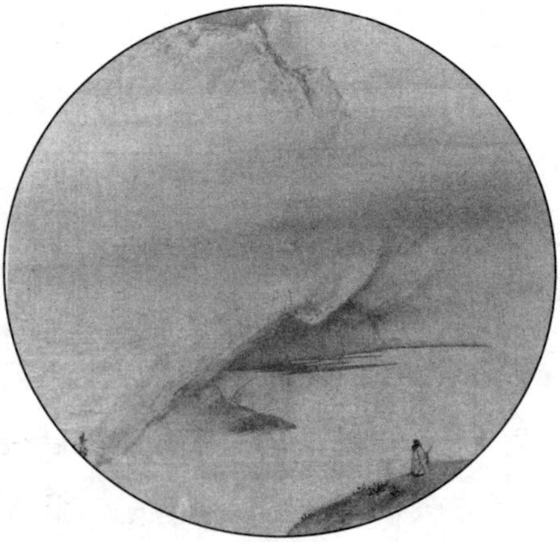

（宋）梁楷 泽畔行吟图

里的高楼大厦就会变成一个土堆了，就是国家将要败亡，城市将要毁灭了。郢都有两个东门，是非常繁华的地方，但是它们即将变成一片荒芜了。屈原忧心如焚，他担心楚国即将灭亡了。那么我们来看一看，在屈原生前，楚国是不是到了岌岌可危的地步了呢？事实上还没有。在屈原身后，又过了五十年，楚国才灭亡。在屈原担忧楚国危亡的时候，根据史书的记载，楚国还是相当的强大，楚国的地方有好几千里，楚国的军队多达一百万，国力相当强大。当时天下有七个强国，就是所谓的“战国七雄”，七个国家中，西方最强的是秦国，东方六国中最强的是楚国。当时有一种说法，叫做“纵合则楚王，横成则秦帝”。就是说如果东方的六国联合起来，楚国就是首领；如果西方的秦国和东方六国分别联合起来，那么秦国就是首领。也就是不是秦国称霸，就是楚国称霸。一直到屈原去世五十年以后，秦始皇派他的大将王翦去讨伐楚国。王翦是个老将，很有作战经验，王翦还对秦始皇说：你一定要给我六十万军队，我才能去打楚国。可见楚国还相当强大，没有六十万军队还打不败它。可见在屈原的时代，实际上楚国还没有到岌岌可危的地步。但是屈原怀着深重的忧患意识，在那里为国家的前途担心，担心有一天楚国会沦落到那个地步，希望楚王事先采取对策。

到了汉代，贾谊向朝廷上书，他说：各位大臣都说现在我们大汉帝国已经太平无事了，天下已经治理得很好，可以高枕无忧了，我却以为还没有。贾谊认为汉帝国还有很多忧患，还有很多隐患需要消解，所以他要痛哭，要流涕，要长叹息。

屈原和贾谊的这个传统，也就是中国古典文学中表现忧患意识的一个优秀传统。司马迁在他的《史记》中把屈原和贾谊写在一篇列传中间，叫做《屈原贾生列传》，这很奇怪，屈原是先秦时代的人，贾谊是汉代的人，两个人的时代相距很远，为什么要两人合传，写在一篇传记里呢？司马迁是看到了这两个人的精神本质是相同的，他们都对天下国家怀有深深的忧患感，司马迁很有眼光。同样，杜甫也很有眼光。杜甫曾经在一联诗中，所谓一联就是两句诗，上一句说贾谊，下一句说屈原，他说：“永负汉庭哭，遥怜湘水魂。”我永远惭愧没能成为在汉代朝廷上痛哭的贾谊，我也怀念跳进汨罗江殉国的屈原。和司马迁一样，杜甫也把屈、贾放在一起来追思。

那么为什么古代的优秀诗人都有一种很强的忧患意识呢？原因很简单，忧患感的基础是对国家命运的关心。你特别关心某件事情，你特别关心某个人，你才会为他而忧患。譬如说一个小孩子上幼儿园了，谁最担心他会不会摔跤呀，他会不会受凉、挨饿啊？当然是他的父母，或是他的爷爷奶奶，因为父母和爷爷奶奶最关心他，旁人不会这样深切地关心他，也就不会时时为他担心。所以杜甫以及以杜甫为代表的唐代优秀诗人，他们之所以会在诗歌中对当时社会上的一些隐患有那么敏锐的觉察，有那么迅速的反应，关键在于他们特别关心国家的命运，在于他们具有特别强烈的忧患意识和特别敏锐的观察力。

有一组唐诗很有意思，建议大家去读读这一组诗，一定会得到很多启发。这一组诗是在公元 752 年的秋天写的，就是安史之乱爆发的前夕。那是一组什么诗呢？一共有五个诗人参加写作：杜甫、高适、岑参、储光羲、薛据，前边三个大家肯定都知道，后面两个，储光羲和薛据，在当时也是很有名的诗人，总之五个人都是当时的著名诗人。在 752 年的秋天，这五位诗人在长安相遇，然后就约好了一起到长安城南去登一座宝塔，那座塔叫慈恩寺塔。那座宝塔现在还在，就是西安的大雁塔，到西安去旅游过的朋友肯定知道大雁塔，这是一个著名的景点，也是西安城里著名的古迹。那座塔在唐代就是游览胜地了，在唐代它不叫大雁塔，叫慈恩寺塔。因为塔的下面是一个寺庙，叫做慈恩寺。慈恩寺的名字是这样来的：这座寺庙是唐高宗做太子的时候为他的母亲长孙皇后建的，人们常说“父严母慈”嘛，母爱是一种慈祥的爱，太子为了纪念母亲的恩情建了这座寺庙，就取名为“慈恩寺”。但是当时的寺里还没有建塔。后来唐三藏，也就是玄奘法师，到印度去取经，取了经书回到长安，住在慈恩寺里翻译佛经，才兴建了这座宝塔。慈恩寺塔在当时是长安城里最高的建筑，登上塔顶，可以俯瞰整个长安城，也可以眺望城外的风光。这一年秋天，杜甫、高适、岑参、储光羲、薛据五个诗人一起登上了慈恩寺

西安大雁塔

苍生未苏息，胡马半乾坤。
议在云台上，谁扶黄屋尊。
建都分魏阙，下诏辟荆门。
恐失东人望，其如西极存。
时危当雪耻，计大岂轻论。
虽倚三阶正，终愁万国翻。
牵裾恨不死，漏网荷殊恩。
永负汉庭哭，遥怜湘水魂。
穷冬客江剑，随事有田园。
风断青蒲节，霜埋翠竹根。
衣冠空穰穰，关辅久昏昏。
愿枉长安日，光辉照北原。

（杜甫《建都十二韵》）

塔，然后每人写了一首诗，题目都叫做《同诸公登慈恩寺塔》(岑参的一首标题稍有不同)。后人说，这真是千载难逢的一场诗歌比赛，因为是同一个题目，几位诗人同时来写，这在文学史上叫做“同题共作”。这场诗歌大赛最引人注目的是参赛者都是著名诗人，这可是真正的棋逢对手啊！这五首登塔诗，只有薛据的一首没有流传下来，杜甫、高适、岑参和储光羲的四首诗都完整地保存下来了，朋友们感兴趣的话，可以把这四首诗找来读一读，对照着读，做一些比较。后人对这四首诗的艺术水平之高低有种种议论，这个我们暂且不管它，我们只讲它们的主题，来看一看它们的思想倾向。

高标跨苍穹，烈风无时休。
自非旷士怀，登兹翻百忧。
方知象教力，足可追冥搜。
仰穿龙蛇窟，始出枝撑幽。
七星在北户，河汉声西流。
羲和鞭白日，少昊行清秋。
秦山忽破碎，泾渭不可求。
俯视但一气，焉能辨皇州？
回首叫虞舜，苍梧云正愁。
惜哉瑶池饮，日晏昆仑丘。
黄鹄去不息，哀鸣何所投？
君看随阳雁，各有稻粱谋。

（杜甫《同诸公登慈恩寺塔》）

香界泯群有，浮图岂诸相。
登临骇孤高，披拂欣大壮。
言是羽翼生，迥出虚空上。
顿疑身世别，乃觉形神王。
宫阙皆户前，山河尽檐向。
秋风昨夜至，秦塞多清旷。
千里何苍苍，五陵郁相望。
盛时惭阮步，末宦知周防。
输效独无因，斯焉可游放。

（高适《同诸公登慈恩寺塔》）

五个诗人一起游览的地方是一个佛教的寺庙，所以有人，一个叫胡震亨的明朝人，他说你到佛教的寺庙去游览，你写的诗中应该有佛教的内容，应该要写明这是一个佛教的寺庙，还要写佛学是怎样的精深，佛教的法力是多么强大，以及我对佛教的信仰如何，应该对这些内容有所涉及。假如你不写这些内容，你就跑题了，因为你写的是佛教的寺庙。所以他的结论是，这四首诗中间，杜诗是最不合规范的，因为杜诗的内容与佛教关系很少，其他三首诗都比较多地写到了佛教的内容。其实，恰恰相反，正是由于这一点，杜甫的诗才是四首诗中最有价值的一首，我们来看看这是为什么。

五位诗人登上慈恩寺塔远眺，这事发生在一个怎样的特殊时刻呢？那是安史之乱爆发的前夕，再过三年安史之乱就要爆发了，当时唐帝国的国势已经走在下坡路上了，杜甫在这首诗中浓烈地渲染了“山雨欲来风满楼”的氛围。他一开始就说：“高标跨苍穹，烈风无时休。”慈恩寺塔高入云霄，已经超过了苍天。当然这是夸张，唐朝人觉得七层的宝塔已经很高了。诗人在塔顶上感觉到强烈的风一刻不停地劲吹。我们登上高楼，就会感觉到风特别的大，这是自然现象。但是这里与其说是自然界的风在吹，还不如说这是“山雨欲来风满楼”的形势在杜甫心里引起的一种危机感，他觉得大唐王朝已经岌岌可危了，已经在那里摇摇晃晃，可能不久就要有动乱了。杜甫登上塔顶以后，他看到了什么景象呢？他向东看，看到了骊山，他就想象唐玄宗、杨贵妃正在那里荒淫享乐，连日连夜地举行豪华宴会，不理

塔势如涌出，孤高耸天宫。
登临出世界，磴道盘虚空。
突兀压神州，峥嵘如鬼工。
四角碍白日，七层摩苍穹。
下窥指高鸟，俯听闻惊风。
连山若波涛，奔凑似朝东。
青槐夹驰道，宫馆何玲珑。
秋色从西来，苍然满关中。
五陵北原上，万古青濛濛。
净理了可悟，胜因夙所宗。
誓将挂冠去，觉道资无穷。

（岑参《与高适薛据登慈恩寺浮图》）

金祠起真宇，直上青云垂。
地静我亦闲，登之秋清时。
苍芜宜春苑，片碧昆明池。
谁道天汉高，逍遥方在兹。
虚形宾太极，携手行翠微。
雷雨傍杳冥，鬼神中躨跜。
灵变在倏忽，莫能穷天涯。
冠上阊阖开，履下鸿雁飞。
宫室低逦迤，群山小参差。
俯仰宇宙空，庶随了义归。
崱屴非大厦，久居亦以危。

（储光羲《同诸公登慈恩寺塔》）

朝政，不问国事。他当然用了比喻手法，说古代周穆王到了昆仑山，与西王母在瑶池举行宴会，昼夜不休。他往西看，眺望到唐太宗下葬的昭陵。诗里说“回首叫虞舜，苍梧云正愁”，唐朝人常用舜来比拟太宗，因为他是受内禅于唐高祖的。而舜是埋葬在苍梧之野的，所以“苍梧”就是指的昭陵。唐太宗是唐朝人心目中最贤明的皇帝，他死后葬在昭陵。当时有一个不成文的规定：假如臣民有什么冤屈，你有什么委屈，你受到什么不公正的待遇，你投诉无门，没有什么地方去告状，那么你可以去哭昭陵。因为昭陵是唐太宗的坟墓，到那里去哭就表明我冤屈了，我申诉无门，我要向最高的权威诉求公正。杜甫为什么要回过头去眺望昭陵，呼唤太宗？因为他心中有冤屈，他对国家的担忧，他对国家的关切，没有人倾听，更没有人理解，所以他有希望倾诉的情绪。杜甫的这首诗并不是跟佛教一点关系都没有，他也顺便歌颂了一下佛教的法力“足可追冥搜”，就是佛法能进入非常幽远的境界。但是杜诗的主题是写自己登塔远眺的所见所感，抒发他心中对国家前途的忧虑，因为他觉得朝政已经越来越不好了，国家正在走下坡路，一场社会大动乱正在隐隐逼近。应该说正是在这一点上，杜甫超越了与他一同登塔的其他几位诗人，那几位诗人的诗中都没有写到这一层意思，只有杜甫写到了。在同时代的诗人群体中，杜甫最早觉察到了唐王朝的内在隐患，他最敏感，或者说他具有最为深重的忧患意识。

宋朝的范仲淹有两句名言：“先天下之忧而忧，后天下之乐而乐。”作为一个优秀的知识分子，作为一个优秀的诗人，这两句话应该是他们的座右铭。俄国有一个评论家叫别林斯基，他说过一句很好的话，他说优秀的诗人是社会的晴雨表。晴雨表是一种反映天气变化的仪表，天气将要变晴变雨，会从这个表上体现出来。优秀的诗人应该是敏感的，优秀诗人的观察力应该是特别敏锐的，他应该对社会上将要产生的祸患有事先的警觉，及时地发现它，清楚地表达它，来引起社会的注意，这是一个优秀诗人的责任。

杜甫就是这样的一位诗人。宋代的黄山谷描写杜甫画像，说画像中的杜甫“醉里眉攒万国愁”，就是即使当他喝醉以后，他的眉间仍然凝聚着天下的忧愁。后人说黄山谷这句话写得好，说它“状尽子美平生矣”，就是把杜甫的一生写透了。为什么这样说？因为杜甫给后代读者留下的印象就是愁眉不展的，他始终都在忧国忧民嘛！当然，忧患意识催生出来的诗歌一般都是比较沉重的，读起来心里会觉得沉甸甸的，也许有的读者朋友不太喜欢。但是读这样的诗会使人沉思，会催人奋起，会给我们带来精神上的熏陶，它们的意义是难以估量的。

当然，为国家的隐患担忧的诗人，一旦国家有了什么喜讯，他也一定会特别敏锐地感到高兴，并用诗歌来抒发喜悦的心情。下面我们就来读一首这样的唐诗，就是杜甫的《闻官军收河南河北》。题目的意思是，听说官军已经收复了河南河北，收复了那一带的失地。这首诗写在公元763年，那一年正月，长达七年零三个月的安史之乱最终平定了，它的标志就是安史叛军的最后一个据点被攻下来了，叛军的最后一个头领——史思明的干儿子史朝义自杀了。消息传来的时候，杜甫正寄居在梓州，梓州就是现在四川的三台县。官军攻克叛军老巢的捷报传来，杜甫欢欣鼓舞，激动得热泪盈眶，他说：“剑外忽传收蓟北，初闻涕泪满衣裳。”我在剑门关外面忽然听到这个好消息，激动得泪如雨下，把衣服都打湿了。我们知道一个人经过长期的盼望以后，突然迎来了一个好消息，他首先的反应往往不是大笑，而是失声痛哭。杜甫想到国家经历了长达七年多的战乱，终于迎来了太平。在这漫长的七年中间，我们的国家，我们的人民，遭受了多大的灾难，我个人也是颠沛流离，受尽委屈。如今忽然听说这些灾难都结束了，心里百感交集，热泪就像雨水一样地喷洒出来。这首诗被后人评为杜甫诗歌中的第一首“快诗”，就是杜甫诗集中感情最痛快的一首诗。这首诗流传千年，到了抗日战争胜利的那一年，就是1945年，日本投降的消息传到大后方，以冯至先生为代表的那一代学者，那一代文人，那时他们都流浪到重庆、成都去了，消息传来，大家异口同声地背诵起一首唐诗来。哪一首唐诗？就是杜甫的这首《闻官军收河南河北》，就是“剑外忽传收蓟北，初闻涕泪满衣裳”。中国人民经历了八年的艰苦抗战，终于迎来了最后的胜利。日本投降了，但是我们的人民经历了多大的灾难，每一个个体也遭受了多大的委屈啊！到了这个时候，大家觉得万语千言都没法表达此时的心情，只有齐声背诵这一首唐诗。请大家想一想，冯至先生他们并没事先商量，也没有临时排练，却不

剑外忽传收蓟北，初闻涕泪满衣裳。
却看妻子愁何在，漫卷诗书喜欲狂。
白日放歌须纵酒，青春作伴好还乡。
即从巴峡穿巫峡，便下襄阳向洛阳。

（杜甫《闻官军收河南河北》）

约而同地齐声朗诵这首杜诗，这就是因为杜甫的《闻官军收河南河北》最贴切、最生动地表达了当时人们的共同心情，可见这首诗是如何的深入人心。朋友们，以杜甫为代表的唐代优秀诗人的作品为什么会有那么深沉的思想意义？就是因为他们怀有深重的忧患意识，他们忧国忧民，他们胸怀天下，他们的诗歌唱出了天下苍生的共同心愿。

第十讲 边塞豪情

在唐代诗坛上，最能体现大唐帝国的盛世气象，也最能体现唐代诗人的豪情壮志的一类作品，无疑就是边塞诗了。在唐代，尤其是在盛唐时期，边塞诗成为盛极一时的题材走向。唐朝疆域辽阔，边塞上烽烟不断，诗人们怀抱着建功立业的理想，从军出征，奔赴边疆。大漠孤烟、风雪漫天的奇异风光，铁马冰河、黄沙穿甲的军旅生活，为唐诗增添了奇情壮彩。那么，唐代的边塞诗为何能有如此充沛的精神力量呢？这些诗歌又寄托着诗人的何种情怀呢？

边塞就是边地的关塞，边塞也是唐诗中的一种题材。我们都知道，中国是一个多民族的国家，在历史上有很多少数民族跟汉族一起生活在这块土地上。今天的中国是各个兄弟民族和睦相处的大家庭，但是在古代，以农业文明为主的汉族和以游牧文明为主的少数民族之间，在边疆地区曾经发生过很多恩恩怨怨。具体的情况说来非常复杂，现在简单地说说唐代的情形。

游牧民族对农业民族造成一些危害，发动一些侵扰，这种情况从古就有。在先秦的时候，在周代，《诗经》里就经常说到“狎狁”，这是北方的一个游牧民族，这个民族经常侵扰以农业为主的周王朝的领域，狎狁也就是汉代的匈奴。所以这个游牧民族在很长时间是我们在西北方的边患，是心腹大患。到了唐代，匈奴已经没有了，消失了，匈奴这个民族后来到哪儿去了，历史学家都不太清楚。到了唐代，其他一些游牧民族先后崛起，他们对大唐发动了连绵不绝的侵扰。年代较早的主要是下面三个游牧民族，都是在北方或西北方的，第一个是突厥，第二个是吐蕃，第三个是回纥。在西南方有一个少数民族叫南诏，也曾与唐帝国发生矛盾。边塞诗所反映的战事主要发生在北方和西北方，因此主要的内容是写唐帝国和突厥、吐蕃以及回纥之间的冲突，当然还有一些较小的游牧民族，也不时地和唐帝国发生纠纷。

当时在边塞地区发生了很多战争，战争的起因当然很复杂，但是最主要的原因就是游牧民族经常要来抢掠农业民族的劳动果实，抢我们的收成，抢我们的财产。这样当然就要发生冲突了。我认为，汉代也好，唐代也好，凡是汉帝国、唐帝国与游牧民族之间产生的战争，主要的是属于正义性质的战争，因为战争的最初动因就是游牧民族要来抢掠，要来骚扰，铁马胡笳侵入到我们的疆土上来，这样双方就冲突起来了。我们都知道在汉武帝的时代有一个大将叫霍去病，是赫赫有名的一员名将。霍去病二十四岁就死了，但是他已经先后六次出征匈奴，终于把匈奴的势力赶出了河套地区，就是黄河流经宁夏一带的河套地区。汉朝收复河套地区，霍去病是立了大功的。霍去病有一句名言："匈奴未灭，何以家为？"因为他立了大功，汉武帝要犒赏他，要给他盖府邸，霍去病却拒绝了。他说，匈奴还没有消灭，我要家干什么？言下之意我有了家也不能安定，有了房子也不能安居，匈奴随时都会打过来，会烧我的房子，抢我的东西，我们首先要消灭匈奴，然后才能建立家业。"匈奴未灭，何以家为？"这样的一种精神，这样的一句人生格言，就是古人解决边塞问题的思想基点，也是古人进行边塞战争的基本立场。如果我们不能制止游牧民族的侵扰，整个农业地区的安全就得不到保障。可以说，在初盛唐时期发生的很多边塞战争，基本上也是这种性质的。

下面我们来看盛唐时期的两个典型的事例。当时在青海湖的东南，有一个唐帝国的主要产麦区，朝廷在那里设立了一个边疆军区，叫做"积石军"，附近有一座积石山，那一片地区都种麦子，唐帝国有军队驻守在那里。为什么要驻军呢？因为附近就是吐蕃的势力，吐蕃离那里很近，每年麦子成熟以后，吐蕃的人马就冲过来，来干什么？来抢麦子。你种的麦子熟了，他就来抢麦子，一连好多年都是这样。当地的老百姓就为这个地方起了一个名字，叫做"吐蕃麦庄"。虽然麦子是大唐的人民种的，但是麦熟以后却由吐蕃来收获，种麦的农民反而一无所获。直到公元 749 年，唐军有一名大将叫哥舒翰，哥舒翰率领几十万大军到那里去攻打吐蕃。当时在青海湖边上有一个吐蕃的据点，叫石堡城，哥舒翰把石堡城攻下来了。当然唐帝国的军队损失也很惨重，死了几万战士，但是终于把吐蕃打败了，把石堡城攻下来了。从此以后，一连好多年吐蕃都不敢再来抢麦子。因此，哥舒翰的这一仗虽然损失巨大，也有人批评他，但是当地的老百姓却是歌颂他的。在《唐诗三百首》里有一首五言绝句，它的题目就叫做《哥舒歌》，是歌唱哥舒翰的一首诗，很短，只有二十个字。这首诗的作者是谁呢？很奇怪，《唐诗三百首》里说是“西鄙人”。“西鄙人”是什么意思呢？不是西方的一个卑鄙的人，“鄙”是边鄙，边鄙就是边疆，就是西部边疆地区的人民写的，这是一首民歌，是无名氏写的，是老百姓集体创作的。就是哥舒翰打了那场胜仗以后，边疆地区青海湖一带的老百姓唱出的一首民歌。这首民歌是这样唱的：

北斗七星高，哥舒夜带刀。至今窥牧马，不敢过临洮。

意思就是：天上的北斗星高高地悬挂在空中，大将哥舒翰在夜里提着大刀去进攻敌人。“窥牧”就是偷牧，“窥”就是窥视嘛，“窥牧马”就是游牧民族偷偷地、不合法地到农业地区来放马。后面两句的意思就是现在游牧民族不敢再把他们的牧马赶过来了，“临洮”就是现在甘肃的岷县，越过临洮就到了青海湖这边的产麦地区，因为哥舒翰已经把吐蕃打败了。边疆地区的人民是歌颂哥舒翰的，因为这一仗保卫了产麦区，保卫了唐帝国的疆土，也保卫了边区人民辛勤劳动的果实。农民们辛辛苦苦种出来的麦子怎么能让别人来收获啊！

（宋）李公麟 临韦偃牧马图

可惜的是好景不长，哥舒翰打败吐蕃是在公元749年，到了公元755年，安史之乱就爆发了。安史之乱以后，哥舒翰先是战败被俘，后来又被杀了，这样的大将再也没有了，后来唐帝国的整体军力也下降了。到了杜甫在四川生活的时候，游牧民族又故技重演，从前的悲剧又发生了。杜甫在公元762年写了一首诗叫《大麦行》，大麦是一种庄稼，“行”是歌行的意思。这首诗共有八句，我读一下前面的四句，第一句是“大麦干枯小麦黄”，大麦已经干枯了，小麦也已经黄了。杜诗精确无比，大麦比小麦早成熟十天左右，所以大麦已经完全干枯了，小麦刚刚成熟，已经到割麦的季节了。到了收割的季节，本来农民应该去割麦子，但是他们没有去，那么农民在干什么呢？请看第二句：“妇女行泣夫走藏。”妇女一边走一边哭泣，“行泣”，就是一边走一边哭泣，“夫”是她们的丈夫，这些男人又在做什么呢？丈夫跑得不见影了，躲藏起来了。古代的人说的“走”这个字，就是跑的意思。“走马观花”，不是拉住马缰慢慢地走，而是跑马观花的意思。那么为什么麦子成熟的时候农民们不去收割，妇女一边走一边哭泣，丈夫都躲得不见影了？杜甫留下一个问号，下面的两句就来回答这个问题。第三句是“东至集壁西梁洋”，就是东边从集州、壁州开始，西边到梁州跟洋州，这么广大的一片地区。这个地区是在哪

> 大麦干枯小麦黄，妇女行泣夫走藏。
> 东至集壁西梁洋，问谁腰镰胡与羌。
> 岂无蜀兵三千人，部领辛苦江山长。
> 安得如鸟有羽翼，托身白云归故乡。
>
> （杜甫《大麦行》）

里呢？集州和壁州是现在四川北部的南江和通江这两个县，梁州和洋州是现在陕西南部的汉中和西乡这两个地方，就是指川北和陕南相连的那一大片地区，那片地区在当时也是最重要的产麦区。那么这片地区现在怎么样了呢？请看第四句："问谁腰镰胡与羌。"杜甫就问：这么一大片地方，农民都逃走了，躲起来了，那么是谁腰里插着镰刀来割麦子呢？原来是胡人和羌人！"胡"是古代对少数民族一个总的称呼，"羌"是古代西北的一个少数民族。胡人和羌人拿着镰刀到这块地方来割麦子，他们是来帮助唐帝国的农民收割吗？不是的，他们是来抢麦子，所以农民都逃走了，男人都躲起来了，妇女一边哭一边跑。

所以说，在整个盛唐时期，唐帝国跟周边地区的游牧民族之间发生的很多战争，主要的是一种正义性质的战争，战争的主要原因是为了保卫国家的领土，保卫农业地区人民的劳动果实不被抢夺。当然，仗一旦打起来以后，自卫战往往会发展为自卫反击战，有时候也许唐军反击过去，追到敌方的领土去了，每一场具体的小战役，很难说清是正义的还是非正义的，但是从总体上说，初盛唐时期的边塞战争，唐帝国这一方是正义的。正义的性质为初盛唐时期的边塞战争奠定了一个道德的基础，同时也就为反映这些战争的边塞诗奠定了一个道德基础。这样，盛唐边塞诗中体现出来的英风豪气，那种一心英勇杀敌、保家卫国的高昂斗志，那种昂扬奋发的精神力量，也就有了一个基础，有了一个合理的解释，这是我们在读边塞诗以前首先要考虑的一个问题。我们先要知道这一点，然后才能读边塞诗。为什么这么多诗人歌颂边塞战争，这么多诗人不怕吃苦，不怕牺牲，要以英勇报国的精神去出征？主要是由于这个道德基础，是由于这个时代背景。正由于有了这样的时代背景，所以初盛唐时期的边塞诗的基调是豪放，是英勇，是积极向上，是乐观昂扬。

正因为有这样的时代背景，所以盛唐时期的边塞诗充满了保家卫国的昂扬斗志。边塞上烽烟连绵不断，就催生了很多优秀的边塞诗人。即使没有被冠以“边塞诗人”称号的诗人，也写出了许多优秀的边塞诗。盛唐诗人王昌龄就是其中之一。那么，在王昌龄的边塞诗中，是怎样体现这种英勇杀敌、保家卫国的昂扬斗志的呢？

我们看王昌龄的两首绝句，这是大家都很熟悉的诗。先看《从军行》：

青海长云暗雪山，孤城遥望玉门关。黄沙百战穿金甲，不破楼兰终不还。

青海湖上空天色阴沉，漫天的乌云笼罩着雪山，使明亮的雪山都变暗了，祁连山的雪峰失去了原有的光芒。遥远的地方有一座玉门关，那是我们在西边的据点，玉门关成为一座孤城，就是说从青海直到玉门那么广漠的一片土地都成了战场，战士们就在这么广阔的战场上东征西讨。将士都穿着厚厚的铁甲，铁甲本是非常坚固的，非常耐磨的，但是由于不停地在打仗，荒漠中飞沙走石，风沙终于把铁甲都磨穿了。这是说将士们身经百战，连铁甲都磨穿了，可见征战的时间是多么漫长，也可见将士们经受了多少艰辛！但是铁甲可以被磨穿，斗志却不会被磨灭，将士们决心杀敌，不消灭那些侵略者，就誓不回家。他们保家卫国的决心是多么坚强！

我们再看一首《出塞》,《出塞》也是一首七言绝句。第一句是“秦时明月汉时关”，这句话是互文见义，不是说秦朝的月亮和汉朝的关塞，而是月亮是秦汉时候的月亮，关塞也是秦汉时候的关塞。也就是说我们的边塞战争已经有很久的历史了，从秦朝、汉朝就开始了。第二句是“万里长征人未还”，战士出征，追击敌人远达万里，走过了非常远的空间，还没有回来。第一句写一个非常悠久的时间，第二句写一个非常辽阔的空间，整首诗就有一种苍茫之感，读来非常的雄浑，非常的苍凉。三、四两句是：“但使龙城飞将在，不教胡马度阴山!”战士们的希望，人民的希望，是什么呢?他们希望有一位像汉朝的飞将军李广那样的优秀将领，一旦有了李广，我们就不怕敌人了，匈奴的战马就不敢度过阴山了。阴山是农业地区和游牧地区的分界线，阴山以北以游牧为主，阴山以南就是农业区域了。为什么有了李广，敌人就不敢南下了呢?因为汉代的飞将军李广英勇善战，经常打败匈奴，所以李广威名远扬，在他镇守右北平的时候，匈奴一连几年都不敢靠近那个地区。这句诗很值得注意。我们汉民族，我们中华民族，是热爱和平的民族，我们从不鼓吹战争，我们要进行战争的话，一般都是为了自卫，我们只要能镇住敌人，就不愿再打仗，即使我方力量强大也是一样。《孙子兵法》中说：“不战而屈人之兵，善之善者也。”王昌龄用诗歌表达了同样的思想：只要有李广那样的良将在，我们能够镇住敌人，守住边疆，使敌人不敢南下来侵犯，就不用再进行战争了。

王昌龄在诗中表达了边塞将士的希望，体现了中华民族关于战争的道德追求，那就是不管自己的力量有多么强大，我们只求保家卫国，而决不去主动进攻别人。这种思想在杜甫的诗中有更加清晰的表述，下面就让我们看看杜甫是如何思考这个问题的。

杜甫写了一组诗，一共九首，叫做《前出塞》。还有一组诗，一共五首，叫做《后出塞》。《前出塞》写的是一个年轻人应征入伍，然后开到前线去，他一开始不熟悉军队生活，后来慢慢地习惯了，后来跟敌人交战了，再后来立了战功，等等，九首诗是一个整体，有一连串的情节，有一个完整的故事，这是杜甫开创的一种组诗形式。这一组诗的第六首，体现了杜甫对于战争的态度，写得很有意思，我给大家讲一下。开头两句说："挽弓当挽强，用箭当用长。"就是你要拉弓的话，一定要用强的弓，不要用软的弓。古人说几石弓、几石弓，就是指一张弓的强度，杜甫主张使用强度大的硬弓。弓要用强的，那么箭呢？箭要用长箭，不要用短箭。强弓长箭是当时杀伤力比较大的武器，杜甫的意思是打仗要用精良的武器。三、四两句是："射人先射马，擒贼先擒王。"就是我们跟敌人交战的时候，我们要采用好的战略，为什么"射人先射马"呢？因为马的目标大，敌人骑着马冲过来，你瞄准人来射箭也许射不中，射马的话肯定容易射中。而且射中了马，马一倒地人当然也就倒了。而且我想，杜甫也许还有这一层意思，就是人道

挽弓当挽强，用箭当用长。
射人先射马，擒贼先擒王。
杀人亦有限，列国自有疆。
苟能制侵陵，岂在多杀伤。

杜甫《前出塞》(其六)

主义思想，我尽可能不杀你的人，把你的马射倒就行了。那么为什么要“擒贼先擒王”呢？我们要击败游牧民族，我们只需先把他们的首领抓住，把对方的酋长俘虏了，整个战事就结束了。所以要首先打击敌方最主要的指挥人员，这是杜甫对战争的一些看法。下面的四句更加重要，他说：

杀人亦有限，列国自有疆。苟能制侵凌，岂在多杀伤。

杀人应控制在有限的范围，我们不要多杀人。每个国家都有自己的疆土，我们大唐有大唐的疆土，游牧民族也应该有他们的疆土，我们要守住自己的国土，他们也守住他们的领土，各守其土，不要侵略别人。如果我们能够制止敌人对我们的侵犯和欺凌，如果我们能够保卫自己的疆土，那就不用多杀敌人了。杜甫在这首诗中表示了他对战争的认识，这是一种把人道主义与爱国主义统一起来的思想。你们看，杜甫是主张爱国主义的，他强调要制止敌人的侵略。你们再看，杜甫又是主张人道主义的，他反对杀敌过多。刚才说过《孙子兵法》中“不战而屈人之兵，善之善者也”那句话，孙子的意思是我方不用打仗就把敌方镇住了，对方的军队不敢动了，这才是最高明的战略。杜甫呢？杜甫也主张我们应有强大的国防，要有强弓长箭的好武器，还要有擒贼擒王的好战略，用这种威慑力量来制止敌方的侵略意图。杜甫还主张我们只要守卫好自己的疆土就行了，国与国之间应该和平共处，不用追求多消灭敌人，这就在战略思想中又增加了人道主义的道德诉求。所以杜诗不但是可贵的文学作品，而且是非常可贵的思想资源。

王昌龄和杜甫的边塞诗都写得很好，但说到盛唐的边塞诗，最有名的代表诗人却不是他们，而是岑参和高适两个人，他们才是盛唐边塞诗派的代表。那么，岑参和高适为什么能以边塞诗闻名诗坛呢？他们的边塞诗究竟好在哪里呢？

唐代诗人中，或者说在盛唐的边塞诗派中，岑参是边塞生活经验最丰富的一位诗人。王昌龄好像没有从军的经历，杜甫也没有亲身到过边塞，岑参却曾两度到边疆去从军，他前后两次到安西任职。安西是唐帝国在西部边陲设置的一个都护府，安西都护府的首府当时在车师，就是现在的乌鲁木齐东北方的米泉市，那个地方离中原很远很远。岑参第一次从军是在三十五岁，第二次是在四十岁，他前后在西部边塞生活了六年，写下了七十多首边塞诗，因为他熟悉边塞，熟悉军旅生活。岑参本来是一个文人，是一个读书人，但是他怀着报国的热情从军去了。他在奔赴安西的途中写了一首诗，叫《碛中作》，“碛”就是沙漠的意思。诗人走到茫无边际的沙漠里，就写了这首诗。他说：

走马西来欲到天，辞家见月两回圆。今夜未知何处宿，平沙万里绝人烟。

“走马”就是跑马，诗人骑着马一路向西飞奔，都快要走到天上去了。为什么说向西走就会走到天上去了呢？因为西部的地势高，从低处向高处走，又走得那么远，就好像快走到天上了。诗人告别家人以来，在途中已经两次看到月亮变圆了。月亮两次变圆，最少也有一个多月了。这是多么遥远的路途啊，古人骑马，又要从长安走到乌鲁木齐，所以走了一个多月还没有走到。今天夜里我还不知道到哪里去投宿，到哪里去过夜。为什么呢？因为四面望去，只见茫茫的大漠，无边无际，杳无人烟。这样的旅行当然非常艰苦，但是这首诗表达了一种豪迈的情怀，洋溢着英风豪气，这就是盛唐气象！

岑参到了安西以后，写了很多的边塞诗，其中有两首是选进《唐诗三百首》的名篇，我稍微提一下，因为没有时间细讲。第一首叫做《走马川行奉送封大夫出师西征》，“封大夫”是封常清，他是岑参的上级，是安西这个军区的副司令，当时叫做副都护使。唐朝在新疆那里设置了一个边疆军区，叫安西都护府，封常清是安西的副都护使。封常清要出兵西征，岑参就写了这首诗送他。那么诗题中的“走马川行”四个字是什么意思？“行”是歌行，就是写一首关于走马川的歌行，来送这个将军出师西征。这首诗大家读《唐诗三百首》的各种版本时，有时候会读到这样一种文本，开头的几句是：“君不见走马川行雪海边，平沙莽莽黄入天。”就是你难道没看到走马川在雪海边上行走，平沙莽莽，一直黄到天上。这个版本不好，大家看到这个版本的话，最好把它换成一个较好的版本，好的版本是什么样子的呢？就是把第一句中的这个“行”字去掉，原文是没有这个“行”字的。那么这个“行”字是怎么来的呢？因为它的标题说“走马川行”，后人抄写的时

君不见走马川，
雪海边，平沙莽莽黄入天。
轮台九月风夜吼，一川碎石大如斗，
随风满地石乱走。
匈奴草黄马正肥，金山西见烟尘飞，
汉家大将西出师。
将军金甲夜不脱，半夜军行戈相拨，
风头如刀面如割。
马毛带雪汗气蒸，五花连钱旋作冰，
幕中草檄砚水凝。
虏骑闻之应胆慑，料知短兵不敢接，
车师西门伫献捷。

（岑参《走马川行奉送封大夫出师西征》）

候误抄到正文中去了。实际上在“行”字的这个地方应该是一个停顿，用我们今天的话说，应该有一个逗号。古人不用标点，所以一路连着写下去了。正确的文本应该是：“君不见走马川，雪海边，平沙莽莽黄入天。”我们应该这样读。因为这首诗的全文是一种特殊的结构，全诗一共十八句，分成六小节，每小节都有三句诗，三句诗中的每一句都是押韵的。我们知道，一般的诗都是两句诗押一个韵，他这首诗不一样，他每句都押韵，句句押韵，三句一节。接下去的三句另成一节，换一个韵部，同样是每句都押韵。所以全诗一共六节，换了六个韵，不停地换韵。这样一来，全诗的节奏就非常快，原来两句话才押一个韵，他一句话就押一个韵，而且每三句就转一次韵，所以我们读它的时候，觉得它的节奏特别急促，特别紧凑。“君不见走马川，雪海边，平沙莽莽黄入天。”这是一段。“轮台九月风夜吼，一川碎石大如斗，随风满地石乱走。”这又是一段。这是一种特殊的结构，这个结构当然是为了配合军旅生活，战争生活本来就是快节奏的，经常发生迅速的、强烈的变化，所以诗歌也得这样写。

我们再来看这首诗写的是什么意思。走马川不是一条河，这个“川”字就是平地的意思，现在陕北人还说“米粮川”，一片平地种上粮食，就叫米粮川。走马川原来可能是一个河床，但是早就干涸了，所以才能是“一川碎石大如斗”，就是干涸的河床上到处都是大石头。“斗”是古代的一种酒器，我想大概有这么大，因为我们知道杜甫说李白很能喝酒，说是“李白一斗诗百篇”，他每喝一斗酒就能写一百首诗，所以不是一个小酒杯，一小杯酒是催生不出一百首诗来的。每一块都像斗一样大的石头，居然“随风满地石乱走”，真是飞沙走石，不光是沙子在飞扬，连这样大的石头都满地滚动，可见风刮得多么猛烈，地方是多么的荒凉。读者朋友假如有机会到宁夏的银川去，到城外的贺兰山下去，你就能看到满地都散布着大石块。当然我没有看到“随风满地石乱走”，但是到处都是大石块，那些石块怎么会撒得遍地都是，说不定就是被大风吹得满地乱走的结果。这么荒凉的地方，这么艰苦的环境，天气更是非常寒冷，这首诗的重点就是描写天气的严寒：“将军金甲夜不脱，半夜军行戈相拨，风头如刀面如割。”那里的风像什么呢？像刀子一样，吹在脸上就像刀在割肉。人冻得受不了，战马也被冻坏了，下面三句就转到战马身上来：“马毛带雪汗气蒸，五花连钱旋作冰，幕中草檄砚水凝。”战马身上盖满了雪，马儿在奔跑时又流了汗，汗气向上一蒸，雪就先融化，再凝固，最后变成了一片冰。马身上的五花也好，连钱也好（“五花”、“连钱”都是指马毛的颜色、形状），都结成了一层冰。岑参是一个从军的文士，他要在帐篷里面写檄文，要写军中的文书，写字当然要磨墨，可是砚台上的水都冻起来了，墨都没法磨了。帐篷里都这么冷，可见天气严寒到了什么程度！但是尽管天气严寒，全军将士的斗志却非常昂扬，他们不怕严寒，不怕艰苦，英勇杀敌，所以最后一节说：“虏骑闻之应胆慑，料知短兵不敢接，车师西门伫献捷。”就是说敌人听说我们在这么严寒的天气里进军神速，他们肯定被吓坏了，他们就不敢跟我们短兵相接了。什么叫“短兵相接”？古代的兵器，弓箭称为长兵，因为可以远距离地杀伤敌人。短兵就是刀剑，用来打肉搏战的，两个人面对面地厮杀的。敌人不敢跟我们短兵相接，因为我们高昂的士气把敌人给镇住了。这样，我军就在安西都护府的西门口进行献捷。前方送来了捷报，主将在大本营接受捷报，我们就胜利了！这首诗歌颂唐朝的将士不畏严寒，不怕艰苦，奋勇杀敌，但是最后有没有杀死很多敌人呢？并没有，唐军用英勇的气概，用精良的武器把对方给镇住了，还没有短兵相接就胜利了，这也体现出“不战而屈人之兵，善之善者也”的那种战略思想，可见这是我们的一个传统。

除了这首《走马川行》以外，岑参还有一首边塞诗也是非常有名的，它就是《白雪歌送武判官归京》。岑参身在西域，他看到当地天气严寒，非常惊讶，“胡天八月即飞雪”，才到农历八月，内地还相当温暖的时候，那里已经大雪纷飞了。大雪纷飞后的景象如何？岑参是南方人，他早上起来一看，那雪景像什么呢？他说：“忽如一夜春风来，千树万树梨花开。”千万棵树木一片雪白，都变成了玉树琼枝，恍惚之间，岑参觉得就像是吹了一夜春风，千万树的梨花顿时怒放了。把大雪覆盖的千万棵树木说成春风吹开的满树梨花，这一方面当然是奇特的想象，是精彩的比喻，另外一方面也体现出乐观昂扬的精神。要不是心情乐观，要不是斗志昂扬，在这么严寒的天气里看着树上的积雪，哪里会联想到梨花？想不到的。所以这首诗同样是凸现了唐军将士的精神状态。总之，岑参的边塞诗一方面是描写唐军将士的高昂斗志，另外一方面，他也用壮丽的笔墨，写出了西域地区特有

北风卷地白草折，胡天八月即飞雪。
忽如一夜春风来，千树万树梨花开。
散入珠帘湿罗幕，狐裘不暖锦衾薄。
将军角弓不得控，都护铁衣冷难着。
瀚海阑干百丈冰，愁云惨淡万里凝。
中军置酒饮归客，胡琴琵琶与羌笛。
纷纷暮雪下辕门，风掣红旗冻不翻。
轮台东门送君去，去时雪满天山路。
山回路转不见君，雪上空留马行处。

（岑参《白雪歌送武判官归京》）

的壮丽景色。那里的景色非常奇特，在中原地区是绝对看不到的。岑参曾经写过火山，那座火山周围一千里的范围内，飞鸟就不敢飞近了，一飞过去就会被烤焦了，就像《西游记》里的火焰山一样。他还写过热海，说西域有一个湖，它的水是沸腾的，飞鸟都不敢飞近，一飞近就要掉下去。但就在那个热海里，居然还有鲤鱼在游，多么奇特的异域风光！这种景色在平常的山水诗里是看不到的，只有在边塞诗中才会有，只有当岑参这样的诗人亲临其境，亲自从军到远离中原的边疆地区以后，才能写出如此雄浑壮丽的诗歌来，为唐诗增添了奇异的色彩。

岑参的边塞诗描写了奇丽的塞外风光，也体现了守边将士昂扬的精神状态。那么，唐代的边塞诗都是这样激情昂扬的吗？唐代的军旅生活总是那么兴奋热烈吗？守边的将士们远离家人，长年累月地戍守在荒无人烟的边塞，还要时时出生入死，难道他们心里就没有痛苦和哀怨吗？唐代的边塞诗中有没有充分表现这些内容呢？

下面简单地讲一讲高适的边塞诗。从总的倾向来看，高适的边塞诗和岑参很不一样，高适的诗更加丰富地展现了戍边将士的生活，也更加丰富地展示了他们的内心世界。戍守在边疆的将士，他们的生活有多方面的内容，他们并不老是在打仗，更不是老打胜仗。他们也有打败仗的时候，也有被敌人围困的时候，也有士气低落的时候。戍边的将士长年累月驻守在边疆地区，生活是那么艰苦，他们不可能始终斗志昂扬，始终热情奔放，他们也有情绪低沉的时候，也有觉得艰苦、觉得委屈的时候。高适在他的边塞诗中全方位地展现了这些内容。他最有名的边塞诗，当然就是那首《燕歌行》。“燕”，用作地名读平声，大概是现在河北的北部、北京市以及内蒙古的中部这一带。“燕歌行”就是关于“燕”这个地方的一首歌行。《燕歌行》这首诗很长，是一首二十八句的七言古诗，我们来不及细讲，只能概括地说一说。诗的前半部分是说发生了边患，边疆地区有敌人来侵犯了，我方的大将带着军队出征，然后就与敌人遭遇，双方开战了。这首诗中写得最好的部分是军中将士的内心感受。首先要肯定，将士们最主要的精神状态就是刚才所说的岑参的诗里写到的斗志昂扬，奋勇报国，高适的《燕歌行》里也这样写了。这些将士尽管受到委屈，尽管心里有痛苦，有压抑，但他们还是奋勇报国，还是在战场上拼到最后，跟敌人白刃战，肉搏战，“相看白刃血纷纷”，流了很多血，牺牲了很多人，而且他们这样做并不是为了获得功勋，而是一心要保家卫国，所以说“死节从来岂顾勋”！但是同样在这首诗里，高适也展示了战士内心世界的另外一些内容，比如说军中苦乐不均所引起的愤懑，就是军队里的高级将领与下层士兵之间，他们的苦乐是不均等的。《燕歌行》里有两句名句，叫做“战

汉家烟尘在东北，汉将辞家破残贼。
男儿本自重横行，天子非常赐颜色。
摐金伐鼓下榆关，旌旗逶迤碣石间。
校尉羽书飞瀚海，单于猎火照狼山。
山川萧条极边土，胡骑凭陵杂风雨。
战士军前半死生，美人帐下犹歌舞。
大漠穷秋塞草腓，孤城落日斗兵稀。
身当恩遇常轻敌，力尽关山未解围。
铁衣远戍辛勤久，玉箸应啼别离后。
少妇城南欲断肠，征人蓟北空回首。
边风飘飖那可度，绝域苍茫更何有？
杀气三时作阵云，寒声一夜传刁斗。
相看白刃血纷纷，死节从来岂顾勋？
君不见沙场争战苦，至今犹忆李将军。

（高适《燕歌行》）

士军前半死生，美人帐下犹歌舞”，就是普通的士兵在前线已经打得一半人都战死了，已经打得筋疲力尽了，但是在后方的帐幕里，那些高级将领还在那里观赏美女的歌舞，这是严重的苦乐不均。他也写到戍边将士长年累月地驻守在边疆，吃尽了千辛万苦，诗中还突出强调了战士们的思家情绪：“铁衣远戍辛勤久，玉箸应啼别离后。少妇城南欲断肠，征人蓟北空回首。”就是守边的将士身穿铁衣，披着盔甲，长年累月地在外守边，非常辛苦，“辛勤久”，不是短暂的几天，而是长年累月。那么在后方呢，他们的家人又如何呢？是“玉箸应啼别离后”，士兵们的妻子在家里，天天在想念他们，她们为丈夫担心啊，不知道他们生死如何，所以天天在那里流眼泪。“玉箸”就是眼泪的意思。“少妇”就是年轻的妻子，“欲断肠”，就是痛苦得柔肠寸断。“征人”就是出征之人，是在前方的将士，他们屡屡地回过头去眺望家乡，想念家人，但是没有用，根本回不去，因为仗还没有打完。

也许有人会说，高适的《燕歌行》里所描写的戍边将士，好像没有像其他边塞诗里所写的那样英勇，那样始终斗志昂扬，始终一心报国，完全置家人于不顾。你看他们有时候情绪低沉，甚至因为军中的苦乐不均在那里发牢骚。他们有时候又很想家，想念家里的妻子，好像有点英雄气短、儿女情长的样子。那么，这是《燕歌行》的缺点吗？我觉得不是，这正是它的优点。守边将士也是普通人，他们也有七情六欲，他们的精神生活也跟普通人一样。人非草木，孰能无情？长年累月在边疆过这么艰苦的生活，他们想念家人，想念妻子，他们发几句牢骚，又怎么了？这是真实的，这是正常的，惟独这样写，诗中展现出来的守边将士的形象才是血肉丰满的，才是真实可信的，也可以说才是更可爱的。

所以《燕歌行》的最大优点就是全面地展现了守边将士的丰富的内心世界。正因如此，它读来也就特别感人，不愧是盛唐边塞诗中的名篇。

初、盛唐时期，唐帝国国力强盛，这个时期的边塞诗充满了积极奋发的精神。可是到了中、晚唐时期，大唐的国力下降了，原来燃烧在边疆的烽火渐渐地蔓延到内地来了。那么，中、晚唐还有边塞诗吗？在中、晚唐的边塞诗中，又会体现出什么不同的感情倾向呢？

我们刚才讲的边塞诗基本上都是初盛唐时候的作品，它们基本上反映着正处强盛时期的大唐帝国的精神风貌。随着大唐帝国的由盛转衰，边塞诗也发生了较大的变化。中唐以后，尤其是到了晚唐，唐帝国的国力大大地下降了，唐帝国的军队也不再那样强大了，唐帝国在边塞战争中经常打败仗，它不断地丢失疆土，游牧民族的铁马甚至侵入到内地来了。再加上连绵不断的军阀混战，即使在大唐的中心地区也变得烽烟不断。中唐诗人李益登上汝州城楼，竟然吟出了“黄昏鼓角似边州”的凄凉诗句。汝州就是现在河南的临汝，正是中原地区，但在李益的诗中竟然像“边州”一样的荒凉了。所以虽然中晚唐还有边塞诗，但是边塞诗里的情绪就不再以昂扬奋发为

黄昏鼓角似边州，三十年前上此楼。
今日山川对垂泪，伤心不独为悲秋。

（李益《上汝州城楼》）

主了。这里给大家介绍一首作品，就是晚唐陈陶写的《陇西行》。全诗只有四句，前面两句是：

誓扫匈奴不顾身，五千貂锦丧胡尘。

就是唐军的将士还是要报国的，还想要消灭匈奴，自己的身家性命都置之不顾。但是战争的结果是打了败仗，五千人的一支军队全军覆没了。“丧胡尘”，就是丧失在“胡尘”中了。请大家注意，这可不是一支普通的军队，而是穿着“貂锦”的近卫军，因为汉代的羽林军是穿貂裘锦衣的。连近卫军都派到前线去了，而且还被消灭了，可见唐帝国的国力已经衰弱到何等程度了！后面两句写这场战争的一个结果，这是晚唐边塞诗中的名句：

可怜无定河边骨，犹是春闺梦里人。

无定河是位于现在的陕北的一条河，它从沙漠里面发源，然后流经绥德、米脂一带，最后流到黄河里去。为什么叫“无定河”呢？这条河水的含沙量非常大，沙一多，河床就一会儿浅一会儿深，变化不定，所以叫无定河，就是没有一定的河。无定河边当时是一个战场，有很多兵士战死在那里，他们的累累白骨抛在无定河边。但是这些白骨，这些遗体，他们依然是“春闺梦里人”，依然是他们的妻子在闺房里时时梦见的人！这就写出了战争的残酷性，写出了战争对人民的和平生活带来的损害。可见到了中晚唐，边塞诗中原来的雄豪气概已经没有了。当然，这时的大唐帝国也已经走向尾声了。

第十一讲　壮丽河山

中国的古人，就是我们的祖先，对自然环境有一种比较独特的看法，就是所谓的“天人合一”的观念。我们的古人认为，人与他们所处的大自然，两者之间是一种很和谐的关系，而不是互相对立的，人是自然的一个组成部分。所以，中国的古人对山水早就非常关注，孔子就说过：“智者乐水，仁者乐山。”“乐”就是快乐的“乐”字，这里念 yào，“乐”就是“喜欢”的意思。这句话的意思是：智慧的人是喜欢水的，具有仁爱之心的人呢，是喜欢山的。孔子没有进一步说这是为什么，是有智慧的人从水中得到了什么启发呢？还是有仁爱之心的人跟山之间达成了什么默契呢？孔子没有说，但可以肯定孔子认为人与自然之间应该有一种和谐的关系，人是喜欢山水的。这是中国古代山水诗非常发达的内在原因。

大家知道，中国历史上有很多诗人，尤其是那些比较崇尚自由的诗人，很喜欢到山水环境中去。晋代的阮籍和嵇康都很喜欢游山玩水，嵇康甚至说，我不想做官，有一个重要理由就是做了官就不能自由自在地到山水中去，去观赏那里的鱼鸟。大家也知道，文学史上的山水诗并不是从唐代开始的，最迟在南北朝时候就出现了，特别是南朝的谢灵运，他已经被称为山水诗的“大家”了。但是，一来，那个时候的诗歌整体水平还不是很高；二来呢，谢灵运的时代，南朝的疆域比较狭小，谢灵运的山水诗写来写去，无非是写的浙江的温州、绍兴那一带，最远不过是鄱阳湖。其他地方的名山大川，像北方的黄河、泰山，谢灵运都没有看到过，因为那都在北朝的领土内。所以山水诗真正的发达有待于唐朝，一来唐朝诗歌的整体水平高涨了，二来唐朝疆域非常辽阔，经济又很发达，唐朝的诗人有条件在非常广阔的地域内游览山水，然后写出最好的山水诗来。唐朝的大诗人几乎都喜欢漫游，李白说“一生好入名山游”，他这一辈子就喜欢到名山大川去游览。杜甫好像没有李白那么浪漫，但是他同样喜爱漫游，杜甫年轻时候曾经旅行到很远的地方，到过现在浙江东部的天姥山那一带。他晚年回忆说，我至今还感到遗憾，当年没有干脆扬帆入海，去看看东海里的扶桑岛，那就是现在的日本啊。

这样一来，唐代的山水诗就非常发达，以至于出现了专门的诗派——“山水诗派”。盛唐山水诗派中最著名的诗人就是王维、孟浩然，尤其是王维的成就更高。我们来看看王维的山水诗好在什么地方。王维这个人，不但是一个杰出的诗人，而且是一个优秀的画家，中国国画中的水墨画自成一派，就是王维开创的。所以王维在写山水诗的时候，他的画家的身份就凸现在诗歌中。我们看王维山水诗中的一些名句，比如大家比较熟悉的这两句：“大漠孤烟直，长河落日圆。”它写的是现在甘肃的武威一带的风光，武威在唐代叫做凉州，这个大漠就是我们今天所说的腾格里沙漠，长河不是现在的黄河，而是流经武威的一条内陆河，在唐代叫做马城河，现在有一段叫石羊河，另一段叫杂木河。王维还有两句名句是：“日落江湖白，潮来天地青。”就是太阳落山以后，江湖上一片白光，等到涨潮的时候，水势很大，天地都变成蓝颜色了，天地都变“青”了。这是写的什么地方呢？是从江苏的镇江沿长江上溯，到了洞庭湖再转湘江南下，反正是在长江与洞庭湖这一带，水面浩渺。

单车欲问边，属国过居延。
征蓬出汉塞，归雁入胡天。
大漠孤烟直，长河落日圆。
萧关逢候骑，都护在燕然。

（王维《使至塞上》）

铙吹喧京口，风波下洞庭。
赭圻将赤岸，击汰复扬舲。
日落江湖白，潮来天地青。
明珠归合浦，应逐使臣星。

（王维《送邢桂州》）

现在我们来看一看，这两联诗好在什么地方。大家知道《红楼梦》里有个丫鬟叫香菱，香菱曾解说过王维的这些名句。红楼梦第四十八回有这么一个情节，香菱是个丫鬟，文化水平不高，但是她看到薛宝钗、林黛玉那些小姐都在那里写诗，她很羡慕，提出要学写诗。林黛玉说，好，你要学诗就拜我为师。香菱就拜林黛玉为师了，林黛玉就指导香菱怎么学写诗。她说，第一步，你先读诗，读好了诗才能写好诗。读什么呢，你就先给我读王维的五言律诗，读它个一百首。接着林黛玉便拿出王维的诗集，她把好诗都画了圈，让香菱拿回去读。香菱读过以后，便来向林黛玉汇报读诗的心得。她说，我读了王维的诗，有这样的感受，很巧，她说的正好是我们今天要讲的这两联。她说："大漠孤烟直，长河落日圆"，刚读的时候觉得烟怎么会直呢？大家都知道"烟"很轻，风一吹就散，不可能直，"直"字好像无理，就是不合道理。落日自然是圆的，而且太阳永远是圆的，所以香菱觉得"圆"字太俗，用得太一般。但她后来合上书一想，越来越觉得这两个字用得真好，那景色好像就在眼前，再找不出别的字来替换这两个字。她又说，"日落江湖白，潮来天地青"，"白"字和"青"字初读也没什么了不起，但仔细一体会，觉得这两个字真是用得好。香菱说她念到这两个字的时候，嘴里好像含着几千斤重的一个橄榄。香菱没有说明含着橄榄是什么意思，我们来帮她分析一下：第一，香菱觉得这些字很"重"，"大漠孤烟直"的"直"、"长河落日圆"的"圆"、"日落江湖白"的"白"、"潮来天地青"的"青"，四个字都显得分量很重，不能替换，换成别的字就不好了。第二，橄榄是有回味的，青橄榄的味道既不甜也不香，甚至还有一点苦涩，但是吃过以后，余味留在嘴里，越回味越觉得甘甜，也就是说王维的诗句读后回味无穷。

我们来看看香菱说得对不对。我觉得香菱说得很对，当然，我们不妨从另一个角度来体会："大漠孤烟直"，是一条直线，"长河落日圆"，是个圆圈，这是什么？这是线条。"日落江湖白，潮来天地青"，"白"和"青"，当然是色彩。线条也好，色彩也好，它们都是绘画艺术中最基本的要素。画家绘画，他讲究什么？一要讲究线条，二要讲究色彩。这两句诗所以好，就在于王维是以一个画家的眼光，在那里观景，在那里写景，所以跟一般诗人的写景不一样。王维把表示线条的“直”字、“圆”字和表示色彩的“白”字、“青”字放在诗句的最后一个字，放在韵脚的位置上，来突出它们的重要性，这就显示了画家的眼光。正因为如此，宋朝的苏东坡曾评价王维是“诗中有画”，王维的诗里体现出画家的手段、画家的眼光；东坡的另一句是说王维“画中有诗”，王维的画里有浓郁的诗意，有诗的意境。王维把山水诗写得不同寻常，关键是他兼备诗人与画家的双重艺术家身份。

讲到这里，我想借这个机会说说我们在阅读唐诗时应该注意的一个问题。唐诗当然很好，直到现在还有很多读者喜欢，但是唐诗距离我们的时代相当遥远，最早的唐诗距离我们已经1400多年，最晚的距离我们也有1050年了。经过了这么长的时间，社会的情形，人们的生活习惯，甚至人们的价值观念都改变了，有些情形甚至变得面目全非了。当我们来读唐诗的时候，有些内容，有些句子，可能当时的读者一看就懂，清清楚楚，没有什么疑问，但是我们就不大读得懂，或者会有误解。我想说的是，为了更好地阅读唐诗，理解唐诗，欣赏唐诗，我们需要了解一些唐朝的情况，了解那些诗歌是在什么背景下写出来的。

“大漠孤烟直”就是这样的一个例子。这句话的关键在于弄清楚“烟”是什么。王维走到武威那里，看到沙漠深处飘出来的一缕烟，到底是什么东西？现在有人说是炊烟，是傍晚时分人家做晚饭的炊烟。有一本叫《唐诗答疑录》的书就是这样解释的。我们说这基本上是不可能的，因为唐代的疆域相当辽阔，但唐朝最繁荣的时候也只有五千万人口，人少地多，不会有人跑到沙漠深处在那里生活，而且在大漠深处没法种地，没法生存，怎么会有人在那儿做晚饭？此外还有两种说法。清朝有位学者，叫赵殿成，他为王维的全部诗歌作了注解，赵殿成的《王右丞集笺注》成书的时候，曹雪芹才 13 岁，也就是说曹雪芹写《红楼梦》时多半是看过赵殿成的注的。现在我们先不管曹雪芹笔下的香菱怎么说，我们看看赵殿成怎么说。赵殿成说："大漠孤烟直"的这个"烟"字有两种解释，第一种就是烽火台上的"烽烟"，也就是狼烟。第二种，是沙漠里的旋风，旋风把地面上的沙土卷起来，升上天空，形成烟柱。我说第二种解释也是不准确的，为什么不准确？沙漠中刮起的旋风把地面上的沙土卷上天空，这种天气现象只能发生在中午。我们知道，沙漠里的一天中温差很大，早晨和傍晚都很冷，中午却很炎热，所谓"早穿皮袄午穿纱"嘛。中午太阳光直射下来，把地面烤得滚烫，使热空气上升，产生旋风，然后把地面上的沙土卷到空中，形成烟柱。傍晚，在"长河落日圆"的傍晚，空气急剧变冷，不可能有那样的旋风。于是我们只剩下第一种解释，就是烽火台的"烽烟"。那么是不是说，我们把"大漠孤烟直"的"烟"理解是"烽火"就完事了呢？不是，我们还要仔细了解到底是怎么回事。

"烽火"是中国古人的一个天才发明，在古代，需要传递非常紧急的情报，主要是军事情报，那时候没有电话电报，怎么传递消息呢？古人就发明了烽火，相隔几十里建立一个烽火台，前方的烽火台上点了火，后面的台上看到前方的烽火，立刻跟着点火，依次地往后方传递。火光是以光速传递的，光速最快，于是就把消息迅速地传到后方去了。这个发明在先秦就有了，我们看先秦的书如《墨子》里面就有记载，《史记·周本纪》也记载说周朝就有烽火。但是在先秦和汉朝的时候，烽火的情况比较简单，就是前方出现紧急情况了，就燃起烽火，一路传到后方去。到了唐代，烽火台的制度规定得更加细致了。中唐有个历史文献学家叫杜佑，是诗人杜牧的祖父，他写了一本书叫《通典》，是记载典章制度的著作。《通典》这本书把唐朝的一些制度、规定记录得一清二楚，里面包括烽火台的制度。唐朝的烽火台是这样设置的，从前线到后方，一座接着一座，一直建到长安。一旦前线发生了情况，有敌人来侵犯边境了，就点两把火，第二座台上也点两把火，一直传到长安。如果形势很紧急，敌人已经攻到眼前了，就点起三把火，表示非常危急。如果边境上太平无事，也要在一早一晚的规定时刻各点一把火，表示平安。就是哪天早上没有事，或哪天黄昏没有事，就在规定的时间点一把火，这一把火传到长安，后方就知道前线太平无事，所以叫做"平安火"，是用来报平安的信号。古人也把烽火称为狼烟，为什么叫做狼烟？古人说得很清楚，因为用来燃火的柴草里混杂有晒干的狼粪或牛粪，所以称为"狼烟"。有人告诉我有一本小说叫《狼图腾》，我没看过这部小说，他说《狼图腾》里说烽火不可能用狼粪，狼粪是点不着的。这个说法不对，杜佑的《通典》，还有宋代曾公亮的《武经总要》等书里说得清清楚楚，确实是用狼粪的，当然不仅仅是狼粪，还有牛粪和干草，掺杂在一起来点火的。为什么要这样做呢？原来晚上点燃一个熊熊的火把就可以了，问题是白天阳光很亮，点上了火远方也看不清，所以白天要靠升上天空的烟柱来传递消息，干草里掺进了干狼粪、干牛粪，熏出来的烟颗粒很粗，烟既浓黑，又可以升得很高，风不容易吹散。

所以，王维诗里所写的"大漠孤烟直"，实际上就是前方烽火台上燃起的一道狼烟，是黄昏时分从前方传来的一道“平安火”。王维这首诗写在开元二十五年，那年三月，驻扎在凉州的军队，将军叫崔希逸，那支部队跟吐蕃打了一仗，而且打了一个大胜仗，把吐蕃的势力完全赶出了河西地区。打了胜仗以后，朝廷就派王维出使河西，去慰劳军队，王维带着任务，在那年四月来到武威，就是古代的凉州。这时是春末夏初，一行行归雁正飞向北方。黄昏时分，王维看到一轮红日正在河面上冉冉下沉，又看到大漠深处的烽火台上冉冉升起一道烟柱，就是一缕“平安火”，他就写下了这个在中原地区很难得见到的景色，同时诗句之间也洋溢着王维对于国家强盛，天下太平的自豪感。既然平安火已经传过来，说明边境上很太平，敌人不敢来侵犯我们嘛！我想当我们了解了这些情况后，我们对于这两句诗的理解也就更加深刻一些，这分明是盛唐气象在山水诗中的体现。所以说要读唐诗，要读好唐诗，就要了解一些历史的、文化的背景。

刚才说到王维在盛唐山水诗派中是成就最高的，因为他精通绘画，他能把画家的眼光融进山水诗中。但是王维的山水诗也有一些缺点，就是他主要的山水诗作品写的都是比较狭小的区域。当赏识王维的宰相张九龄被排挤出朝廷之后，王维就对政治彻底失望了，他就在长安城东南郊的蓝田县买了一块土地，建了一座别墅。那个小地方叫辋川，地处终

（唐）王维 辋川图

南山的余脉，灞水，也就是渭河的一条支流，从那里流过，景色非常幽美。王维经常到那里去休闲，他就在那里写了好多好多的山水诗，来咏辋川的山水。王维的诗非常细致地展示了辋川一带优美的景色，但是也有一点瑕疵，就是诗里的境界太幽静了。我们看比较有名的两首，一首叫《鹿柴》：

空山不见人，但闻人语响。返景入深林，复照青苔上。

山中看不见一个人影，只是偶然听到有人说话的声音。一缕斜阳的光透进森林，照在长满青苔的地上。景色优美吗？优美！但是有一点冷僻，有一点孤寂。还有一首叫《山中》：

荆溪白石出，天寒红叶稀。山路元无雨，空翠湿人衣。

荆溪，是灞水的一条支流，也叫“浐水”。到了冬天水面下落，河里的石头就露出来了。天气寒冷，连红叶都是稀稀落落的。只有苍松翠柏还是一片碧绿，那种青翠的颜色浓得都要滴下来了。天并没有下雨，但是行人在苍松翠柏之间的山路上走过时，好像衣服都被打湿了。诗句生动吗？生动。意境优美吗？优美。但是，优美之间有一丝孤寂的感觉，诗歌的境界有一点狭小。

用诗歌来形象生动地反映我们辽阔的壮丽河山，写出神州大地自然风光的壮美，王维还做得不够，这方面的山水诗有待于胸怀更加宽广、气魄更加雄伟的诗人来完成，那就是李白与杜甫。李白与杜甫，没有人说他们是山水诗人，那是因为他们的成就太大了，他们什么内容都写，不能用什么诗派来局限他们。但是李、杜的山水诗实在是好，他们以充沛的雄伟笔力描写了我们祖国的壮丽河山，写出了名山大川的壮丽之美，而不是局限于狭小的地区或幽僻的境界。下面我们就来看看李白和杜甫的山水诗。

限于时间，我们不可能展开来讲李白和杜甫的山水诗。我们只能谈谈两位诗人在山水诗方面有什么特点。李白的诗风和杜甫的不一样，不一样在哪里呢？李白喜欢虚写，杜甫喜欢实写。李白写诗喜欢虚构，他经常展开想象的翅膀，你们看他的《梦游天姥吟留别》，他写诗时并没有真的到天姥山去，他是在梦里去游览的："我欲因之梦吴越，一夜飞渡镜湖月。"我听说那里很美，就想在梦中前去游玩，我的梦魂一夜之间就飞过了镜湖。你们再看他写的天姥山是什么样子的？简直是迷离恍惚，充满着神话色彩的地方："虎鼓瑟兮鸾回车，仙之人兮列如麻。"老虎在那里鼓瑟，鸾鸟在那里拉车，神仙密密麻麻地排列在那里。这哪里是真实的人间山水！他更有名的山水诗

海客谈瀛洲，烟涛微茫信难求。
越人语天姥，云霓明灭或可睹。
天姥连天向天横，势拔五岳掩赤城。
天台四万八千丈，对此欲倒东南倾。
我欲因之梦吴越，一夜飞渡镜湖月。
湖月照我影，送我至剡溪。
谢公宿处今尚在，渌水荡漾清猿啼。
脚踏谢公屐，身登青云梯。
半壁见海日，空中闻天鸡。
千岩万转路不定，迷花倚石忽已暝。
熊咆龙吟殷岩泉，慄深林兮惊层巅。
云青青兮欲雨，水澹澹兮生烟。
列缺霹雳，丘峦崩摧。
洞天石扉，訇然中开。
青冥浩荡不见底，日月照耀金银台。
霓为衣兮风为马，云之君兮纷纷而来下。
虎鼓瑟兮鸾回车，仙之人兮列如麻。
忽魂悸以魄动，恍惊起而长嗟。
惟觉时之枕席，失向来之烟霞。
世间行乐亦如此，古来万事东流水。
别君去兮何时还，且放白鹿青崖间，
须行即骑访名山。
安能摧眉折腰事权贵，使我不得开心颜。

（李白《梦游天姥吟留别》）

是《蜀道难》，李白虽然是四川人，他早年生活在江油，但他没有真正在蜀道上旅行过。蜀道是指从关中越过秦岭通往成都的一条山路，李白年轻的时候走出四川，是走水路沿长江出蜀的，他一辈子再也没有回家乡去过。李白写《蜀道难》是站在中原的立场上，他在长安一带往西眺望，想象蜀道的艰险，蜀道的壮丽，所以《蜀道难》中充满了神话和远古的传说，就给读者一种迷离恍惚的感觉。《蜀道难》的主题是什么？后人众说纷纭，争来争去还是弄不清李白到底是想表达什么。有人说是唐明皇西奔入蜀了，李白很担心。有人说是李白的一个朋友入蜀了，他很担心。也有人说四川的军阀要想割据，所以李白担心，因为四川地形险峻，容易形成割据。等等。为什么这首诗的主题会有那么多说法，就在于李白在这首诗里投射了太多的个人情绪，他不是纯客观地描写山水。否则的话，一首山水诗怎么会这样扑朔迷离？这是李白山

噫吁嚱，危乎高哉，蜀道之难难于上青天。
蚕丛及鱼凫，开国何茫然。
尔来四万八千岁，不与秦塞通人烟。
西当太白有鸟道，可以横绝峨眉巅。
地崩山摧壮士死，然后天梯石栈相钩连。
上有六龙回日之高标，
下有冲波逆折之回川。
黄鹤之飞尚不得过，猿猱欲度愁攀援。
青泥何盘盘，百步九折萦岩峦。
扪参历井仰胁息，以手抚膺坐长叹。
问君西游何时还，畏途巉岩不可攀。
但见悲鸟号古木，雄飞雌从绕林间。
又闻子规啼夜月，愁空山。
蜀道之难难于上青天，使人听此凋朱颜。
连峰去天不盈尺，枯松倒挂倚绝壁。
飞湍瀑流争喧豗，砯崖转石万壑雷。
其险也如此，嗟尔远道之人胡为乎来哉。
剑阁峥嵘而崔嵬，一夫当关，万夫莫开。
所守或匪亲，化为狼与豺。
朝避猛虎，夕避长蛇。
磨牙吮血，杀人如麻。
锦城虽云乐，不如早还家。
蜀道之难难于上青天，侧身西望长咨嗟。

（李白《蜀道难》）

水诗的第一个特点。

李白山水诗的第二个特点是“多名篇”，《蜀道难》、《梦游天姥吟留别》都非常有名。这就不用我多讲了。杜甫山水诗的情况不一样，杜甫喜欢写实，老老实实地写诗。他是走到了某个地方，亲眼看到了真实的山水，他才来写诗。杜甫的诗还有一个特点，也跟李白的不一样，就是“多名句”，他的山水诗中有许多千锤百炼的警句。比如，杜甫写过两首《望岳》，第一首是望的东岳泰山，第二首是望的西岳华山。第一首中有两句是：“会当凌绝顶，一览众山小。”这两句大家肯定都很熟悉。那么杜甫在华山写了两句什么诗呢？这两句不太有名，但是也很好，他说：“西岳崚嶒竦处尊，诸峰罗立似儿孙。”他说西岳华山的主峰非常尊严地耸立在那里，其他的山峰排列四周，好像是他的儿子和孙子。写得多么生动啊！杜甫也有许多写水的名句，他善于描写长江，长江三峡，最险的就是瞿塘峡，杜甫说：“众水会涪万，瞿塘争一门。”众水就是很多的水流，长江的很多支流在涪州、万州那些地方汇总流进长江，然后一起涌向瞿塘峡，江道被瞿塘峡两岸的群山挤压得很狭窄，像一扇窄窄的门，奔腾的江水就像千军万马，争着从这扇门里奔涌过去，这就把三峡的雄伟气势写出来了。当然，杜甫最有名的写水名句是他登上岳阳楼眺望洞庭湖的两句：“吴楚东南坼，乾坤日夜浮。”

昔闻洞庭水，今上岳阳楼。
吴楚东南坼，乾坤日夜浮。
亲朋无一字，老病有孤舟。
戎马关山北，凭轩涕泗流。

（杜甫《登岳阳楼》）

（明）陈焕 洞庭秋月

洞庭湖在唐代是全中国面积最大的淡水湖，现在已经缩小了许多。当杜甫登上岳阳楼，望着浩浩荡荡、横无际涯的水面，他就觉得吴国和楚国就是被洞庭湖分割开来的，因为吴国是在洞庭湖的东边，楚国大致上在洞庭湖的南边，这两个古代的国家被洞庭湖一分为二了。杜甫又觉得整个的宇宙都是漂浮在洞庭湖面上，随着湖水的波浪而上下浮动。这真是一个巨大的湖泊，烟波浩渺，气象万千！

所以说，虽然盛唐有一个山水田园诗派，其中有好多擅长写山水诗的优秀诗人，王维啊，孟浩然啊，但是如果我们真的想从唐诗里了解祖国的壮丽河山的话，最好还是去读李白、杜甫的诗，李、杜的山水诗中才真正展现了那些名山大川的雄伟壮丽，才更好地体现了对祖国大好河山的衷心热爱。

唐代的山水诗，堪称古今山水文学中的精品。除了盛唐的王维、孟浩然、李白、杜甫之外，像中唐的韦应物、韩愈、柳宗元、刘禹锡等诗人，也写过传诵千古的山水诗佳作。那么，阅读唐朝的山水诗，对于今天的读者有什么益处呢？换句话说，我们为什么要读唐朝的山水诗呢？

我想主要有两点理由。第一，我们读了这些诗以后，我们会更加热爱祖国的壮丽河山。杜甫有一句诗写得相当沉痛，也非常真实，就是安史之乱爆发以后，长安已经沦陷，杜甫被俘虏到长安，他写了这么一句：“国破山河在。”就是国家残破了，被糟蹋得不像样子了，但是山河依然存在，山河是不可能被毁灭的。宋朝的岳飞率军抗金，决心要收复失地，他亲笔写了一句战斗口号：“还我河山！”岳飞喝令敌人把河山还给我们，我们要收复失土！中国在历史上多次受到外国的侵略，有的时候我们有大片的国土被侵略者占领了，但河山的面貌依然如故。现在在日本的宫崎县，还保存着一座用石头垒成的塔，日本人给它起了个名字叫“八纮一宇塔”，那座塔上的很多石头是从别国抢去的，其中有238块是从中国抢去的，包括泰山上的一块，南京的紫金山上的一块，等等。我想，当年日本军国主义者垒成这座塔，他们是为了炫耀武力：看我们占领了这么多地方，抢来了这么多石头！但是在我看来，这是记录他们侵略历史的一根耻辱柱。问题是，他们尽管从我们的泰山上抢去一块石头、从我们的钟山上抢去一块石头，但是，我们的壮丽河山被摧毁了么？没有，巍峨的泰山，苍翠的钟山，岿然不动，我们的河山依然壮丽。河山是永世长存的东西，河山是一个国家的永恒的物质遗产，我们阅读唐朝的山水诗，可以增强我

国破山河在，城春草木深。
感时花溅泪，恨别鸟惊心。
烽火连三月，家书抵万金。
白头搔更短，浑欲不胜簪。
（杜甫《春望》）

们对祖国大好河山的热爱。

第二，我们读唐朝的山水诗，可以从中了解到，我们曾经拥有一个多么美好的家园，多么美好的自然环境。大家如果到桂林去旅游，坐船在漓江上游览，一定会联想到韩愈描写桂林山水的两句诗，他说："江作青罗带，山如碧玉簪。"漓江像什么呢？弯弯曲曲的清澈江水，像一条青色的绸缎带子。漓江两岸拔地而起的山峰呢，像一根根碧玉的簪子。韩愈写的是什么？是"青山绿水"。那么，是否只有漓江如此秀丽呢？不是的，唐代的长江也是这样的。杜甫曾经到四川的阆州去避乱，就是现在的阆中，嘉陵江从那里流过。杜甫写了一首诗描写嘉陵江上的景色，他说："嘉陵山水何所似？"嘉陵江上的山跟水像什么呢？答案是："石黛碧玉相因依。"山像石黛，"黛"是一种深青色的颜料；水呢？象碧绿的玉石。山也好，水也好，都是青绿色的。长江上游的支流嘉陵江是如此，长江下游又如何呢？我们来看李白的诗。李白写过安徽芜湖附近的天门山。天门山是两座小山，隔江相对，江南一座，江北一座，像一扇门，长江从中间流过。李白的诗里说："天门中断楚江开，碧水东流至此回。"长江流到那里，有一个小小的回旋，然后再向东流。这首诗的后两句是："两岸青山相对出，孤帆一片日边来。"请看，既有"碧水"，又有"青山"，可见长江流到下游的

苍苍森八桂，兹地在湘南。
江作青罗带，山如碧玉簪。
户多输翠羽，家自种黄柑。
远胜登仙去，飞鸾不暇骖。

（韩愈《送桂州严大夫》）

嘉陵山水何所似，石黛碧玉相因依。
正怜日破浪花出，更复春从沙际归。
巴童荡桨欹侧过，水鸡衔鱼来去飞。
阆中胜事可肠断，阆州城南天下稀。

（杜甫《阆水歌》）

时候，依然是一片青山绿水。我们再来看看在那些青山绿水之中，动植物的生态环境怎么样。王维曾经送一个朋友到四川的梓州去做官，梓州就是现在的三台县，那个地方是什么样子呢？王维说：“万壑树参天，千山响杜鹃。”千山万壑都长着参天大树，树林里充满着杜鹃的叫声。杜甫晚年，曾在四川云安县的山道上行走，他写了一首诗，说：“两边山木合，终日子规啼。”山路两边的树木长得很繁茂，枝叶互相交合，就像一条走廊一样，从早到晚都能听到子规鸟的叫声。多么美丽的景色！自然环境保护得多么完美！所以我们读唐朝的山水诗，非但使我们对古代的自然环境有一个美好的回忆，还可以增强我们的环保意识，明确我们进行环保活动的目标。我们进行环保活动的目标是什么？我想，当我们的环境恢复到像唐朝山水诗里那般美好的时候，我们的任务就完成了。

万壑树参天，千山响杜鹃。
山中一夜雨，树杪百重泉。
汉女输橦布，巴人讼芋田。
文翁翻教授，不敢倚先贤。

（王维《送梓州李使君》）

峡里云安县，江楼翼瓦齐。
两边山木合，终日子规啼。
眇眇春风见，萧萧夜色凄。
客愁那听此，故作傍人低。

（杜甫《子规》）

读者朋友，清代诗人袁枚到杭州西湖游览时，他去拜谒了岳王庙，就是岳飞的庙，他写了一首绝句，他说：“江山也要伟人扶，神化丹青即画图。赖有岳于双少保，人间始觉重西湖。”这首诗是什么意思呢？他是说，江山也要有伟大的历史人物来扶持，这些人物的精

（清）王时敏 仿王维江山雪霁图

神形象化以后，就会变成美丽的江山。西湖边上有两个英雄的坟墓，宋朝的民族英雄岳飞和明朝的民族英雄于谦。袁枚说，幸亏有了岳飞和于谦这两位前朝的英雄，他们埋葬在西湖边上，“人间始觉重西湖”，人们才特别重视西湖。就是说，美丽的江山要经过人文精神的投射，才会变得更有意义。我们美丽的黄山早就被联合国授予“世界自然与文化双遗产”，黄山不但是自然的遗产，而且是文化的遗产，是双重性质的世界级遗产。我想，我们的神州大地整体上都是“世界自然与文化双遗产”，因为960万平方公里的壮丽河山跟五千年的悠久文明在整体上已经紧密地结合在一起了。我们的大好河山在整体上受过那么多伟大历史人物的人文精神的投射，它是悠久文化与美丽自然的完美结合，这才是我们可爱的祖国。如果说有哪一类文学作品能最有效地启发我们对祖国大好河山的热爱，能使我们直观地领悟五千年悠久文化对大好河山的投射，那就是唐代的山水诗。所以我要向大家郑重推荐：请读唐代的山水诗！

第十二讲　田园情趣

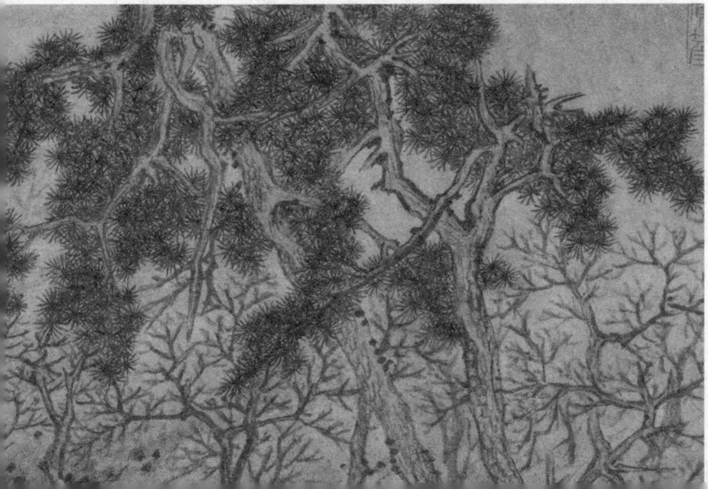

田园诗的内容跟山水诗有一些重合，它也会写到自然风光。但是田园诗的主要内容不是写山水风景，而是写田园里面的农家生活。田园当然不会在城市里，它当然会离自然很近，更准确地说，它自身就应该在大自然中间。古代有些田园规模很大，比如东晋谢灵运家里的庄园，竟然把山岭湖沼都囊括在内。即使是贫士家的田园，也能拥有青山绿水的环境。陶渊明家的田园肯定不大，但他站在东篱下就能悠然地看到南山。然而陶渊明的田园诗中不常写到山水，他的《归园田居五首》可算典型的田园诗了，诗中所写的主要是他的农家生活，到南山下去锄豆啦，跟农人谈论庄稼啦，等等。所以田园诗一向被看成一种独立的题材，它是唐代诗人非常钟爱的一类主题。

说到唐代的田园诗派，也还得先说两个代表诗人——一个是孟浩然，另一个是王维。我们先为每人举一首代表作来看一看。

孟浩然有一首诗叫做《过故人庄》，就是到一个老朋友的庄园去做客。这首诗很短，我给大家讲一下："故人具鸡黍，邀我至田家。"就是有一个老朋友，准备了一些简单的饭菜，请我到他的田庄里去做客。他准备了什么饭菜呢？杀了一只鸡，煮了一些黄米饭，没什么特别的东西，是很俭朴的一顿农家饭。"绿树村边合，青山郭外斜。"那个地方的景色很美，但是也很朴素，村庄外面绿树成荫，把整个村庄都遮盖起来了。城墙外面呢，有一道斜斜的青山。客人来到后，主客两个人做什么呢？坐在家里喝一点酒。"开轩面场圃，把酒话桑麻。"推开轩窗一看，有什么特别美丽的园林景致吗？没有，只看到一个打谷场，一片菜园子，都是农家的景色。那么喝酒时候讨论什么国家大事吗？评论什么诗文吗？都不是。只是谈谈庄稼，谈谈桑啊、麻啊，长得怎么样，都是一些农家的家长里短的闲话。此外就没有其他的内容了，一次做客就完成了。临走的时候，孟浩然还对主人说，等到重阳节的时候，我再到你这里来。来干什么呢？来看菊花。诗句就是"待到重阳日，还来就菊花"。诗人也不讲什么客套，主人并没有再次邀请他，他自己提出来，这次在你这里玩得很高兴，到重阳节我再来看菊花。这一首诗特别吗？很特别，在唐朝的诗里它非常特别！特别在什么地方？孟浩然的诗，曾经被闻一多评为"淡到看不见诗"，他的诗是淡淡的，他好像毫不用力，不用什么典故，没有精细的刻画，对仗也不讲究工整，他不讲这些。整首诗非常地淡，淡到看不见诗。你说诗味在哪里？找不到。就像盐融化在水里一样，喝起来有咸味，但看不见盐在哪里，孟浩然的诗味也融化在整首诗的字里行间。那么为什么孟浩然的诗写得这样好，这样朴素呢？关键在于他描写的对象，他表达的主题，就是朴实无华的田家生活。大家想想，农民请一个朋友到田庄来做客，本身就是非常朴素的一件事情，所以诗人必然要写这种风格的诗，才能吻合这种内容。孟浩然《过故人庄》之所以好，正是体现了田园诗的价值，田园诗的风格应该是朴实无华的。

我们再来看王维的《渭川田家》，就是渭水边上的一个田家，它的实际位置大概是在王维隐居的蓝田县境内，那里是渭水支流的流域。这首诗一开头就推出了一幅黄昏时分的乡村景象："斜光照墟落，穷巷牛羊归。"斜阳照到村庄里来，在村外放牧的牛啊，羊啊，纷纷都回家来了，走进了一条巷子里。"野老念牧童，倚杖候荆扉。"只有一个老农民还站在家门口张望着，他张望什么呢？原来他家的牧童还没有回来。一个小孩，也许是他的孙儿，出外放牧还没有回来，老农就站在柴门外面等候。接下去有两句写景的诗，我们暂且不管它。再下面是"田夫荷锄至，相见语依依。"下地的农民纷纷扛着锄头回来了，大家在村口相遇，就站定了互相交谈一番，然后依依不舍地各自回家。王维看到这些景象，他非常羡慕，于是说出了心里话："即此羡闲逸，怅然吟式微。"我真羡慕这个村庄里的人们，他们的生活过得真悠闲，他们的心地真纯朴，我也想回到这个地方来。《式微》是《诗经》中的一首诗，有"式微，式微，胡不归"的句子。王维暗中引用这句话，意思是我为什么不回来呢？为什么不抛弃官府的生活？我不想再在长安做官了，我要到这里来隐居，回到这个渭川田家来。请大家仔细地看看这首诗，它开头说"穷巷牛羊归"，黄昏时分，牛也回来了，羊也回来了，下地的农民也回来了。最后诗人问自己：

“我为什么不回到这里来?”他是把这个田园当作他的心灵的归宿，他觉得只有在这种地方，他的精神才能有所归宿，才能得到安顿。从开头到结尾，贯穿着一个“归”字，说明这首田园诗的意义就在于，它歌颂了人们都向往的宁静、纯朴、可亲的那种环境，生活在那样的地方，人们可以抛弃对名利的追求，可以离开喧闹的红尘，人们的精神有一个安宁、亲切的归宿之地。

（明）文徵明 桃源问津图（局部）

不要认为只有田园诗派的诗人才是如此，唐代的其他诗人也有同样的心态。我们来看看李白。李白志向远大，一生漂荡四海，但是他也羡慕田园生活。李白可以说是目中无人的，他很少对哪个诗人特别钦佩，但是他衷心钦佩孟浩然。他说：“吾爱孟夫子，风流天下闻。”我最热爱这位孟先生，他的风流是天下都闻名的。他又说：“高山安可仰，徒此揖清芬。”在李白看来，孟浩然简直像一座高山一样，高山仰止，李白就朝着孟浩然的高尚人品顶礼膜拜。那么孟浩然建立了什么丰功伟绩吗？没有！他就是一个隐士，他终身隐居在襄阳。但是李白觉得孟浩然很了不起，他的隐居体现了高尚的人格，这实际上就是表达了李白对田园生活的向往。下面我们分别看一看李白与杜甫在诗歌中体现出来的对于田园生活的热爱和向往。

李白进入长安以后，一开始可以说是非常的荣华富贵，因为是皇帝下诏把他召去的，他的才华一下子倾倒了整个长安。玄宗对李白非常优待，非常信任他，甚至叫他写诗歌颂杨贵妃。但是李白在长安生活得愉快吗？那种热闹富贵、花团锦簇的场合，李白会认可为归宿之地吗？不会的。李白在长安期间写了不少诗，但是其中最能表现他的愉快心情的一首诗，恰恰不是在长安城里写的，而是他离开长安到终南山里的一户人家去做客时写的。这首诗就叫做《下终南山过斛斯山人宿置酒》，这个朋友复姓斛斯，是住在终南山里的一个隐士，“山人”就是住在山里的隐士。这首诗写的就是李白到斛斯山人家做客的整个过程。“暮从碧山下，山月随人归。”黄昏时分，我从终南山上走下来，多情的月亮一路伴随着我。我们都知道月亮是跟人走的，所以李白下山时，觉得山月一直依依不舍地跟着他。然后他在路上遇到了斛斯山人，两个人就手拉手地到山人家里去了。一路上看到的是绿竹啊，青萝啊，都是美好的植物。到家以后做什么呢？两个人在一起喝酒，喝得很愉快。然后谈天，然后唱歌，直到深更半夜，月落星稀。最后他说：“我醉君复乐，陶然共忘机。”在这样的环境里面，李白觉得满心愉快。客人已经喝醉了，主人呢，也很高兴，两个人都进入了陶然的境界，一起忘机。什么叫“忘

暮从碧山下，山月随人归。
却顾所来径，苍苍横翠微。
相携及田家，童稚开荆扉。
绿竹入幽径，青萝拂行衣。
欢言得所憩，美酒聊共挥。
长歌吟松风，曲尽河星稀。
我醉君复乐，陶然共忘机。

（李白《下终南山过斛斯山人宿置酒）

机”？就是忘掉机心。什么叫“机心”？就是庄子专门批判过的那种心思，机心就是用各种办法、各种手段，去求名、去谋利，机心就是名利之心，是巧诈之心。李白的意思是，当我在长安、在朝廷的时候，是无法忘记机心的，只有到了终南山的斛斯山人家里，到了这个环境里，我才能彻底忘掉机心，我满心愉快，我恢复了自由，我的心灵找到了归宿。

李白晚年回忆说，他在长安时有很多不如意的地方，最不如意的就是人事。因为他这个人是很纯朴、很真淳的，性格又很豪爽，这种性格的人在官场里当然是混不好的。关于李白进入长安以后为什么不如意，为什么不久就被唐玄宗疏远了，并很快离开长安了呢？历史上有种种说法，一种说是高力士说他坏话了，另一种说是一个叫张垍的人说他坏话了。高力士说李白坏话，是个传说，传说李白曾经当众给高力士难堪，叫他给自己脱靴子。高力士当然怀恨在心，所以当李白为杨贵妃写了那三首《清平调》以后，他就利用了这个机会。《清平调》也是名诗啊，选入《唐诗三百首》的，诗里面描写杨贵妃如何如何的美丽，说她像汉朝的赵飞燕一样美丽。

一枝红艳露凝香，云雨巫山枉断肠。借问汉宫谁得似，可怜飞燕倚新妆。

（清）苏六朋 太白醉酒图

李白写这首诗，是要形容杨贵妃的美貌。我想他不会有意要讽刺杨贵妃，因为这诗是唐玄宗让他写的，他不敢当着唐玄宗的面公然讽刺皇帝的爱妃。但是，由于赵飞燕虽然是个绝代美女，但是她的名声并不好，她做了汉成帝的皇后以后，自己没生孩子，就妒忌宫里面其他的嫔妃生孩子，一有人怀孕就想办法把她们除掉。汉成帝死后，赵飞燕的皇后就被废掉了。于是高力士就到杨贵妃那里去进谗言，说你还高兴呢，你还在那里念李白的《清平调》呢，你看李白把你比成赵飞燕，他实际上是要侮辱你。杨贵妃一听，就到唐玄宗那里说李白的坏话。这件事可能是传说。但是张垍诽谤李白的事，是有案可查的，基本上是准确的。张垍何许人也？张垍是宰相张说的儿子，当时已招为驸马，同时也当了翰林学士。张垍本人的文才也很好，他最妒忌李白。我们都知道，稍有才能的人最妒忌真有才能的人，一个人如果很笨，他倒不会妒忌别人是才子了。张垍原来在朝廷里面很得势，他是翰林学士，是朝廷里的大手笔啊。但是李白来了，李白的名声和才气肯定压倒他，所以张垍是最忌恨李白的。李白有一个朋友，名叫魏颢，他为李白的集子写的序言当中，明确地说了李白怎么会被唐玄宗疏远的，就是张垍进了谗言，是张垍说了李白的坏话。我想，这应该是相当可信的。

云想衣裳花想容，春风拂槛露华浓。
若非群玉山头见，会向瑶台月下逢。

一枝红艳露凝香，云雨巫山枉断肠。
借问汉宫谁得似，可怜飞燕倚新妆。

名花倾国两相欢，长得君王带笑看。
解释春风无限恨，沉香亭北倚阑干。

（李白《清平调》）

昔在长安醉花柳，五侯七贵同杯酒。
气岸遥凌豪士前，风流肯落他人后。
夫子红颜我少年，章台走马著金鞭。
文章献纳麒麟殿，歌舞淹留玳瑁筵。
与君自谓长如此，宁知草动风尘起。
函谷忽惊胡马来，秦宫桃李向明开。
我愁远谪夜郎去，何日金鸡放赦回。

（李白《流夜郎赠辛判官》）

高力士也罢，张垍也罢，反正李白在长安曾受到很多人的排挤、诬陷，到了最后，他就被排挤出去了。即使没受排挤的时候，李白在长安过得也并不愉快。所以李白晚年回忆他在长安时候的生活，他说我当年是享受到荣华富贵的，他说：“昔在长安醉花柳，五侯七贵同杯酒。”“五侯七贵”，是地位非常高的王侯将相，都来跟我一起喝酒，很热闹、很荣耀。但是他又说，一旦情势稍微有点变化，那些人的嘴脸就不一样了。“前门长揖后门关，今日结交明日改”，你在前门口碰到他的时候，他还恭恭敬敬地朝你作揖；等你走到后门，他已经把门“砰”的一声关上，不再理睬你了。为什么？因为你的地位变化了，所以今天和你结为好朋友，明天就翻脸不认人了。在这样一种环境中间，李白能愉快吗？他会把那个地方看作是心灵的归宿吗？当然不会。所以李白偶然来到终南山里，偶然到斛斯山人家里去作客，吃一点农家的菜，喝一点酒，跟主人一

少年不得意，落魄无安居。
愿随任公子，欲钓吞舟鱼。
常时饮酒逐风景，壮心遂与功名疏。
兰生谷底人不锄，云在高山空卷舒。
汉家天子驰驷马，赤军蜀道迎相如。
天门九重谒圣人，龙颜一解四海春。
彤庭左右呼万岁，拜贺明主收沉沦。
翰林秉笔回英眄，麟阁峥嵘谁可见。
承恩初入银台门，著书独在金銮殿。
龙钩雕镫白玉鞍，象床绮席黄金盘。
当时笑我微贱者，却来请谒为交欢。
一朝谢病游江海，畴昔相知几人在。
前门长揖后门关，今日结交明日改。
爱君山岳心不移，随君云雾迷所为。
梦得池塘生春草，使我长价登楼诗。
别后遥传临海作，可见羊何共和之。

（李白《赠从弟南平太守之遥》）

起唱唱歌，就觉得满心愉快。于是李白写了这么优美的一首诗，这首诗也选进了《唐诗三百首》。李白在这首诗里表达了他对田园生活的热爱，他觉得只有纯朴的田园，才是他心灵的栖息地，他在这样的环境里才觉得愉快。所以我们说田园不仅仅属于孟浩然、王维这些诗人，它也属于李白这样的豪士。

下面我们再看一看杜甫。杜甫在四十八岁那一年，也就是公元759年那一年的年底，经过千辛万苦，长途跋涉，终于带着他的全家来到成都。杜甫从甘肃的秦州，就是今天的天水，一路南行来到成都。刚到成都的时候，杜甫寄居在西郊的一个寺庙中，这个寺庙叫“草堂寺”，是一个很大的寺庙。杜甫在这个庙里寄住了三个月。可是一家老小不能长期寄住在寺庙里啊，第二年春天，杜甫就决定自己盖房子住。他在一条叫“浣花溪”的河边找到了一块一亩大的荒地，开垦出来，在那里建了一座茅屋。这座茅屋，杜甫为它起了个名字，叫“草堂”。因为他寄居的那个庙就叫“草堂寺”，这个地方离草堂寺大约三五里路，他在那儿建了座房子，又是茅草葺顶的，所以叫它“草堂”。这个草堂就是今天的成都杜甫草堂。我们今天到成都去旅游的话，大家都会到杜甫草堂去看看，第一那里是杜甫曾经住过的地方，第二那里有美丽的亭台楼阁。当年的草堂可不是这样子的，当年杜甫居住的那座草堂是在城外，建在一个很荒僻的地方。杜甫

去郭轩楹敞，无村眺望赊。
澄江平少岸，幽树晚多花。
细雨鱼儿出，微风燕子斜。
城中十万户，此地两三家。

（杜甫《水槛遣心二首》其一）

在草堂住下来以后写诗说："城中十万户，此地两三家。"成都是一个大城市，在那个时候就有十万户人家，非常繁盛。但是我这个地方只有两三家人家，是一个小村子，很荒僻的一个村子。现在的成都草堂，大家能看到亭台楼阁，花木扶疏，很美丽。当年的草堂可不是这样的。今天的成都草堂有如此的规模，我觉得是后代的人民在为杜甫落实知识分子政策。它是后人一代一代增修、扩建，一直建到现在这个规模。因为后代的人民觉得杜甫这样伟大的诗人，我们的诗圣，不应该住在一个漏雨的破草房里，应该让他住在像现在的成都草堂这样幽美的、安静的园林里面，让他更好地构思他的不朽的诗篇才对。当年杜甫在浣花溪边的草堂是个什么状态呢？就是他在《茅屋为秋风所破歌》里写的那个样子。秋冬之际，一阵大风刮来，茅草刮掉了，屋顶就漏雨了，漏得床上都湿了，诗人都没法安睡了，就是那样的一个破草堂。

杜甫在成都草堂里前后住了五年，中间避乱离开过一阵，总共大概有三年多时间生活在那个草堂里。应该说那个时候杜甫的生活，过得一点也不宽裕。他主要依靠什么生活呢？他有什么经济来源呢？有一段时间，杜甫在严武手下做幕僚，有一些俸禄收入。更多的时候得靠朋友的接济，靠严武啊，靠高适啊，严武曾做过剑南节度使和成都尹，高适则在附近的彭州做过刺史。现在杜甫诗里面还保存着这样的篇章，他写诗寄给朋友，说你们快救济救济我吧，我家里没有钱了，没有米了，朋友就给他一点支援，所以他的日子过得紧巴巴的。刚才说过，有时秋风把他的茅屋吹破了，屋顶漏雨了。有时他家里断粮了，断顿了，开不出饭来。在杜甫五十岁那一年，他写了一首诗叫《百忧集行》，就是有很多很多的忧愁凝集在心里。《百忧集行》的最后两句，就是写家里开不出饭来，他说：“痴儿不知父子礼，叫怒索饭啼门东。”“痴儿”，就是一个痴的孩子，一个不懂事的孩子。他还不知道父子之礼，不懂得父亲和儿子之间应该有的礼节，所以他“叫怒索饭啼门东”，到开饭的时间了，他没有饭吃，他饿了，他就发怒，他在那里叫喊。“啼门东”，就是在门的东边叫喊。为什么“啼门东”，不在门西，不在门南，也不在门北？因为古代人建房子有方位的讲究，厨房通常是建在东边的，当然厨房的门是朝东开的，所以“门东”就是厨房的门。杜甫这个儿子那时还比较幼小，如果年龄大一点，懂得父子之礼了，那么即使到了开饭时间，家里开不出饭来，他也只会这样说：父亲大人，我们是不是该开饭啦？但是现在他还太小，他是“痴儿”，他不懂得礼节，所以他就在外面大叫，说我饿了，我要吃饭！孩子这样一叫，做父亲的杜甫心里就很郁闷，很烦躁。当然他也有责任感，我做父亲的为什么开不出饭来给孩子吃呢？所以说，杜甫住在草堂里，他的物质生活并不富裕。

忆年十五心尚孩，健如黄犊走复来。
庭前八月梨枣熟，一日上树能千回。
即今倏忽已五十，坐卧只多少行立。
强将笑语供主人，悲见生涯百忧集。
入门依旧四壁空，老妻睹我颜色同。
痴儿未知父子礼，叫怒索饭啼门东。

（杜甫《百忧集行》）

尽管如此，我还是认为三年多的成都草堂里的生活，是杜甫一生中少有的比较安宁、比较舒心的生活。我们的诗圣经过了长时期的颠沛流离，他在安史之乱前后就开始动荡不安了，他到处奔走，漂泊不定，最后终于在成都草堂，在浣花溪旁边的幽美的自然环境中，找到了一个栖息的地方。就像一条在汪洋大海的惊涛骇浪中颠簸了很久的小船，终于驶进了一个比较平静的港湾。他觉得在这里过得很安逸，很平静。所以在成都草堂的三年里，杜甫写了二百六十多首诗，其中有很多诗是描写他的日常生活的，那是一种比较愉快的生活。春天到了，他的邻居家里繁花盛开，他就走过去看一看。他说："黄四娘家花满蹊，千朵万朵压枝低。"黄四娘是杜甫的邻居，她家里花木繁茂。杜甫还有一个邻居，是一个老农民，这个老农民邀请杜甫到他家里去喝酒，他很热情，杜甫在他家从早晨一直喝到晚上，杜甫几次想起身告辞，老农民不让他走，还把诗人的胳臂肘抓住，说再喝一杯，再喝一杯。杜甫有点觉得这样做不大礼貌，毕竟是村野之人嘛，不太讲礼数。但杜甫又觉得盛情难却，老农是一片好心请自己喝酒啊，他就高高兴兴留下来了，一直喝到明月东升。邻居是这么纯朴可亲，环境也是清幽可爱，杜甫就在这里全心全意地经营他的草堂。他盖好草堂以后，还在四周大搞绿化。杜甫写了很多诗向朋友、向亲戚讨东西。当然，说来也惭愧，杜甫跟人家讨过碗，他连碗都没有，曾写诗向别人讨几个白瓷碗。但是杜甫讨得最多的是什么？是树苗。他讨来很多树苗，把它们栽种在草堂附近。我们明确地知道他种了一百棵桃树，种了四棵松树，还种

步屟随春风，村村自花柳。
田翁逼社日，邀我尝春酒。
酒酣夸新尹，畜眼未见有。
回头指大男，渠是弓弩手。
名在飞骑籍，长番岁时久。
前日放营农，辛苦救衰朽。
差科死则已，誓不举家走。
今年大作社，拾遗能住否。
叫妇开大瓶，盆中为吾取。
感此气扬扬，须知风化首。
语多虽杂乱，说尹终在口。
朝来偶然出，自卯将及酉。
久客惜人情，如何拒邻叟。
高声索果栗，欲起时被肘。
指挥过无礼，未觉村野丑。
月出遮我留，仍嗔问升斗。

（杜甫《遭田父泥饮美严中丞》）

了一片竹子，还种了一种四川特有的树木，叫作“桤木”。桤木这种树，长得特别快，三年就成荫了，树枝还可以砍下来当柴烧。杜甫还在草堂边上种了很多药草，因为他经常生病嘛，他得自种药草，用来给自己及家人治病。杜甫热爱草堂附近的一草一木。那四棵幼小的松树，当成都兵乱杜甫外出逃难的时候，他还很怀念它们，好几次在诗中念叨它们。总之，在成都草堂生活的三年多时间，是我们的诗圣一生中过得比较安宁、比较愉快的日子。

刚才说过，杜甫住在草堂时物质上比较穷困，有的时候还断粮，但是他心里依然有一种满足感，有一种幸福感。他把那种感受真切生动地写进他的诗歌中了。杜甫有一首诗叫《江村》，写的就是浣花溪边上的那个村子。他说：“清江一曲抱村流，长夏江村事事幽。”有一条弯弯曲曲的清澈的河流，就是浣花溪，它绕着村子流淌过去。夏季的白天很长，所以叫“长夏”。村子里的一切都非常幽静、非常美丽。“自去自来堂上燕”，堂屋上有燕子自由地飞来飞去。“相亲相近水中鸥”，水面上有成双成对的鸥鸟在漂浮。“老妻画纸为棋局”，我的老伴她在做什么呢？她拿起一张纸，在上面画了一个棋盘，要与我下棋。“稚子敲针作钓钩”，小儿子在干什么？他把一根针敲敲弯，做成一个鱼钩，想去钓鱼。“多病所须唯药物，微躯此外更何

清江一曲抱村流，长夏江村事事幽。
自去自来堂上燕，相亲相近水中鸥。
老妻画纸为棋局，稚子敲针作钓钩。
多病所需惟药物，微躯此外更何求？

（杜甫《江村》）

舍南舍北皆春水，但见群鸥日日来。
花径不曾缘客扫，蓬门今始为君开。
盘飧市远无兼味，樽酒家贫只旧醅。
肯与邻翁相对饮，隔篱呼取尽余杯。

（杜甫《客至》）

求？”我还有什么要追求的呢？我别无他求了，我对这样的生活已经很满意了。我所需要的，只是一点药材而已，除此以外没有其他需求了。刚才我说他种了很多药草，用来给自己治病的。杜甫心满意足了，对这种俭朴的、甚至有点穷困的田园生活，杜甫觉得很满足，他的心灵很宁静。

他还有一首诗也很有意思，叫《客至》，就是有客人来了。他说：“舍南舍北皆春水，但见群鸥日日来。”我的房子的南边、北边都是水，因为河流是绕着村子流的嘛，绕了一圈流过去，所以南北都是水。地方僻静，没有客人，每天都只看见一群群鸥鸟飞翔过来，或是在水面上游过来。大家不要轻易地放过了这一句话，这不是单纯的写景。鸥鸟本来跟人是不亲近的，动物、鸟类都是害怕人的，人一走近它们就逃跑了。古代有一本书叫《列子》，《列子》中讲过一个寓言，说有一个人，经常在海边上跟海鸥一起玩。时间久了，海鸥跟他很熟了，他一到海边，海鸥都在他身边飞来飞去，甚至停息在他的手上。然后这件事情被他的父亲知道了，他父亲说，你跟海鸥这么亲近，它们都不避你，你明天抓一只来，给我玩玩。他第二天跑到海边上想去抓海鸥，没想到他一到海边上，因为他怀有机心了，他想要抓海鸥了，海鸥看到他走近，都远远地躲着他，然后就飞走了。那么杜甫说“但见群鸥日日来”，一群群鸥鸟每天都飞来，这说明什么？这说明这个草堂的主人，这里住的居民，也就是杜甫和他的家人、邻居，他们一点机心都没有。人与自然完全和谐，人跟鸥鸟之间很亲近，所以鸥鸟不躲避他们，这是一种多么美好的境界！这首诗的主题是写有客人来访，下面就写到客人了。他说：“花径不曾缘客扫，蓬门今始为君开。”说我这个院子里的小路上铺满了落花，从来都不扫的，为什么呢？因为没有什么客人来，这里很冷清，可以关起门来过日子。今天偶然有位客人来了，我才把柴门打开，来迎接难得的贵客。客人来了当然要招待，杜甫用什么招待客人呢？很简单的饭菜，“盘飧市远无兼味”，“兼味”就是两样以上的菜，“无兼味”就是只有一样菜。盘里盛着很简陋的菜肴，杜甫说是因为市场太远无法去买，当然也是因为他没有钱。“樽酒家贫只旧醅”，酒杯里盛的是什么酒呢？我家里穷，就是家里自酿的一些土酒，没有什么好酒。总之，杜甫只能拿出简单的饭菜来招待客人。最后两句很有意思，说：“肯与邻翁相对饮，隔篱呼取尽余杯。”我们先介绍一下这次来的客人是谁。杜甫在这首诗的标题下面自己加了一个注释，说来访的客人是一个姓崔的朋友，这位朋友是做县令的。官不算大，但总算是个地方长官，权力还是不小的。为什么说“肯与邻翁相对饮”？因为他要征求一下客人的意见，说我隔壁有一个老农民，你肯不肯跟他一起喝酒？你要是肯的话我就叫他过来。因为邻居是个农民，客人是个官员，身份不同，所以杜甫要征求一下客人的意见。那个“崔明府”，就是那个姓崔的县令答应了，杜甫就请邻居过来了。怎么请他过来呢？“隔篱呼取尽余杯”，不是走出蓬门，上门去请，说：“老先生到我家喝杯米酒好吗？”而是隔着篱笆招呼一声，因为两家人家是邻居嘛，杜甫就隔着篱笆大声说：某某啊，我们家有客人，你快过来一起喝杯酒！杜甫一叫，那个老农民就过来了。这人是不是曾经请杜甫去喝酒的那个老农民？我们不知道，反正就是他的邻居，是个老农民。这里面有什么特别的礼数吗？要讲究什么客套吗？没有！有的只是一种纯朴的人情，亲切的邻里之情。一家来了客人，把邻居叫过来一起喝杯酒，吃一顿家常便饭。一次招待客人的过程，就这样过去了。

读了这样的诗，大家可以想一想，田园生活它可贵在哪里？田园生活不会有太高的物质享受，客人来了不会有山珍海味，席上也不会有多么周到的礼数，但是主客之间的关系很亲密，邻里之间的感情很纯朴。田园生活可贵就可贵在这种人情，真诚而纯朴，没有任何虚伪的、客套的成分。在田园的生活环境中，你根本不需要有机心，你不需要有过多的思虑，你不用提防着什么，一切都不需要。我想，人们实际上都是喜欢这种生活状态的，谁喜欢一天到晚想着名、想着利呢？谁喜欢一天到晚处在紧张的人事关系中，随时要提防着别人呢？不会的。大家喜欢的是那种纯朴的生活，纯朴的人际关系，这就是田园生活能吸引众多诗人和广大读者的原因。

在古人的心目中间，田园经常跟故乡联系在一起，所以唐诗中频繁出现一个名词，有的时候在标题中间，有的时候在诗句中间，叫做“故园”。就是故乡的田园，家乡的庄园。为什么田园跟故乡会联系在一起？我的体会是，假如你住在现代的城市里，在水泥森林中拥有一套单元房，即使你在那里住了一辈子，你对那个家乡的观念仍是不明确的，至少是不亲切的。说自己的家乡就是某个城市里的一套单元房，在一片毫无特征的水泥森林里面，这个家乡的观念一定很淡薄。家乡的观念一定要以田园为基础，要以自然环境为基础，这个观念才浓郁，才有人情味，才会给人留下深刻的印象。

中国的古人是特别重视故乡的，所以有一个成语叫“狐死首丘”。这是什么意思呢？就是狐狸死的时候，它的头都朝着小山丘。为什么？古人解释说，因为狐狸一辈子都住在那个小山丘里，它挖的洞穴就在山丘上。所以它临死的时候，心里念念不忘，小山丘就是狐狸的故乡。我们看孔子一生周游列国，他要推行他的道嘛，他一生奔走四方，不辞辛苦，不厌其烦地到处奔波。惟独在离开鲁国的时候，他说：“迟迟吾行也，去父母国之道也。”就是我离开鲁国的时候，我慢慢地走。为什么要慢慢地走呢？因为这是离开祖国的道路，鲁国是我的父母之国。所以古人的故乡观念非常浓重，他们非常依恋故乡。杜甫在秦州的时候，在一个月夜，他看着天上的一轮明月，他写了一句诗，叫做“月是故乡明”。月亮啊，还是故乡的最明亮。实际上当然不是各地的月亮会有不同，而是他心里觉得故乡的月亮最可爱。一旦人在他乡，就觉得月亮好像暗淡了几分。韩愈写了一句比较奇怪的诗句来抒发思乡之情。韩愈曾经被贬到南方，后来遇到赦免北归了。他在北归中原的途中，到一家客店里去投宿。他点上灯火一照，看到

戍鼓断人行，边秋一雁声。
露从今夜白，月是故乡明。
有弟皆分散，无家问死生。
寄书长不达，况乃未休兵。

（杜甫《月夜忆舍弟》）

墙壁上爬着一只蝎子。蝎子是一种尾巴会蜇人的毒虫。一般人看到蝎子肯定不会高兴，因为这个东西是个毒虫，模样又不可爱。现在有人把蝎子油炸了当下酒菜，唐朝人还没有发明这道菜肴。但是韩愈写了一句诗，叫“照壁喜见蝎”，就是用灯来照墙壁，照壁以后发现什么了呢？韩愈看到了一只蝎子，心里就非常高兴。为什么？蝎子是北方才有的动物，南方没有，韩愈的家乡才有。所以韩愈在北归途中，在客店里看到一只蝎子，他就很高兴。这说明他离家乡近了，这是家乡特有的东西，尽管蝎子并不可爱。所以故乡的山水，故乡的一切物品，对诗人来说，都是可爱的，都是一种感情的寄托。假如故乡和田园结合在一起，是故乡的田园，是故园，当然就更加可爱。

中国人都有这样的观念，叫做“树高千丈，叶落归根”。有的人在外地，在远离故乡的异国他乡生活了很长时间，甚至生活了一辈子，到了晚年，还是心心念念想着要返回故乡。这方面的主

（清）王翚 平林散牧图

题，在唐诗中表达得最好的，是盛唐诗人贺知章。贺知章是唐代著名诗人中寿命最长的一个人，他活了八十六岁。在唐朝八十六岁是很罕见的高寿了，杜甫说“人生七十古来稀”，贺知章竟然活了八十六岁。贺知章八十六岁还家，写了《回乡偶书二首》，就是回到家乡偶然写的两首诗。其中第一首大家很熟悉，选在《唐诗三百首》里的：

少小离家老大回，乡音无改鬓毛衰。儿童相见不相识，笑问客从何处来。

第二首，没有选到《唐诗三百首》里，也写得很好。他说：

离别家乡岁月多，近来人事半消磨。惟有门前镜湖水，春风不改旧时波。

我们来稍微解读一下这两首诗，先看看贺知章这个人。

贺知章的家乡在浙江的绍兴，当时叫山阴。他的祖籍不是山阴，祖籍是杭州附近的萧山，但是在他很年轻的时候就举家迁移到山阴去了，所以他把山阴当作故乡。贺知章三十七岁就考上了进士，然后离开家乡，就一直在长安居住到八十六岁。三十七到八十六，差不多半个世纪，他一直在长安，从来没有回乡过。贺知章一生在仕途上面还算顺利，他没有大红大紫，没有封侯拜相，但是他的官做得还不小。他做过两任侍郎，侍郎就是副部长。他最后做到秘书监，秘书监是个什么官职呢？秘书监是秘书省的长官，秘书省的职权相当于我们现在的国家图书馆加国家档案馆，国家档案馆和国家图书馆合在一起就是唐代的秘书省。贺知章是秘书省的长官，这个官，品级是三品，已经相当高了。所以，他这一生虽然没有大红大紫，但是仕途上还比较顺利，太太平平地一路走过来。到了八十六岁，贺知章觉得自己老了。“树高千丈，叶落归根。”他想念家乡，就请求辞官归隐。他不想做官了，要回家乡，要告老退休，唐玄宗同意了贺知章的请求。贺知章是在什么情况下回乡去的呢？可以说非常的荣华富贵。唐玄宗下诏，把他家乡的镜湖跟剡溪的一部分赏给他，那可是一大片土地啊。绍兴有一个湖叫镜湖，有一条水叫剡溪，那可是风景秀丽的宝地。贺知章临走之前，从皇太子到文武百官，一起参加告别的宴会，来欢送他。唐玄宗亲自写诗，还写了序言，来为他送行。百官都来唱和。现在我们能看到的，还有三十六个人唱和的送行诗，大家一起写诗来送贺知章。写诗的人中有左相李适之，有右相李林甫，当朝的两个宰相，一个左相，一个右相，都写了诗。这说明什么？说明贺知章的告老还乡，真的是荣华富贵，真的是衣锦还乡。但是这一切，这样的荣华富贵，这种衣锦还乡的景象，在贺知章的《回乡偶书》，在他回乡后所写的这两首诗里，有丝毫的反映吗？没有，一丝一毫都没有！贺知章到了家乡以后，他感到很愉快。为什么呢？不是因为衣锦还乡，也不是因为得到了御赐的大片土地，而是听到了亲切的乡音，乡音未改的他又听到了家乡话；是感受到乡亲们浓浓的乡情，还有使他倍感亲切的故乡的山和水。家乡的镜湖是一个美丽的湖泊，而今“惟有门前镜湖水，春风不改旧时波”，镜湖的水还和以前一样，跟我年轻时候离开那里时一样，春风一起，泛起细细的波纹，非常可爱，非常宁静，这才是我的归宿地。此时此刻，那些荣华富贵，五十年做官的经历，还乡前的热闹场面，都烟消云散，都不值一提。自己最高兴的是回到了家乡，家乡的山水，家乡的乡音，才是最可亲的。

关于第二首诗我再多说几句。第二句“近来人事半消磨”，什么叫“消磨”？消磨就是消耗、磨灭。人事磨灭是什么意思呢？就是人事变迁、人事变化。这句诗我们当然可以做这样的解释，就是贺知章过了五十年回到家乡，发现人事有了很大的变化，原来认识的人都已不在了，去世了；新的一代都成长起来了，贺知章根本不认识他们，所以说“儿童相见不相识”，这个变化很大。但是也可能指另一种意思，指的是他在长安所经历的那些人事变动。贺知章告老还乡是在天宝三载，这正是唐玄宗的统治时期，也是整个唐代，从盛世转向衰世的一个关键时刻。他在这个时候走了，在这个时候离开朝廷了。这个时候都发生了一些什么事情呢？在朝廷里有什么人事变迁，有什么“人事消磨”呢？我们看中唐诗人元稹的一个回忆，元稹写了一首很长的诗，叫《连昌宫词》。《连昌宫词》里回顾唐玄宗一朝的政治，怎么会从开元盛世转变到天宝，变得天下大乱。这个过程是怎么回事啊？元稹回顾了这个过程，第一句话是：“开元之末姚宋死。”开元末年，姚跟宋都死了。姚是姚崇，宋是宋璟。姚崇跟宋璟是唐玄宗前期两个贤明的宰相，到这个时候都去世了。第二句说“朝廷渐渐由妃子”，朝政就渐渐地落到杨贵妃手里去了。当然贺知章走的时候还没有发生这件事，但是即将要发生了。元稹还说到了其他的“人事消磨”，先是唐玄宗重用安禄山，接着是出现了两个奸相，一个是杨国忠，另一个是李林甫。这些都是《连昌宫词》中回顾的历史事件。而这些事情的发生，基本上都是在贺知章告老回乡的前后不久。所以我们不妨这样推想，贺知章所说的“近来人事半消磨”，多半也是指朝廷方面的。他在长安做了五十年的官，他眼看着玄宗朝的政治一步一步地走下坡路，人事变迁，贤能的人，死的死，贬的贬，姚崇、宋璟死了，张九龄被排挤出朝了。然后奸邪的人都爬上来了，安禄山、李林甫、杨国忠这些人都占踞高位了。贺知章觉得很失望。相对于这些事情来说，相对于朝廷里的尔虞我诈、互相倾轧来说，故乡的那个宁静的、和谐的环境，是多么可爱！所以贺知章才会用满腔深情写出这两首《回乡偶书》。贺知章是著名的书法家，也是著名的诗人，但是他一生所写的诗中，就数这两首诗最好。在生命的最后时刻，贺知章终于回到了家乡。他回到家乡没过几个月就死了，但是他已经实现了“树高千丈、叶落归根”的人生观念，他写出了足以使他名垂青史的《回乡偶书》。

（清）吴谷祥 灞桥诗思图

最后还有一点时间，我再向大家介绍一首唐诗，就是刘皂的《旅次朔方》。“朔方”就是北方。刘皂这个人曾经在并州，就是现在山西的太原，居住了比较长的时间。他的家乡在陕西的咸

客舍并州已十霜，归心日夜忆咸阳。
无端更渡桑干水，却望并州是故乡。
（刘皂《旅次朔方》）

阳。他在太原居住了十年以后，由于种种原因，他要继续向北迁移，所以渡过了桑干河，桑干河就是流经我们北京地区的永定河的上游。于是他写了这样一首诗，他说："客舍并州已十霜"，就是我在并州客居，已经十年了。下了十次霜，就是十年过去了。"归心日夜忆咸阳"，我的心思日日夜夜都想着咸阳，因为咸阳是我的家乡，我希望回到家乡。可惜的是现在"无端更渡桑干水"，无奈之下没办法，我又渡过了桑干水，继续向东北方向前进。"却望并州是故乡"，我回过头来望望并州，望望太原，又觉得它就是故乡了。这首诗写得非常好，写的是一个人离开家乡，在别的地方生活了比较长的时间，当你离开这个寄居的地方时，你也会产生一种依恋的感情，因为你已经把这个地方看成第二故乡了。这首诗在很多书里面，可能有的朋友们曾经看到过，说是贾岛写的，标题叫做《渡桑干》。这肯定不对，因为贾岛就是北京人，贾岛的家乡在范阳，就是现在北京的大兴。贾岛也没有在太原居住过，所以这首诗不可能是贾岛写的，这是刘皂写的。这首诗虽然说的是对第二故乡的依恋，但是既然他对第二故乡还这么依恋，实际上也就衬托了他对于第一故乡的更深切的依恋。你想想，他离开寄居了十年的并州，他已经把它看作家乡，他还依依不舍地回首眺望；那么，他心里对真正的家乡，他对咸阳的依恋，当然是更加浓重了。所以这首诗是唐诗中写思乡之情写得非常动人的一首。

总的来说，田园诗跟山水诗虽然经常被我们说成是一个诗派，大家说到盛唐诗坛上的“山水田园诗派”，或者把这一批诗歌统称为“山水田园诗”。但是仔细地看，田园诗和山水诗还是不一样的。田园诗的侧重点不在于描写山水景物多么美丽，而在于写这个环境中间的人情多么可亲，那里的生活多么悠闲、安宁。田园是古代诗人的精神寄托，我想，它也应该是我们现代人的精神寄托。不过我们现代人，尤其是栖居在水泥森林里的现代人，已经不大有可能彻底地回归田园，我们只能偶然到郊区的“农家乐”那里去度度假。所以我希望大家都来读读唐代的田园诗，这样至少能在虚拟的状态下回归唐代诗人为我们构筑的那个精神家园，那里才是我们心灵的归宿。

第十三讲　离愁别恨

所谓离愁别恨，就是离别引起的愁和恨。无论就作品的数量还是水平而言，离愁别恨都堪称唐诗中的第一大主题，有很多名篇都与这个主题有关，它恐怕也是宋词中的第一大主题。大家也许会想，为什么古人这么多愁善感呢？我们现代人因为离别引起的愁和恨，好像远没那么严重，古人为什么那样在意彼此的离别呢？原因可能是：古代的中国疆域辽阔，交通却很不方便，古人要到一个遥远的地方去，不管是骑马还是坐船，至少得走上十天半个月，甚至几个月。要是步行，途中的时间就更漫长了。古代的通讯也很不方便，你远赴他乡，又去了很长时间，你和你的家人、朋友都很难通信。这样一来，离别引起的心理感受就特别深刻。江淹写过一篇《别赋》，说：“黯然销魂者，唯别而已矣！”他认为人生中最使人销魂，最使人伤感的事情，就是离别。下面我们来看看唐诗中是怎样表现这个主题的。

晨起动征铎，客行悲故乡。
鸡声茅店月，人迹板桥霜。
槲叶落山路，枳花明驿墙。
因思杜陵梦，凫雁满回塘。

（温庭筠《商山早行》）

数里闻寒水，山家少四邻。
怪禽啼旷野，落日恐行人。
初月未终夕，边烽不过秦。
萧条桑柘外，烟火渐相亲。

（贾岛《暮过山村》）

晚唐诗人温庭筠，曾经在陕西南部的商州一带旅行，写了一首诗叫《商山早行》，前四句是："晨起动征铎，客行悲故乡。鸡声茅店月，人迹板桥霜。"在一个茅草屋顶的简陋的乡村客店外面，清晨，一钩残月还挂在屋角，行人就动身了。一条木板或石板搭成的桥面上结满了严霜，行人在上面留下了几行脚印。旅行是如此的辛苦，难怪行人要悲伤地思念家乡了。还有更加辛苦的时候，是你在途中跋涉了一整天，暮色渐浓，却找不到地方住宿，所以贾岛有这样的诗句："怪禽啼旷野，落日恐行人。"在旷野中有怪鸟在那里哀鸣，眼看着一轮夕阳冉冉地沉下山去了，行人心里非常恐慌。古代的旅行是这般的不方便，所以古人心中的离愁就特别浓重。即使像李白那样性情豪放、四海为家的人，都觉得离别引起的相思使人难以忍受。他说："美人如花隔云端，上有青冥之高天，下有渌水之波澜。天长路远魂飞苦，梦魂不到关山难。长相思，摧心肝！"美人远

长相思，在长安。
络纬秋啼金井阑，微霜凄凄簟色寒。
孤灯不明思欲绝，卷帷望月空长叹。
美人如花隔云端，
上有青冥之长天，下有渌水之波澜。
天长路远魂飞苦，梦魂不到关山难。
长相思，摧心肝。

（李白《长相思》）

隔千山万水，连梦魂都难以飞越那重重的关山，根本无法见面，相思之苦把人的心肝都摧伤了，这是多么的伤感！

从逻辑上说，离别的开始当然就是送别。大家知道，在经受痛苦的整个过程中，感受最深切的莫过于初尝其味的刹那之间。离别也一样，它最使人难以忍受的莫过于刚开始离别的时刻，也就是送别。李商隐说“相见时难别亦难”，离别难在什么地方呢？即将分手的人们难舍难分啊！所以唐代诗人写到送别的时候，经常说双方都流下伤感的眼泪。当然有的朋友也许会说，王勃说过他送别朋友而不流泪。王勃在送别一个姓杜的朋友时，写过很有名的诗句：“海内存知己，天涯若比邻。无为在歧路，儿女共沾襟。”只要有知己存在，哪怕远隔天涯，就好像邻居一样，所以我们不需要像小儿女那样在歧路口伤心。歧路就是两条路的分岔口，这里指送别的地点。可是这种情形是相当偶然的，王勃也不过是故作壮语而已。同样是这个王勃，他在送另外一个名叫薛华的朋友的时候，他就说：“穷途唯有泪，还望独潸然。”他还是潸然流泪了。大家不要以为前面那首诗是王勃年轻时候写的，后面那首诗是王勃年纪大以后写的，人老了就容易伤感了。不是的，王勃总共才活了二十七岁，他的全部诗

城阙辅三秦，风烟望五津。
与君离别意，同是宦游人。
海内存知己，天涯若比邻。
无为在歧路，儿女共沾巾。

（王勃《送杜少府之任蜀川》）

明月沉珠浦，秋风濯锦川。
楼台临绝岸，洲渚亘长天。
旅泊成千里，栖遑共百年。
穷途唯有泪，还望独潸然。

（王勃《重别薛华》）

歌都是他青年时代的作品，因为他的一生中根本没有中年和老年时期。所以对于唐代诗人来说，无论他们是什么年龄，什么处境，离别都是伤感的，送别都是要流泪的。

那么，总的说来，唐诗中是怎样表现离愁别恨的呢？我觉得唐代的离别诗有两类最重要的内容，一类就是关于送别的，还有一类则是关于书信的。分手之初，就是送别；分手以后，就靠长书短简来传递相思。也就是说，唐代诗人对离愁别恨主题的抒写集中于两个焦点，一是离别之初的送别，二是离别之后的书信。下面我们就从这两方面来看看唐诗的有关情况。

送别，告别，当然使人很伤感。因为一过这个时刻，双方就要劳燕分飞了，就要各奔东西了。但是中国的古人非常会生活，即使是伤感的生活内容，他们也会把它安排得富有诗意，唐代的诗人更是如此。我们看唐诗中所描写的送别，要用现在的时髦话语来说，简直就可以说它是一种美丽的行为艺术，是一种艺术气氛十分浓郁的人生体验。那么，唐人在送别之际都安排了哪几项行为艺术呢？我认为至少有这样三项。第一，送别之际要唱离别之歌，行人和送行的人都要唱歌。李

送君灞陵亭，灞水流浩浩。
上有无花之古树，下有伤心之春草。
我向秦人问路歧，云是王粲南登之古道。
古道连绵走西京，紫阙落日浮云生。
正当今夕断肠处，骊歌愁绝不忍听。

（李白《灞陵行送别》）

白说："正当今夕断肠处，骊歌愁绝不忍听。"今天晚上我们分手的时刻，所唱的骊歌太伤感了，简直让人不忍倾听。这个"骊歌"的"骊"字，不是离别的"离"。这个"骊"，就是纯黑色的马。那么为什么离别的歌叫"骊歌"，要用这个"骊"字呢？原来这是一首古诗，是一首佚诗，所谓佚诗，就是在《诗经》中没有收进去的古代的诗，当然它是一首四言诗，当年没有编进《诗经》去，如今只有片段留存下来。这首"骊歌"，它实际上应该叫做"骊驹"之歌，它里面有这样两句："骊驹在路，仆夫整驾。"就是马已经牵到路上来了，车夫已经把车驾好了，也就是出发的时刻到了。在汉朝的时候，两个人要告别了，即将上路的客人就唱这首"骊驹"，意思是车马都准备好了，我该走了。汉朝的习俗是，客人唱了这首骊歌之后，主人也要唱歌，主人唱的歌叫做"客毋庸归"，就是客人呀，你不用这么急着回去。也就是行人唱歌向主人告别，主人则唱歌挽留他，情意绵绵，一唱一和，然后他们才分手。

到了唐代，虽然还有人在诗中说到"骊歌"，但是唐人很快就有了他们本朝的骊歌。唐代本朝的骊歌是什么？就是王维写的那首《送元二使安西》。王维送一个姓元的朋友到安西去出使，安西在现在新疆的乌鲁木齐一带，是一个非常遥远的地方。元二要出发了，王维写诗送他，这首诗大家都很熟悉：

渭城朝雨浥轻尘，客舍青青柳色新。劝君更尽一杯酒，西出阳关无故人。

因为这首诗写到渭城了，所以又叫《渭城曲》。渭城就是原来的咸阳古城，在长安的西北边，走出长安向西行，渭城是必经之地。这首诗里也写到阳关了，"西出阳关无故人"嘛，阳关是丝绸之路上一个重要的关塞，因为在玉门关的南边，南为阳，所以叫“阳关”。唐朝人到西域去，一定要经过阳关，所以这首歌又叫《阳关曲》。自从王维写出这首送别的好诗以后，唐朝人告别的时候就改唱这首歌，不再唱原来的骊歌了。人们在离别之际，依依不舍，唱了一遍觉得意犹未尽，觉得绵绵的情意还没有充分表达，就再重复一遍，两遍，所以后来这首歌曲又被称为《阳关三叠》，就是重复地歌唱的阳关曲。最通常的解释是，歌唱这首诗的时候，后面三句每句都重复一次，所以叫做“阳关三叠”。自从有了这首诗以后，我们在唐人的诗中就经常看到，人们在离别之际就唱这首诗。中唐诗人刘禹锡说“更与殷勤唱渭城”，什么叫“唱渭城”？就是唱这首《渭城曲》。白居易说“听唱阳关第四声”，什么叫“阳关第四声”？实际上是指王维这首诗的第三句，就是“劝君更尽一杯酒”这句，因为从第二句起每句要重复一遍，所以第三句就变成第四声了。到了李商隐，更说“唱尽阳关无限叠”，连唱三叠还不够，要一遍又一遍，不断地唱下去。为什么呢？因为送别的情意绵绵不绝，无穷无尽。这是唐人送别的第一项行为艺术，很有意思吧，是唱送别的歌。

阳关遗址

第二项是什么呢？唐人在送别之际，一般都要饮酒。那么为什么送别之际要饮酒呢？为什么送行的人要请即将上路的人喝酒？原因可能是这样的，酒有一种使人振奋的作用，或有麻醉的作用。两个人互相告别，心情很压抑，场面很沉闷，喝上点酒，心情就会高兴一些，也可以消解一些心中的离愁。晚唐诗人许浑把这个理由说得最充分了，他写了一首《谢亭送别》：

劳歌一曲解行舟，红叶青山水急流。日暮酒醒人已远，满天风雨下西楼。

送行的人喝得酩酊大醉，等到日暮酒醒，客人早已走得无影无踪，一次难以忍受的送别就这样糊里糊涂地打发过去了。李白把这种情景写得更加优美。李白在金陵，就是现在的南京，他在一个酒店里写诗告别当地的一些年轻人，他说："风吹柳花满店香，吴姬压酒劝客尝。"就是杨柳飞絮，满店飘香，正是春末夏初的时候。柳絮，也叫杨花，其实是没有香气的，李白说"满店香"，只是诗人的感觉而已。吴姬，就是江南的姑娘。"压酒"，就是把酒糟压掉。这句诗是说把新榨好的酒端出来给客人品尝。下面两句是："金陵子弟来相送，欲行不行各尽觞。"就是金陵的一帮年轻人来送我。"欲行"就是将要走的人，也就是我自己；"不行"就是留下来不走的人，也就是来送我的年轻人；"各尽觞"就是大家端起酒杯来，一饮而尽。最后两句是："请君试问东流水，别意与之谁短长？"就是请你问问滔滔东流的长江水，我们离别的情意与江水相比，究竟谁长谁短呢？言下之意就是我们的情意绵绵不绝，比江水还要绵长。此时此刻，李白和他的朋友们怎能不借酒浇愁呢？所以唐人在送别的时候一定要喝酒，这是第二项行为艺术。

最后一项，也是很有诗意的一项，是唐人在送别之际，送行的人要折一支杨柳枝，送给上路的人。这个风俗就叫折柳赠别。刘禹锡有两句诗："长安陌上无穷树，唯有垂杨管别离。"就是长

城外春风吹酒旗，行人挥袂日西时。
长安陌上无穷树，唯有垂杨管别离。

（刘禹锡《杨柳枝词》）

安城的道路上有很多很多的树，各种各样的树，只有垂杨柳是专管离别的。大家会问，为什么杨柳会管离别呢？又为什么只有杨柳管离别，而其他的树木就不管离别呢？具体的原因我们不太清楚，反正折杨柳枝送别，是从古相传的一个习俗，最迟在汉朝就有了。有人说因为杨柳的“柳”和留下来的“留”字谐音，折杨柳枝给行人，就表示要请对方留下来别走，是挽留客人的一种象征性行为。我们再来看看其他唐代诗人是怎么说的。王之涣有一首诗，题目叫做《送别》，很短，只有四句：

杨柳东风树，青青夹御河。近来攀折苦，应为别离多。

东风吹拂，青青的杨柳夹着御河，就是御河两岸都栽着杨柳。近来这些杨柳不断地被人家攀折下来，杨柳被攀折得苦不堪言。为什么会这样呢？应该是别离太多了。送别的人太多了，一群一群的人到御河岸边送别，大家纷纷攀折柳枝。可见唐代送别的地方，一般都种着很多杨柳，所以能有这个习俗。在唐代的南京城的西南边，有一座亭子，叫做“劳劳亭”。这座亭子不是唐朝人建的，是三国时代的吴国建的，到唐朝还在，现在已经没有了。劳劳亭就是一个送别的地方，亭子四周有很多杨柳，“劳劳”就是忧愁伤感的意思，就是人的感情很忧郁，很低沉。汉代的民歌《孔雀东南飞》中写到焦仲卿和刘兰芝这对恩爱夫妻被拆散了，两个人分手之际的情形是："举手长劳劳，二情同依依。"就是两人举手告别，心里面非常痛苦，依依不舍。"劳劳亭"的名字就有这个意思。李白有一首诗，标题就叫《劳劳亭》。他说：

天下伤心处，劳劳送客亭。春风知别苦，不遣柳条青。

天下最伤心的地方在哪里呢？就在劳劳亭。因为劳劳亭是专门用来送别的地方。要是春风知道离别的苦，它就不让柳条长得这么青了。后两句的意思是离别之苦太难以忍受了，春风要是明白这点的话，它就不让杨柳返青了，因为杨柳不青，人们无柳可折，就无法送别了。当然这两句也可以解读成李白来此送别时还是早春，柳条还没有返青，李白说这是春风体贴我们，故意不让柳条变青，让我们无法折柳送别。

唱离别之歌也好，饮酒也好，折杨柳枝送别也好，这是唐代的人，不仅仅是诗人，是所有的唐人在离别之际惯有的一些举动。我刚才说它们简直是行为艺术，是美丽的行为艺术。说实话，我们今天也有些行为艺术家，在那里表演一些行为艺术，在我看来，他们的举动往往有些怪诞，有些矫揉造作，不是老百姓的生活中原来有的形态，所以与我们普通人的感情格格不入。而唐朝人的这些送别的举动，植根于生活，是非常自然的，所以一点没有矫揉造作的痕迹。因此，当我们读到唐诗里描写的送别情景时，无论是唱离歌也好，饮别酒也好，还是折杨柳枝送行也好，都会觉得自然入情，并深受感动。这才称得上真正的行为艺术！

那么，唐人送别的行为艺术，它们发生的场所是哪里呢？唐人一般是到什么地方去送别呢？古人的生活真是很有诗意，我们都知道，在古代，人们在城市外边的道路旁建有一些亭子，隔五里路建一座亭子，叫短亭；隔十里路建一座亭子，叫长亭。这些

红叶晚萧萧，长亭酒一瓢。
残云归太华，疏雨过中条。
树色随关迥，河声入海遥。
帝乡明日到，犹自梦渔樵。
（许浑《行次潼关逢魏扶东归》）

长亭，短亭，最初的目的是让行人休息的，让行人躲避风雨的。但是在实际生活中，离开城市比较近的长亭短亭，主要被用作送别的场所。古人说送别，常常说到“十里长亭”。送别的人依依不舍的把行人送到城外，送到十里长亭，然后在那里唱离别之歌，饮酒，折柳枝相赠，然后才告别。晚唐诗人许浑有一次路过潼关，他是由东向西旅行，经过潼关，要到长安去。他在那里遇到一个朋友叫魏扶，魏扶要离开长安，由潼关到东方去。两个人在潼关城外相遇了，然后在十里长亭中互相送别，你也送我，我也送你，所以许浑写诗说：“红叶晚萧萧，长亭酒一瓢。”两个人依依不舍，在长亭里喝上一杯酒，互相送别。当然，这种送别行为有时候也发生在一些很美丽的著名建筑物里面。比如说李白曾经在武昌的黄鹤楼送别孟浩然，孟浩然告别李白后离开武昌，坐着船沿

（清）萧云从 长亭送别图卷（局部）

江东下，要到扬州去，李白则留在武昌，所以李白就写了这首赠别诗：

故人西辞黄鹤楼，烟花三月下扬州。孤帆远影碧空尽，惟见长江天际流。

孟浩然坐的船越走越远，已经消失在天边，但是李白的目光以及李白的满腔情思却随着滔滔不绝的江水一起流向天边。黄鹤楼那样的著名建筑也好，普通的十里长亭也好，它们既可以遮蔽风雨，又可以登览江山，正是送别的好去处，也是送别的各项行为艺术最合适的演出场所，难怪唐诗中的送别诗十有八九是写于这些地点的。

唐诗离别主题的第二类内容是书信。古代没有电话电报，更不能打手机、发 E-mail。古代分隔在两个地方的人唯一的通讯方式就是书信。当然，由于交通不方便，寄一封信也很困难，因此古人非常重视书信。唐代的诗人也非常重视书信，书信是唐诗离愁别恨主题的重要方面，有许多诉说相思之情的诗歌自身就是一封封长书短简。

在讲到唐诗中的书信的时候，我想插进一个内容，这是我们一直没有机会讲的，就是讲一讲唐诗中的典故。我们都知道古代的诗也好，词也好，都是有很多典故的。古典诗词中的典故用得很多，也用得很好，古代的读者对典故是很熟悉的，也是很习惯的。五四的时候，胡适之他们提倡文学革新的时候，提出了“八不主义”，其中有一条就是不要用典故，说用典故是不好的。所以现在的人都不大习惯用典故，即使是阅读唐诗宋词，读到很多典故的时候，也会读不大懂，以至于有些反感：为什么要用那么多典故啊？今天我想借这个机会，说明古代诗词中好的典故是必需的，是非常有意义，非常有价值的。下面我们就从书信的角度来看一看典故。跟书信有关的典故主要有三个，第一个就是所谓的鲤鱼传书，让河里的鲤鱼来传递书信。鲤鱼大家都知道，是一种洄游的鱼，以前黄河里的鲤鱼都要跳龙门，为什么？因为它要到上游去产卵。在上游产了卵，孵出小鲤鱼后再游到下游来，游来游去。也许古人看到鲤鱼洄游的现象，就忽发奇想：能不能请鲤鱼来送信呢？这个传说起源于汉代的民歌，汉乐府中有一首民歌叫《饮马长城窟行》，里面有这样四句：

客从远方来，遗我双鲤鱼。呼童烹鲤鱼，中有尺素书。

一个客人从远方而来，送给我两条鲤鱼。我叫家里的年轻人来煮鲤鱼，他把鲤鱼的肚子一剖开，发现里面有一封书信。汉朝的书信是写在白色的绢上的，有一尺长，所以叫“尺素”。这是怎么回事呢？那位远道而来的客人怎么会把书信藏在鲤鱼的肚子里呢？原来这是诗人的一种修辞手法，是一种夸张的艺术手段。汉朝人寄信的习惯是这样的，他们把信写在一幅绢上面，写好以后用两块木板做成的函套把信夹在中间，然后再用一根丝带把函套系起来，这两块木板一般都刻成鲤鱼的形状。所以一封信封好以后，就好像是一尾鲤鱼，书信就藏在鲤鱼的肚子里。所以这首民歌实际上是说，有人从远方来，给我捎来了一封珍贵的信。鲤鱼传书的典故，就这样产生了。这是有关书信的第一个典故。

关于书信的第二个典故，是鸿雁传书，让天上的大雁传书。大雁大家都知道，是一种候鸟，秋天从北方飞到南方，春天又从南方飞向北方，年复一年地南北飞翔，所以古人想请它传送书信。

这个传说是从苏武的故事开始的。大家知道苏武牧羊的故事，苏武是西汉的民族英雄，他奉了汉武帝的命令，出使匈奴，就是到匈奴去当使者。苏武到达匈奴后正巧碰到一起事变，他就被匈奴扣留下来，匈奴让他投降，他宁死不屈。匈奴就把他放逐到非常荒凉，非常寒冷的北海边上去放羊。北海就是今天俄罗斯境内的贝加尔湖，是世界上淡水储藏量最大的一个湖，古时候叫做北海。苏武在北海边上放羊，手中始终握着一根节杖，那是汉朝使者身份的象征，也是祖国的象征。苏武在艰苦卓绝的环境里坚持了十九年，真是不容易啊！他始终坚贞不屈，他是坚持民族气节的英雄。十九年以后，汉武帝已经死了，已经到了汉昭帝的时代了，这时匈奴与汉朝和亲，汉王朝就派使者到匈奴来索取苏武，要求匈奴把苏武放回来。匈奴就撒谎，说苏武早就死了。后来汉朝又派来一位使者，这时有一个叫常惠的人，这个人当年是和苏武一起出使匈奴被扣下来的，他本人不是使者，他的地位较低，匈奴对他看管得不是很严，常惠就偷偷会见了汉朝的使者，告诉他苏武还没有死。常惠还教给使者一个办法，来诈匈奴的单于。汉朝的使者就向匈奴的单于提出，要求放回苏武。单于说苏武已经死了。使者说他没死。使者说，我们大汉的皇帝在长安的上林苑里打猎，从天上射下来一个鸿雁，鸿雁的脚上系着一封书信，那封信就是苏武写的，信中说他还活着，现在在某个大泽里。这样一说，匈奴的单于就被诈住了，他只好承认苏武确实没死。于是苏武就回到了祖国。大家听了不要责怪我们的祖先说谎，欺诈匈奴，那是匈奴先撒谎，说苏武已经死了，常惠和汉朝使者是以诈对诈。自从班固的《汉书》里记载了这个故事，鸿雁传书就成为关于书信的一个典故。所谓的雁足传书，实际上是一个传说，不是真的有一个大雁脚上系着书信飞行。这两个典故大家都比较熟悉，唐诗中经常写到的。

下面介绍第三个跟书信有关的典故。这个典故的发生年代要晚三百来年，是晋朝的故事。西晋时候有一个人叫陆机，陆机原来是吴国人，吴国被西晋灭掉，三国归晋了，陆机就变成了晋朝人。陆机的家乡在华亭，华亭就是现在上海市郊区的松江。陆机被朝廷召到洛阳去，到了洛阳以后很想念家人，要写一封家书寄给家人，但是家乡离得很远，一时找不到送信的人。他正好养了一条狗，这条狗长了两个黄耳朵，所以陆机给狗起了一个名字叫“黄耳”。陆机对黄耳说，你能不能给我送一封家书到华亭去呢？黄耳狗就摇头摆尾的，好像答应了。于是陆机写了一封家书，把信塞在一个竹管子里，把竹管系在狗的脖子上，然后黄耳狗就送信去了。说来也怪，这条黄耳狗居然离开洛阳，一路上跋山涉水，回到了家乡，到了江南的华亭。陆机的家人看到来信后，就写了一封回信，同样塞在竹管子里，还让那条黄耳狗送回洛阳去，把回信送到了陆机的手里。大家想一想，这件事情可信吗？宋朝有的学者说不可信，洛阳离华亭那么远，中途还要过淮河，要过长江，这条狗怎么过得去？当然我们说也许有船渡江，黄耳狗混在船上就过去了。反正二十四史中的《晋书》里是这样记载的，那可是一部正史啊。

上面说了有关书信的三个典故：鲤鱼传书，鸿雁传书，黄耳狗传书。奇怪的是，前面两个典故，在唐朝人的诗歌中经常看到，第三个典故在《全唐诗》中只有一个例子，就是在沈佺期的诗中用过一次，而且那首诗并不有名（《答魑魅代书寄家人》）。所以我们可以说唐朝诗人几乎不用这个典故。这是为什么呢？《晋书》是唐朝人编的，唐朝人肯定熟悉黄耳送信的典故，为什么他们不用这个典故，反而喜欢用年代更早的鲤鱼传书和雁足系书那两个典故呢？

我本人主要是研究宋诗的。宋代人作诗用典故喜欢追求新奇。一般的典故都被唐人用过了，他们要出新意，就改用比较冷僻的典故。所以在苏东坡的诗歌里出现了黄耳狗送信的这个典故。东坡晚年被流放到海南岛之后，养了一条大狗，这条狗长着一个黑色的嘴巴，所以东坡给它起了一个名字叫“乌嘴”。东坡很喜欢这条乌嘴狗，还专门为它写了一首诗，这首诗的最后两句是：“何当寄家书，黄耳定乃祖。”东坡到海南的时候，只带了一个小儿子随行，其他几房儿孙，有的留在惠州，有的住在江苏宜兴，都不跟他在一起，东坡很想念他们，很想寄封家书回去，就跟乌嘴狗说，你什么时候帮我寄封家书回去啊？你的祖先黄耳都会寄信嘛。东坡用黄耳送信的典故，非常贴切，因为那就是一首写狗的诗。但是在唐诗中，我们几乎看不到黄耳寄书的典故。

上面提到的三个有关书信的典故中，都是说一种动物帮人送信，它们分别是：鲤鱼，鸿雁，狗。那么我们的问题也可以归结为：为什么唐人用鸿雁和鲤鱼的典故，而不用狗的典故呢？

嵩云秦树久离居，双鲤迢迢一纸书。
休问梁园旧宾客，茂陵秋雨病相如。

（李商隐《寄令狐郎中》）

怅卧新春白袷衣，白门寥落意多违。
红楼隔雨相望冷，珠箔飘灯独自归。
远路应悲春晼晚，残宵犹得梦依稀。
玉珰缄札何由达，万里云罗一雁飞。

（李商隐《春雨》）

让我们用李商隐的诗为例子，来探究一下其中的原因。李商隐的诗里多次说到书信，而且他也很喜欢用典，有一次他在洛阳，写信寄给长安的一个叫令狐绹的朋友，他的那封信就是一首诗，他说："嵩云秦树久离居，双鲤迢迢一纸书。"我在洛阳望着嵩山的云，你在长安望着秦中的树，我们两地相望，却不在一起，无法见面，幸亏两条鲤鱼千里迢迢地送来了一封书信。诗意就是他收到了令狐绹寄来的信，他感到很欣慰，并向令狐表示感谢。这是用的鲤鱼传书的典故。李商隐还有一首诗叫《春雨》，这可能是一首爱情诗，也用到了书信的典故，他说："玉珰缄札何由达，万里云罗一雁飞。""玉珰"就是玉做的耳环，"缄札"就是封起来的书信。他说我要寄一封封好的书信给你，还有一对耳环作为信物，和书信一起寄过来。那么请谁送信呢？怎么传到你手中呢？我让鸿雁来送信，长空万里，一层薄云像绸缎一样铺在天上，在这个辽阔的背景下，一只鸿雁带着书信飞翔万里。请大家注意，李商隐的这两首诗用了典故以后，书信的意象显得特别优雅，美丽。我们设想一下，假如李商隐在这两首诗中，不用双鲤的典故，不用鸿雁的典故，而是改用黄耳狗的典故，两首诗会变成什么样子？我们用第二首为例子。"万里云罗一雁飞"，假如改用黄耳狗传信的典故，就不能说云了，因为狗不能在天上飞嘛，只能改说"万里江山”。“狗”这个字好像不太文雅，我们不妨改成比较文雅的“犬”字，那么这句诗就变成了“万里江山一犬奔”。请大家想一想，“万里江山一犬奔”和“万里云罗一雁飞”，哪一句的意境更优美？当然是“万里云罗一雁飞”了。喜欢狗的朋友，养宠物狗的朋友，可不要骂我啊，不是我要贬低狗，是李商隐他们不肯这样写，是唐代的诗人不肯用黄耳狗的典故。所以我以为，为什么唐朝诗人在写到书信的时候，老是用鲤鱼和鸿雁的典故，而不用黄耳狗的典故，就是因为鲤鱼和鸿雁的形象很优美，很有诗意。所以诗歌中习惯于用什么典故，不是没有道理的，它是经过无数诗人的选择，才最后积淀而成的。

上面我们稍微跑了一点野马，现在回到我们的主题上来，就是唐人写离愁别恨主题的第二类内容，书信。我们现在阅读唐诗，凡是标题里面有一个寄信的“寄”字的，一般来说就是一封信。唐朝人太擅长写诗了，他们写书信的时候不大愿意写几句大白话，他们往往是写一首诗，把这首诗代替书信寄给对方。这种做法叫作“以诗代柬”，柬就是书信。以诗代柬的最好的例子，就是李商隐的这首《夜雨寄北》：

君问归期未有期，巴山夜雨涨秋池。何当共剪西窗烛，却话巴山夜雨时。

这首诗实在不用我来讲，任何读者只要一读，就会像江淹所说的“黯然销魂”，因为它太感人了。我这里稍微介绍一下，在有的书里，《夜雨寄北》又叫《夜雨寄内》，“内”即“内人”，就是妻子。说这是李商隐寄给妻子的一首诗。当然，从诗歌的文本来看，如果说它是寄给妻子的，也非常吻合。但是很可惜，我要很遗憾地告诉大家，它肯定不是写给妻子的。李商隐四十岁那年，他的妻子王氏就死了，李商隐终身没有再娶。在他的妻子去世半年以后，李商隐才到四川去，他应一个叫柳仲郢的地方长官的邀请，到那里去做他的幕僚，具体的地点在现在四川三台县，那个时候叫梓州。李商隐到梓州去做官，在那里一共停留了五年，这首诗多半是他到梓州以后写的。他在梓州过了一段时间，长安的朋友写信来问，你什么时候才回来啊？他回答说目前还没有准确的归期，此刻窗外正是夜雨绵绵，连池子里的水都涨上来了。何年何月，我才能回到长安，我们才能相会？那时我们就可以一起剪蜡烛，一起听窗外的夜雨，一起来回首今天的巴山夜雨。这是唐诗中以诗代柬的最好的一个例子。

书信都是可贵的，那么，在所有的书信中，最珍贵的又是哪一类？是家书，就是写给家人的书信，因为家书里的情感最真挚。家书是与家人的对话，一切词藻和章法的构思都没有必要，一切客套和敷衍的意思都无从产生，心里有什么话便照着写好了。所以唐诗中凡是涉及家书的内容的篇章，都写得明白如话，亲切感人。

杜甫热爱他的家人，杜诗对家书的描写最为感人。杜甫说过："烽火连三月，家书抵万金。"安史之乱发生以后，杜甫被俘虏到长安，他没有办法与家人联系，兵荒马乱，战火连绵了三个月，此时此刻，一封家书要比万两黄金更加宝贵！后来杜甫想办法给家里寄了一封信，过了十个月还没有收到回信，他非常焦急，又写诗说："反畏消息来，寸心亦何有？"一方面是焦急地盼望着家书，另一方面又害怕有消息传来，因为很难预测传来的是好消息还是坏消息。他简直是心乱如麻，方寸之间，到底还有什么呢？可见战乱的年代中，家书是最珍贵的。

其实即使在和平的岁月里面，即使没有战火连绵的特殊背景，家书也是最可贵的。那么，家书中应该写些什么内容呢？我们来看两首唐诗。第一首是中唐诗人张籍的《秋思》，就是秋天的思念。张籍当时人在洛阳，张籍的祖籍是苏州，那时称吴郡。他的家人当时住在和州，就是现在安徽的和县，苏州和和县都在洛阳的东南方。张籍人在洛阳，秋风起时，他想念家人，他要写一封家书，结果写出了这首诗。他说："洛阳城里见秋风，欲作家书意万重。"就是在洛阳城里见到了秋风，我要想写一封家书，情意有千重万重，简直写个没完。后面两句是："复恐匆匆说不尽，行人临发又开封。"我已经在书信中写进了千重万重的情意了，但还是害怕匆忙之间没有把情意写透，没有表达充分。信都封好了，送信的人快要走了，我又叫住他，把信封拆开来，再往信里加进几句话。其实家书会有什么特别重要的内容呢？不过是一些家常话

（清）任颐 凭栏凝望图

罢了，而且往往写得絮絮叨叨，噜里噜苏。但是写信的人心里有说不尽的千言万语，所以尽管已经写进了千万重情意，还是觉得意犹未尽。

要想说清家书的真正内容，让我们再看一首唐诗，就是盛唐诗人岑参的《逢入京使》。岑参的家就在长安城里，他骑着马离开长安奔赴西域，一路上非常荒凉，平沙万里，杳无人烟。他在途中偶然碰到迎面奔来的一个人，这个人正好是离开安西返回长安的一个使者。两个人一个向西奔，一个向东奔，在途中相遇了。岑参就写下了这首诗，前两句是："故园东望路漫漫，双袖龙钟泪不干。"我的故乡在长安，我回首东望，漫长的道路望不到头。我想念家乡，心里伤感，泪流满面，用两个袖子来擦眼泪，总也擦不干。后面两句是："马上相逢无纸笔，凭君传语报平安。"我和你匆匆忙忙在马上相逢，一时没有纸笔，无法写家书，就请你带个口信回去，告诉我的家人，就说我一路平安！岑参这首诗清楚地告诉我们，家书尽管有千万重的意思，但是它的核心内容无非就是报个平安。现在有些年轻的朋友不太喜欢写家书。你在外地读书，在外地工作，一年半载的也不给家里写信，父母在家里急得要命，日夜盼着你的家书，你却老是拖着不写。我在南大问过几位同学，你们为什么不给父母亲写封信啊？他们往往回答说我没什么话要说，没什么内容可写。其实家书并不需要写什么深刻的思想，也不需要汇报什么重要的内容。家书写些什么？无非就是说说自己的日常生活，再不就是说几句问候，报一声平安。请年轻的朋友们务必读读张籍、岑参的诗，要是实在没时间"欲作家书意万重"，那就掏出手机，"凭君传语报平安"吧！

第十四讲　时光节候

时间是最神奇的客观存在，它看不见摸不着，但是又跟我们的生活、我们的人生有特别密切的关系。由于时间自身是无形的，所以古人常用比喻的方法来形容它。中国古代关于时间的最著名的一个比喻是孔子提出来的：孔子站在大河边上，看着滔滔的河水一刻不停地向东奔流，他说："逝者如斯夫，不舍昼夜！"就是消逝的时间就像这流水啊，昼夜不停。这句话说出了时间最重要的两个性质，第一是速度很快，顷刻之间就流逝过去了。第二是永不回头，已经消逝的永远也不会回来了。到了汉代，汉乐府民歌中也有类似的说法。汉代有一首民歌叫《长歌行》，里面说到："百川东到海，何时复西归？"千百条河流都向东方流去，奔流到大海里面去，什么时候才会回来啊！下面又引出两句："少壮不努力，老大徒伤悲！"一个人年轻时候不努力，到了老年就只能徒然悲伤了。那么，在唐代，诗人们又是怎样吟咏时间的呢？

与汉乐府《长歌行》同样的意思，到了李白的诗中，就有了更加动人的表述。李白有一首诗叫《将进酒》，“将”读 qiāng，就是“请”的意思，“将进酒”就是“请喝酒”，所以这首诗也就是古代的祝酒歌。我们来看看李白是怎么祝酒的，他说：“君不见黄河之水天上来，奔流到海不复回。君不见高堂明镜悲白发，朝如青丝暮成雪。”奔腾咆哮的黄河，古人认为它是从昆仑山流下来的，昆仑山高入云霄，黄河也就像是从天上流下来，一路奔腾流进大海，它再也不会回来。诗人在高堂上挂着一面很明亮的镜子，他往镜中一看，只见满头白发，心想时间怎么过得这么快！我早上头发还是乌黑的，头发像黑色的丝一样闪亮，怎么到了晚上就变成一片雪白了呢？《将进酒》的意思与《长歌行》相当接近，但是词采壮丽，气势雄伟，读起来使人惊心动魄。

君不见黄河之水天上来，
奔流到海不复回。
君不见高堂明镜悲白发，
朝如青丝暮成雪。
人生得意须尽欢，莫使金樽空对月。
天生我材必有用，千金散尽还复来。
烹羊宰牛且为乐，会须一饮三百杯。
岑夫子，丹丘生，将进酒，杯莫停。
与君歌一曲，请君为我倾耳听。
钟鼓馔玉不足贵，但愿长醉不愿醒。
古来圣贤皆寂寞，惟有饮者留其名。
陈王昔时宴平乐，斗酒十千恣欢谑。
主人何为言少钱，径须沽取对君酌。
五花马，千金裘。
呼儿将出换美酒，与尔同销万古愁。

（李白《将进酒》）

由于时间飞快地流淌，就使人感觉到人生短促。人的一辈子能有多长呢？杜甫是一个很实在的人，他就老老实实地说："人生七十古来稀"。这句话后来变成一句成语，当然现代人的寿命变长了，活到七十岁已经不算稀奇了，但是人们还是常常说起"人生七十古来稀"这句话，还把七十岁称为"古稀之年"。那么，唐代的诗人感觉到时间过得很快，人生非常短促，他们在诗中抒发了怎样的感慨呢？首先，诗人把人的生命跟自然做对比，觉得人生变得太快，自然却好像是持久不变的。所以，初唐的刘希夷就写了两句名句："年年岁岁花相似，岁岁年年人不同。"桃花也好，李花也好，每年都会繁花怒放，每年开放的鲜花都是同样的娇艳，人却一年一年地变老了。传说刘希夷写出这两句名句以后，他有一个舅舅，就是那个大名鼎鼎的宋之问，宋之问看到外甥写的这两句诗，非常羡慕，觉得写得太好了。他得知刘希夷的诗还没有给别人看过，就向他乞求说：你把这两句诗让给我吧，就说是我写的。刘希夷不肯。传说因为刘希夷不肯转让这两句诗的著作权，宋之问就把这个外甥给害死了。当然这个传说是不真实的，我们不要去追究宋之问的杀人罪。但是这个传说还是很有意思，它说明这两句诗写得太好了，以至于宋之问因忌生恨，竟不惜

洛阳城东桃李花，飞来飞去落谁家。
洛阳女儿惜颜色，坐见落花长叹息。
今年花落颜色改，明年花开复谁在。
已见松柏摧为薪，更闻桑田变成海。
古人无复洛城东，今人还对落花风。
年年岁岁花相似，岁岁年年人不同。
寄言全盛红颜子，应怜半死白头翁。
此翁白头真可怜，伊昔红颜美少年。
公子王孙芳树下，清歌妙舞落花前。
光禄池台开锦绣，将军楼阁画神仙。
一朝卧病无相识，三春行乐在谁边。
宛转蛾眉能几时，须臾鹤发乱如丝。
但看古来歌舞地，惟有黄昏鸟雀悲。

（刘希夷《代悲白头吟》）

为之杀人。那么这两句诗好在哪里？它把短暂的人生跟永恒的自然作对比，既形象生动，又简洁精警，所以成了警句。同样，看到天上的明月，人们也会产生类似的想法，李白说：“今人不见古时月，今月曾经照古人。”就是现在的月亮曾经照过古代的人，但是现在的人却看不见古代的月亮。也就是说，碧天银月亘古如斯，而地上的人却生死无常，人类的生命太短促了。

当然，实际上自然也是在不断地变化的。自然界的一切事物，都有一个生老存殁的过程。汉武帝是一个迷信的君主，他为了要追求长生，就相信方士的话，在宫殿里建造了一个二十丈高的铜人，也有人称它为“铜茎”，上面托着一个铜盘。为什么要建那么高的一个铜盘？是用来承接空中的露水的。古人认为夜间天上会降露水，露水会凝结在铜盘里，方士让汉武帝把铜盘里的露水取下来，与捣碎的玉屑掺和在一起，说是喝了以后可以长生不老。所以汉宫里有这样的铜柱子，也叫做铜人，或者叫金铜仙人。那个铜人高大、雄伟、坚固，是大汉帝国的一个象征。可是三百年以后，到了魏朝，曹操的孙子魏明帝就下令把长安汉宫里的铜人拆下来运到洛阳去。相传，当工人把那个铜人拆下来的时候，铜人的眼睛里流出了眼泪，铜人也会

茂陵刘郎秋风客，夜闻马嘶晓无迹。
画栏桂树悬秋香，三十六宫土花碧。
魏官牵车指千里，东关酸风射眸子。
空将汉月出宫门，忆君清泪如铅水。
衰兰送客咸阳道，天若有情天亦老。
携盘独出月荒凉，渭城已远波声小。

（李贺《金铜仙人辞汉歌》）

伤感啊。时间在变化，一切都在变化。拆卸铜人的事情发生后又过了580年，唐代诗人李贺专门写了一首《金铜仙人辞汉歌》来咏这件事，他说“衰兰送客咸阳道”，这个客是谁？就是那个铜人，在一片萧瑟的秋景中，送铜人离开咸阳。下面一句是惊心动魄的名句，叫做：“天若有情天亦老！”李贺说，天要是有感情的话，它也会老，自然也会衰老。当然，我们如果从变化的角度来看，自然界的花也好，月也好，都是在不断地变化的，比如说“年年岁岁花相似”，可是花开以后必定会有花落啊，那棵花木自身也会衰老啊。再比如说“今月曾经照古人”，月亮圆了以后还会缺啊。花开花落，月圆月缺，自然也是在不停地变化。

因此敏感的唐代诗人，面对着花开花落，面对着月圆月缺，就写下了很多感慨时光奔流的诗。杜甫四十七岁那一年，人在长安，那是在安史之乱以后，唐军刚刚收复长安，杜甫跟随着朝廷一起回到京城。杜甫那时仕途不顺，心情很郁闷，那个春天他来到长安南郊的曲江池，看到落花纷飞，不由得惆怅万分，他说：“一片花飞减却春，风飘万点正愁人。”就是当枝头上有一片花瓣飘飞下来，春色就减损了几分，现在“风飘万点”，这太使人忧愁

一片花飞减却春，风飘万点正愁人。
且看欲尽花经眼，莫厌伤多酒入唇。
江上小堂巢翡翠，苑边高冢卧麒麟。
细推物理须行乐，何用浮名绊此身？

朝回日日典春衣，每日江头尽醉归。
酒债寻常行处有，人生七十古来稀。
穿花蛱蝶深深见，点水蜻蜓款款飞。
传语风光共流转，暂时相赏莫相违。

（杜甫《曲江二首》）

琉璃钟，琥珀浓，小槽酒滴真珠红。
烹龙炮凤玉脂泣，罗屏绣幕围香风。
吹龙笛，击鼍鼓。皓齿歌，细腰舞。
况是青春日将暮，桃花乱落如红雨。
劝君终日酩酊醉，酒不到刘伶坟上土。

（李贺《将进酒》）

寻芳不觉醉流霞，倚树沉眠日已斜。
客散酒醒深夜后，更持红烛赏残花。

（李商隐《花下醉》）

了。同样的情景，到了李贺的笔下，就是“况是青春日将暮，桃花乱落如红雨”。桃花纷纷地飘落下来，像红色的雨点一样，诗人非常伤感。正因为诗人看到花谢花落，心中伤感，所以他们要抓紧时机来赏花。李商隐是最善于赏花的，他甚至说：“客散酒醒深夜后，更持红烛赏残花。”就是他在白天跟客人一边喝酒一边赏花，到了夜深时分，客人都散了，自己喝醉以后又醒过来了，还觉得意犹未尽，拿起一支蜡烛到院子里去欣赏残花。为什么晚上还要抓紧时间去赏残花呢？因为明天花就要谢了，所以李商隐抓住最后的时机来赏花。在李商隐看来，甚至已经凋谢的植物都是值得观赏的。大家在读《红楼梦》时，不知道有没有注意到这么一个细节，里面提到李商隐的诗，就是贾宝玉和林黛玉等人一起在大观园里游玩，宝玉看到一个池子里都是枯败的荷叶，就说最讨厌这些枯败的荷叶，明天叫人来把它拔了。林黛玉说，我不太喜欢李商隐的诗，但是最喜欢他的一句，叫做“留得枯荷听雨声”。虽然荷花早就凋谢了，荷叶都开始干枯了，但是雨点打在上面，发

竹坞无尘水槛清，相思迢递隔重城。
秋阴不散霜飞晚，留得枯荷听雨声。

（李商隐《宿骆氏亭寄怀崔雍崔衮》）

出的声响非常动听，所以要留下那些枯荷败叶。这就是李商隐的诗，这就是唐代诗人对于花开花落的感觉。

花开花落使诗人感慨不已，月圆月缺也同样如此。月亮圆了又缺，缺了又圆，每隔29天半为一个周期，这大概是天上的星象中最为直观的一种变化，每个月都这样变化，很有规律。所以古人很早就把月圆当作一个计时的单位，我们夏历的月，农历的月，就是把月亮圆缺一次作为一个月。那么，唐代诗人是如何吟咏月圆月缺的呢？

白居易写的新乐府诗中有一首叫做《上阳白发人》，上阳是洛阳的上阳宫，是唐朝的一个冷宫，皇帝很少到那里去的。《上阳白发人》是写关在冷宫里的不幸的宫女，这些宫女的命运很悲惨，白居易的诗里写得很清楚，她们因为相貌长得美，十六岁就被选进宫去，然后就关进冷宫，直到六十岁还没有放出来。她们的头发都雪白了，还关在深宫里面。全部的青春，整个的人生，都被埋葬在那暗无天日的深宫里，白居易在这首诗里对那些宫女表示了深切的同情。我读这首诗的时候，最受感动的是四句话，跟月亮有关，白居易说：

莺归燕去长悄然，春往秋来不记年。唯向深宫望明月，东西四五百回圆。

就是关在深宫里的宫女啊，一年年地过去，精神都麻木了，时间都觉得没有意义了。春天过去了，秋天又来了，年复一年，都记不清到底过去多少年了。她们只记得每天夜里痛苦得无法入睡，痴痴地望着深宫的明月，月亮圆了又缺，缺了又圆，已经有

去年花里逢君别，今日花开又一年。
世事茫茫难自料，春愁黯黯独成眠。
身多疾病思田里，邑有流亡愧俸钱。
闻道欲来相问讯，西楼望月几回圆。

（韦应物《寄李儋元锡》）

四五百个回合了，也就是时间已过去四十多年了。这是月亮给宫女留下的鲜明印象，也是月亮给诗人留下的鲜明印象。同样，当韦应物在滁州做官的时候，他有两个好朋友，一个叫李儋，一个叫元锡，有一次，两个朋友已经一年多没跟他见面了，两人都说今年要想前来探望，但老是不来，韦应物就写诗去问他们，说："闻道欲来相问讯，西楼望月几回圆。"听说你们要来看我，我登上西楼望月亮，月亮都圆了几次了，也就是几个月过去了，你们还没有来。可见月亮由圆变缺，又由缺变圆，诗人常用这个意象来表示时间的流逝。

正因为月亮不常圆，鲜花也不常开，晚唐有一个叫吴融的诗人，写了一句最煞风景的诗，叫做"月不长圆花易落"！月亮难得变圆，花却容易凋谢，这句最煞风景的诗，说的却全是事实。所以诗人看到月圆月缺就很伤感，他们就要抓住时机来欣赏天上的明月。李白不是说过"今人不见古时月，今月曾经照古人"吗，但是同时他又说："唯愿当歌对酒时，月光长照金樽里。"他希望对酒当歌的时候，月光老是照在酒杯里，也就是要对着一轮明月来喝酒，要抓紧时间来赏月。唐代诗人即使在心情不好的时候，在处境不顺利的时候，也不忘记这样做，我们来看韩愈的一个例子。公元805年的中秋节，韩愈和他的朋友张署，两个人互相写诗唱和。张署与韩愈是好朋友，也是政治上的同道，就在两年以前，因为关中旱灾，韩愈跟张署一起上书朝廷，要求减免百姓的租税，说是收成不好，百姓交不起租。但是朝廷不乐意了，宰相不高兴了，就把他俩贬到遥远的南方，韩愈被贬到广东的阳山，张署也被贬到湖南的临武，这两个地方在那时候是很荒凉很偏僻的。韩愈和张署在南方

纤云四卷天无河，清风吹空月舒波。
沙平水息声影绝，一杯相属君当歌。
君歌声酸辞正苦，不能听终泪如雨。
洞庭连天九疑高，蛟龙出没猩鼯号。
十生九死到官所，幽居默默如藏逃。
下床畏蛇食畏药，海气湿蛰熏腥臊。
昨者州前捶大鼓，嗣皇继圣登夔皋。
赦书一日行千里，罪从大辟皆除死。
迁者追回流者还，涤瑕荡垢清朝班。
州家申名使家抑，坎坷只得移荆蛮。
判司卑官不堪说，未免捶楚尘埃间。
同时流辈多上道，天路幽险难追攀。
君歌且休听我歌，我歌今与君殊科：
一年明月今宵多。
人生由命非由他，有酒不饮奈明何！

（韩愈《八月十五夜寄张功曹》）

过了两年以后，新皇帝登基了，大赦天下，他们得以北归，但是有人从中作梗，阻拦他们回朝，所以他们北归并没有能够回到长安，回到江陵后就停留在那里了。然后中秋节到了，两个人在月光下对酒当歌，互相唱和。张署唱的歌感情很悲苦，他说我们两人很不幸，两年前被贬到那么荒凉的南方，地方很荒僻，条件很艰苦，生活上很不习惯，好不容易现在新皇帝登基了，朝廷大赦了，我们本来应该返回朝廷了，又有人从中作梗，我们依然留在荆蛮之地的江陵，当个地方上的小官，所以心情很悲苦。韩愈听了以后，就说："君歌且休听我歌，我歌今与君殊科！"——你这首歌不要再唱了，还是听听我的歌吧，我的歌可跟你的不一样。那么韩愈接下来唱了什么歌呢，就是三句话："一年明月今宵多，人生由命非由他，有酒不饮

奈明何！”就是今天是中秋节啊，一年到头，月光最明亮的就是今天晚上，这样的良辰美景我们千万不要错过了。人生是由命运决定的，我们穷也好，达也好，顺利也好，不顺利也好，都是命中注定的，我们做不了主，又何必去多想呢？“人生由命非由他”，这个“他”字在这里念“佗”，是押韵的。“有酒不饮奈明何”，我们对着天上的一轮明月，杯中又倒满了酒，要是不喝，就对不起这轮明月了。你要想对得起明月的话，你还是赶快喝酒吧！请大家注意韩愈的这个例子，那个时候韩愈的心情很不好，他在南方蛮荒之地过了两年，本来应该回京了，却又被人横加阻拦，但是在韩愈看来，碰到中秋节这样的良辰佳节，对着天上的一轮明月，还是应该抓紧时间来赏月。

鲜花和明月，是古人最容易接触到的两个美丽的自然现象，所以古人创造了这样的词语：“花好月圆”。如果指时间的话，就叫“花晨月夕”，鲜花开放的早晨和有明月的夜晚。可惜的是，我们现代的生活节奏太快，现代的人们太匆忙，忙着挣钱，忙着做事业，很少再有心情来赏花、赏月，“花晨月夕”慢慢地从我们的生活中消失了。现在恐怕只有年轻人谈恋爱的时候才有几个“花晨月夕”，一旦恋爱谈成，结婚成家，“花晨月夕”就让位给柴米油盐了，这是一种很不好的生活态度。我们应该抓住“花晨月夕”，只有它才是我们生命中最美好的时光。现在不是有人倡导“休闲”吗？在紧张的生活中，在忙碌的工作之余，确实应该有一些休闲的内容。最好的休闲是什么？就是享受“花晨月夕”。那么唐代诗人是如何享受花晨月夕的呢？

我们再看一个韩愈的例子。公元822年，韩愈已经55岁了，他一共活了57岁，那时已经到暮年了。韩愈那时的官做得很大，做到了“吏部侍郎”，用今天的话说，相当于中组部的副部长，官不小了吧？责任也很重啊。就在那年春季的一天，从早晨起，天色就阴沉着，到了傍晚呢，天色转晴了，所以韩愈心情愉快，他就约他的朋友，一个名叫张籍的诗人，还有一个朋友，是更有名的诗人，叫白居易，他约请张籍与白居易，说我们一起到长安城南曲江那里去赏春吧，因为好不容易天晴了。结果到了傍晚，张籍如约而至，白居易却没有来，韩愈就写了一首诗去责问白居易，说我约你游春，你怎么不来？诗写得很有意思，他是这样写的：

漠漠轻阴晚自开，青天白日映楼台。曲江水满花千树，有底忙时不肯来？

天色阴沉，到了傍晚阴云才散开了，天一转晴，蓝天白云跟曲江边上的亭台楼阁都倒映在水里，景色非常优美。曲江池里已经涨满了春水，水边上是千树万树繁花盛开。“这么美丽的景色，你白居易为什么不来？你有那么忙啊，居然不来看这样的美景？”韩愈就这样责问白居易。是啊，我们也应该问问自己，“有底忙时不肯来”，你就有那么忙吗？当然，也许白居易确实很忙，白居易这时候做中书舍人的官，官做得很大，相当于中央办公厅的秘书长，但是白居易的官位是正五品上，韩愈的官位比他更高，是正四品上。正四品上的官都有时间去赏春，你反倒没有时间吗？关键是要挤出时间。“花晨月夕”不会自己跑到我们的生活中来，要我们自己去抓住它，自己去创造它。就像这一天，白居易没有去，他就失去了这个机会。韩愈去了，所以“曲江水满花千树”，还有“青天白日映楼台”的美景，韩愈看到了，白居易却没看到。

此来风雨后，已觉减年华。
若待皆无事，应难更有花。
管弦临夜急，榆柳向江斜。
且莫看归路，同须醉酒家。

（李昌符《赠同游》）

下面再举一个晚唐诗人李昌符的例子。李昌符的诗，我不太想向大家推荐，我认为他没有多少好作品，但是有两句诗不能不提，李昌符说："若待皆无事，应难更有花！"什么意思呢？就是假如要等到什么事情都没有了才去看花，那么花也早就不存在了。我们常会遇到这样的人，如果你劝他去看花，他就说，哎呀，我正忙着呢，等我把事情忙完了再去看。他没想到事情是永远忙不完的，等你把所有事情都忙完，花也不会再有了。不光是自然界里的花没有了，连人生的花季都过去了。所以，休闲一定要抓住机会，休闲的机会是自己创造的，唐朝的诗人就是善于抓住机会的，是善于创造机会的。我再介绍一首中唐诗人李涉的诗。李涉这首诗写的内容比较特别，前面两句的大意是，我一天到晚忙忙碌碌的，忙得头脑昏昏沉沉，忽然听说春天都快过完了，才抓住最后的机会去登一次山。后面两句很有意思："因过竹院逢僧话，又得浮生半日闲。"——我路过一个长满了竹子的寺庙，在庙里遇到一个和尚，与他交谈一番，总算在浮生中得到了半天的空闲。要知道"浮生半日闲"也是不容易得到的，因为这是忙里偷闲才得来的。现在有的朋友，他们也会抽空到风景区去休闲几天，什么九寨沟啊、张家界啊，他们也抽出时间去了。但是他们到了那里，在青山绿水

终日昏昏醉梦间，忽闻春尽强登山。
因过竹院逢僧话，又得浮生半日闲。

（李涉《题鹤林寺僧舍》）

的环境里都干些什么呢？他们拿出手机，打听“股市怎么了”，或打听单位里有没有升迁的机会。带着这种心情的人，即使置身于幽美的景区，也欣赏不了“花晨月夕”。我们应该像李涉一样，他跑到寺庙去游玩，就和出家的和尚说说闲话，他不再关心朝廷里的政局如何，自己的升迁如何，他至少是暂时放弃了这些东西，这才能“又得浮生半日闲”，这才是真正意义上的休闲。

上面说到的唐诗，确实可以给我们很多的启示。但大家不要以为只有繁花怒放的春光才有欣赏价值，也不要以为只有明月当空的时辰才是美好的时光。不是的，只要你有敏感的审美目光，只要你怀着悠然自得的心态，那么即使是在草木萧瑟的秋天，即使是在夜雨潇潇的寒夜，你同样可以欣赏到美好的景色，同样可以享受悠闲的时光。

我们来看看秋天。秋天，在一般人看来，是一个使人悲伤的季节。贾岛有这样的名句：“秋风吹渭水，落叶满长安。”秋天，秋风落叶的景色，可说是一片萧瑟。但是如果你以审美的眼光和健康的心态来看待秋天，它同样有值得欣赏的地方。刘禹锡就喜欢秋天，刘禹锡说：“自古逢秋悲寂寥，我言秋日胜春朝。”从古到今，每逢秋天，大家都说很悲伤，都觉得很寂寞，但是我说秋天比春天更好，不信的话请看后面两句：“晴空一鹤排云上，便引诗情到碧霄。”晴朗的秋天，天空中万里无云，一只仙鹤振翅高飞，直插云端，从而把我的诗兴也引到蓝天之上。你只要怀着这样的心情，那么秋天同样有赏心悦目的美景。杜甫四十七岁那年的秋天，他当时的心情很忧郁，到蓝田县的一个朋友家里去过重阳节，他说：“老去悲秋强自宽，兴来今日尽君欢。”就是老年人心情容易悲伤，所以就勉强地自我宽慰：今天可是重阳佳节，我要跟朋友一起好好地

老去悲秋强自宽，兴来今日尽君欢。
羞将短发还吹帽，笑倩旁人为正冠。
蓝水远从千涧落，玉山高并两峰寒。
明年此会知谁健，醉把茱萸仔细看。

（杜甫《九日蓝田崔氏庄》）

过一个节。这首诗的最后又说："明年此会知谁健？醉把茱萸仔细看。"古人在重阳节那天要插茱萸，把一种叫茱萸的药草插在身上，据说能够辟邪，这是当时的风俗。杜诗的意思是说，我们现在好好地在过节，到了明年的今天，我们是不是还健在，完全是难以预料的事。所以我们要抓住眼前的机会，乘我们都还健在，赶紧来细细地观赏茱萸，来愉快地过一个重阳节。所以，一个人能否愉快地生活，起决定作用的是你自身的心理状态，至于外在的景物，花也好，月也好，这都是次要的，关键在于你的心态如何。

刚才说的是唐诗中表达时间观念的第一种方式，这类诗的实质是什么呢？就是珍惜时光、珍爱生命，要在飞速流逝的时光中很好地享受你的人生。当然，唐人绝不是一天到晚都在玩耍休闲，他们也有建功立业的雄心壮志，也有紧张热烈的工作，所以唐诗中表达时间观念的第二种方式就是爱惜时光，抓紧时间来做事业，或者说是从人生事业的角度来珍惜时间。

要测量时间的长度，古代最基本的单位首先是日，就是从早到晚的一段时间。比较长的单位则是年，从春到冬，一年四季的一段时光。每当一个时间单位快要过尽的时候，人们总会有一种特别的感受，就会格外痛切地感到有一大段时间过去了。我们在早晨不会有这样的感觉，到傍晚就会觉得时间过得真快：哟，一天又过去了！我们在春天不会有这种感觉，到了年终，就会说：

哎哟，一年又过去了！人到这时，对时光飞逝的感受就特别深切。所以，唐代诗人在感叹时间过得太快，在表述应该珍惜时间的主题时，诗歌中经常出现的背景有两个：一个是一天的终点，就是黄昏；另一个是一年的结尾，就是除夕。

向晚意不适，驱车登古原。
夕阳无限好，只是近黄昏。

（李商隐《登乐游原》）

说到黄昏，大家马上会想到李商隐的句子："夕阳无限好，只是近黄昏。"夕阳是美丽的，但是已经到了黄昏，一轮红日快要沉下去了，一天快要过完了。这大概是唐诗中写黄昏主题的最有名的句子。但是写黄昏最好的诗，却是韩愈的《秋怀》诗。韩愈写了十一首《秋怀》诗，就是秋天的咏怀诗，其中第八首是写黄昏的。诗比较长，我就不细讲了。我简单介绍一下它的内容。这首诗写什么呢？是写在一个秋风落叶的黄昏，风刮得很大，黄叶纷飞，落叶在地上四处乱窜。就在这个时候，韩愈独自坐在暮色苍茫的空堂里，一个空空的堂屋，灯都没点，他就默默地坐在一片昏暗之中。一个年轻人从外边回来，点上灯，跟韩愈说话，韩愈也不回答。年轻人送来晚饭，韩愈也不吃。他这是怎么啦？原来他心情很郁闷，很惆怅，既是黄昏，又是秋天，韩愈格外深切地感受到时间流逝得太快，自己的生命快要走到尽头，而人生的事业还没有什么眉目，所以他感到难受。

卷卷落地叶，随风走前轩。
鸣声若有意，颠倒相追奔。
空堂黄昏暮，我坐默不言。
童子自外至，吹灯当我前。
问我我不应，馈我我不餐。
退坐西壁下，读诗尽数编。
作者非今士，相去时已千。
其言有感触，使我复凄酸。
顾谓汝童子，置书且安眠。
丈人属有念，事业无穷年。

（韩愈《秋怀》其八）

大家如果要想感受唐代诗人对于黄昏的感觉的话，请去读这首诗，这是唐诗中最好的一首黄昏诗。

当然，更能使人痛切地感受到时光迅速的时刻，应该是一年的结尾，就是除夕，除夕是一年中的最后一天，是“年”这个时间单位的里程碑。有一年的除夕之夜，诗人高适正在旅途中，他住在一个客店里，独自在异乡过年，很无聊，又很孤单。他想念家乡，又觉得自己年已老大，却又是一年过去了。就在这种复杂的心态下，高适写了一首短诗，里面有这样两句“故乡今夜思千里，霜鬓明朝又一年！”除夕之夜，本来应该合家团聚，但是我现在一个人孤零零地在旅途中，所以今天晚上特别想念千里之外的故乡，当然也是想念故乡的家人。第二句是说我已经两鬓染霜了，头发都白了，到了明天又要过去一年，这当然使人感慨万分。

与此类似的，是杜甫40岁时写的除夕诗。杜甫40岁那一年，他正在长安，我们知道杜甫从35岁进长安求官，但是一直不成功，在长安沦落了十年，生活越来越艰难，政治上又毫无出路，这种状态一直延续到45岁安史之乱爆发，就是所谓的长安十年。那么40岁那一年，正是杜甫长安十年的一个中点。那一年的除夕之夜，杜甫独自留在长安过年，因为他家境贫困，养不活妻儿老小，所以已经把妻子孩子送到外地的亲戚家去寄养了。诗人一个人呆在长安，这个年怎么过呢？他就到一个侄儿家里去过年。杜甫有一个侄儿叫杜位，杜位就住在长安。除夕之夜，杜甫感慨万千，写了一首诗，里面有这样两句：“四十明朝过，飞腾暮景斜。”就是说我今年已经40岁了，到了明天，我就41岁了，所以40岁只到今天为止，明天就过去了。时光啊，真像一匹骏马在飞奔，转眼之间斜阳已经西照，人生快要进入暮年了。请大家

守岁阿戎家，椒盘已颂花。
盍簪喧枥马，列炬散林鸦。
四十明朝过，飞腾暮景斜。
谁能更拘束，烂醉是生涯。

（杜甫《杜位宅守岁》）

注意，杜甫没有写过“五十明朝过”，也没有写过“三十明朝过”，为什么他最感慨的是“四十明朝过”呢？四十岁对杜甫有什么特别的意义呢？或者说，四十岁那一年的除夕，杜甫为什么格外地感慨万分呢？他自己没有说，我猜想大概是这样的。孔子说过：“四十五十而无闻焉，斯亦不足畏也已！”这是《论语》中的话。孔子的意思是什么呢？就是一个人，到了四五十岁，你还默默无闻，你的事业还没有什么成就，那么你这个人也就不值得敬畏了。就是你一辈子就是这个样子了，你没什么了不起，所以不值得别人敬畏。所以在古人看来，40 岁是人生事业应该有一些成功的标志的年龄段，而此时的杜甫快要超过 40 岁了，他还一事无成。当然，在我们后代的读者看来，杜甫这个时候已经写出了很多不朽的诗篇，但是在当时来说，杜甫觉得自己一事无成，他想求官没求到，在政治上根本没有出路，他的理想根本得不到实现，甚至生活都成问题，过年也要到别人家里去过，所以他说“四十明朝过”，这句平淡无奇的句子中包含着多少感慨！

据说在印度的某个地区，每逢除夕之夜，人们合家团聚，不是团聚在一起欢声笑语，而是大家抱头痛哭，一直哭到元旦的来临，这种风俗就叫“痛哭元旦”。为什么要痛哭元旦？就是他们感受到一年又过去了，生命中又少了一年，生命是很宝贵的，人的一生一共只有几十年，眼看着一年又要过去，所以要痛哭一场。我想在高适的诗里，在杜甫的诗里，以及在很多其他唐人的诗里，凡是除夕之夜写的诗，都会感慨人生迅速，都有类似于这种痛哭元旦的情绪。这种情绪的精神实质就是珍惜时光，就是珍惜我们的生命，要抓紧时间来做事业，不要让人生毫无意义地虚度过去。

刚才我们从两个角度来讲了唐诗中关于时间观念的不同表述方式，一种是爱惜时光，要更好地享受你的人生，要能欣赏“花晨月夕”。还有一种是爱惜时光，要抓紧时间做你的事业，不要让光阴在无所事事中虚度过去。这两重主题在唐诗中也曾经融合进某些诗中，就是两个主题融合在一首诗里。融合得最好的一首诗，也是我最想向大家介绍的，就是这首《金缕衣》。《金缕衣》，有很多书上说是杜秋娘写的，《唐诗三百首》里就说是杜秋娘所作，实际上不是的，杜秋娘只是唱过这首诗，这是中唐时候的一首流行歌曲，当时有很多人唱。杜秋娘是金陵的一个有名的歌女，后来嫁给一个叫李锜的人为妾，李锜非常喜欢唱这首《金缕衣》，所以杜秋娘经常跟他一起唱。杜秋娘是个传奇式的女子，经历非常复杂，大家感兴趣的话，可以去读杜牧的一首诗，就叫《杜秋娘诗》，是一首长诗，专门写杜秋娘故事的，前面还有一篇序言，把杜秋娘的生平写得很详细，这个我就不细讲了。我现在只讲杜秋娘曾经唱过的这首中唐的流行歌曲，题目叫做《金缕衣》。“金缕衣”是用金线勾制的衣服，非常珍贵，全诗就四句话：

劝君莫惜金缕衣，劝君惜取少年时。花开堪折直须折，莫待无花空折枝。

就是你呀，不要太珍惜这件金缕衣，尽管它是用金线制成的衣服，非常的珍贵，但是你不要珍惜它。为什么呢？因为你有更加宝贵的东西要珍惜，那就是“少年时”。“少年时”就是青春的时代，青春的时光，你要加倍爱惜美好的青春。三、四两句是说繁花满枝的时候你要赶快去折花，千万不要等到花都凋谢了以后，你才去折花，那个时候你只能折到一根空空的树枝，因为枝头已经没有花

（元）周朗 杜秋图

了。《金缕衣》这首诗，请大家想想，诗人是要让我们爱惜时光享受生命呢，还是要让我们爱惜时光赶紧做事业呢？我觉得两者都有，两者都融合在这首诗里。乘着繁花满枝的时刻去折花，既可比喻享受人生，也象征着充分利用大好青春。诗人并没有明说，但读者不妨自行联想。所以我觉得要论唐人珍惜时间的诗，最好的就是这首《金缕衣》。当然，晚唐诗人王贞白写过一句更加通俗的诗句，叫做“一寸光阴一寸金”，但是那首诗写得不够优美，写得优美的是这首《金缕衣》。

我多次劝朋友们，假如你们刚开始读唐诗的话，你第一本应该读的书就是《唐诗三百首》，这是一个最好的唐诗选本，是我们阅读唐诗的入门书。《金缕衣》就是《唐诗三百首》中的最后一首诗，我关于唐诗的讲座今天是最后一次，我举的最后一个例子《金缕衣》正巧是《唐诗三百首》里的最后一首，这标志着我的讲座到这里就讲完了。

我最后要想说的一点是，唐诗是非常优美的，是值得我们每一个人认真地阅读、仔细地欣赏的。我水平低，讲得不好，大家千万不要因为我讲得不好而影响你们读唐诗的兴趣。我讲的内容比较枯燥乏味，没有多少故事性，我的表达也不够生动，但还有很多听众朋友光临录制现场，还有更多的朋友在电视屏幕前收看，我非常感谢大家，再见！

后记

2007年，我应邀到中央电视台《百家讲坛》栏目讲唐诗。我一共讲了14讲，节目播出后受到相当热烈的欢迎，不少听众朋友来信建议我把讲座的内容编书出版，好让他们更从容、更仔细地理解体会。《百家讲坛》的节目内容大多是历史故事，听众一听即懂。而唐诗毕竟不是故事，关于唐诗的讲解也不同于讲故事，如果仅凭听讲而不阅读文本，就无法涵泳体味，也就难以获得深刻、透彻的理解。与此同时，凤凰出版社主动前来约稿，让我把讲稿编辑后交付该社出版。我很赞同这些意见，随即动手编稿。我习惯于脱稿讲课，走上《百家讲坛》前没有准备讲稿，整理书稿时完全依据央视栏目组提供的现场录音和字幕底稿进行，有几位在演播大厅听讲的热心听众还主动提供了他们在现场“偷录”的录音。我整理书稿时尽量保持讲稿的口语化风格，但也对录音稿稍作修订，因为在我口中频繁出现的“这个”、“那么”等口头禅，以及少量颠倒、重复的语句，毕竟不宜出现在书本中。在我的博士生郭春林、朱光立、赵超、宋红霞、沈章明、胡小燕的协助下，我较快就完成了书稿的整理。在凤凰出版社的姜小青总编、倪培翔副总编的领导下，卞岐、李相东、郭馨馨、姜嵩等责编随即着手编辑，本书于 2008 年 9 月顺利出版，题作《莫砺锋说唐诗》，受到读者的热烈欢迎。转眼十多年过去了，凤凰出版社希望重版此书，吴葆勤总编且亲自上门商洽。乘此机会，我就本书以及唐诗普及工作再向读者朋友说几句话。

我是一位大学教师，几十年来一直站在南京大学的讲坛上。我为本科生讲过唐代文学史与唐代文学作品的课程，也为研究生讲过唐代文学研究的课程，内容当然涉及唐诗。但是同样的内容，在大学里讲课与在包括电视在内的公众讲坛上做讲座，差别甚大。我在南大讲课，无论是针对本科生还是研究生，我讲课的内容都是明确的，有时还必须符合教学大纲。我为本科生讲唐诗是要求他们掌握有关唐诗的基本知识，我为研究生讲唐诗是要求他们学会怎样研究唐诗。至于同学们是否有兴趣，他们的理解能力有无差异，并不是我太关心的事情。但是“百家讲坛”或其他公众讲坛就不同了，听众的身份各式各样，水平参差不齐，我不可能要求听众符合我的要求，我不能忽视他们的兴趣与理解水平。当初央视的解如光、张长虹两位编导找我商洽时，让我把听众都假设成初中文化水平，于是我尽可能讲得浅显易懂，尽量远离学院派的腔调。我按主题类型来设计每一讲的内容，便是希望这样可以吸引听众的注意力。我原想把介绍重要的唐诗选本作为开场的第一讲，因担心内容枯燥而临时取消。凡此种种，都与大学的课堂教学判然有异。我在南大为研究生开的杜诗课，开头用整整三讲来讲解杜诗的各种注本，不必顾忌是否枯燥，在央视讲唐诗就不敢我行我素了。当然，我没有为了提高收视率而片面地追求生动有趣，我努力维护内容的准确与逻辑的严谨，基本上做到了言必有据，绝无时下风行的“戏说”陋习。我也注意吸收最新的学界成果以避免老生常谈，比如在“天伦之情”一讲中，我引用刚刚出土的韦应物妻子的墓志铭，说清了韦诗《送杨氏女》的有关内容。我也注意结合当代的社会生活，比如在“壮丽河山”一讲中，我指出日本宫崎县的所谓“八纮一宇塔”上有238块石头，是日本侵略者从中国各地的名山掠去的，以此反衬唐代山水诗所蕴涵的爱国情怀。14讲的篇幅当然不能覆盖唐诗的全部题材内容，但最主要的主题倾向都已得到介绍。此外我对唐代诗人的生活习俗与精神风貌，唐诗作品的典故成语等艺术手段，也尽可能给予穿插照应。我为自己设定的目标是提升听众朋友对唐诗的兴趣从而更好地阅读唐诗，我相信我已部分达到这个目标。

《莫砺锋说唐诗》问世11年以后，我又出版了《莫砺锋讲唐诗课》一书。两本书的性质颇为不同：前者完全是依据讲座的现场录音整理成书的，全书都保持着口语化的风格，是一本说出来的书。后者除了一篇演讲稿外，都是我在案头撰写而成，全书主要是用书面语来表达，是一本写出来的书。前者全部按主题类型分成若干讲，后者则既有名家、名篇的介绍讲解，也有我对唐诗某些特殊问题的思考。两书之间不一定存在由浅入深的关系，但多半体现了互相补充的倾向。我在初版《莫砺锋说唐诗》的后记中说：“唐诗是一座气象万千的深山，我只是一个站在山口向游客指点进山路径的导游。”我在《莫砺锋讲唐诗课》的后记中说：

“导游引导游客进山，除了指点路径之外，也要向游客介绍沿途景点。”从这个意义上说，这两本书就是我关于唐诗的两份导游词，它们是我为普及唐诗而献给读者的姐妹篇。《莫砺锋讲唐诗课》获得2019年度“中国好书”奖，得到较多读者的肯定，所以《莫砺锋说唐诗》的重版也有一定的意义。

中华传统文化是博大精深的，它既有物质文化、器物文化，也有精神文化，古典文学便属于后一类。古典文学往往较为高雅、深奥，它的普及和传播都比较困难。从事古典文学研究的学者的活动局限于大学或研究机构，其研究成果仅见于学术刊物或学术著作，与一般的民众基本绝缘。其实从根本的意义上说，古代文学中的经典作品流传至今的意义并不是专供学者研究，它更应该是供大众阅读欣赏，从而获得精神滋养。严肃深奥的学术论著只会在学术圈内产生影响，生动灵活的注释讲解却能将古典名篇引入千家万户。我关于唐诗的普及工作，就是在上述理念的指导下进行的。我在少年时代迷恋数理化，一心希望当科学家或工程师。后来弃理从文，人生轨迹发生巨大的转折，其中最重要的契机便是当知青时在农村养成的阅读爱好。我在江南农村的茅檐底下结识了李白与杜甫等人，他们在我最困难的时候与我朝夕相伴，他们在冥冥之中引导我成为专攻古典文学的中文系教师。我年过七十，决心把余生精力贡献给古典文学的研究与普及，我愿意为唐诗这座水深林茂的大山当一辈子导游。

2021年2月8日于南京美林东苑寓所